U0513876

奔赴山海

高敬 —— 著

山东画报出版社
济南

图书在版编目（CIP）数据

奔赴山海 / 高敬著. -- 济南 : 山东画报出版社，
2025. 6. -- ISBN 978-7-5474-4576-1

Ⅰ. I267.4

中国国家版本馆CIP数据核字第2025U4F056号

BENFU SHANHAI

奔赴山海

高敬 著

责任编辑	郭珊珊
装帧设计	王　芳　张智颖
插画设计	姚旭丹

出 版 人	张晓东
主管单位	山东出版传媒股份有限公司
出版发行	山东画报出版社

社　　址　济南市市中区舜耕路517号　邮编 250003
电　　话　总编室（0531）82098472
　　　　　　市场部（0531）82098479
网　　址　http://www.hbcbs.com.cn
电子信箱　hbcb@sdpress.com.cn

印　　刷	山东临沂新华印刷物流集团有限责任公司
规　　格	160毫米×230毫米　16开
	20.5印张　175幅图　260千字
版　　次	2025年6月第1版
印　　次	2025年6月第1次印刷
书　　号	ISBN 978-7-5474-4576-1
定　　价	58.00元

人生五十年，如梦亦如幻；

有生斯有死，壮士何所憾？

——《敦盛》

序

2023 年 7 月上旬的一个普通日子，在加拿大卑诗省（又译为不列颠哥伦比亚省）省会维多利亚市，我的家中。晚上九点，天还未黑，家人出门散步去了，我独自在家，听着音乐，享受着这份宁静，开始写下这本书的开头。

院子里，夜凉如水。穿着短袖的我难以抵挡这即将入夜的凉意，却又不舍这满园的生机。

篱笆墙上的月季花红得热烈奔放，铁线莲一簇簇紫得欢腾雀跃，仿佛代替我与这丝凉意抗衡。儿子春天种下的向日葵个头比他还高了，今天居然开始低头，露出那拳头大小的花骨朵儿，呼之欲出。无花果树上几十颗墨绿色的小无花果静静地站在枝头，与西梅树上早已压弯树枝的热热闹闹的小西梅遥相对望……我摘下一小截迷迭香，放在鼻子前贪婪地嗅着这夏天的味道。

"莫将闲事挂心头，便是人间好时节。"如今的我真切地感受到了这种人世间的幸福。

从小便向往"闲看庭前花开花落""漫随天外云卷云舒"的生活，《菜根谭》更是不知抄了多少遍，可似乎并未真正领会其中妙义，即使偶尔有所感悟，也是形式上居多，神韵境界不足。而如今这一刻，以及过去无数次重复的这一刻的心境，让我满怀感恩，沉醉其中，倍加珍惜这份"闲适"。

十年前，当还没结婚的我独自驾驶着人生第一辆越野车行驶在西藏317国道时，才开始真正接触到人生的"孤独"。这种孤独新鲜又舒畅，让我思考良多，让我感知到自身在天地之间的渺小，也感受到有一种更宏大的力量充斥在天地之间。

七年前，刚结婚不久的妻子明月来加拿大留学，而我的加拿大签证却被拒签了两次。无数个夜晚，听着那首《后会无期》，孤独开始变得刻骨铭心，漂洋过海却望不到孤独的尽头。

五年前，来到加拿大两年的我，在自己购买的第一座小房子里，深夜听着妻子和刚出生不久的儿子均匀的鼾声，那份孤独开始让我着迷，让我欲罢不能，并至今魂牵梦萦。那时的深夜，我喜欢听口琴曲《夏日时光》（*Summertime*），孤独在音乐的加持下在我心底留下深深的烙印。

一年前，因为疫情防控三年没回国的我，当刷到家乡鲁南乡村田间地头或者冬雪年夜的视频时，思乡的孤独让我沉醉。

而此刻，当我坐在异乡的夜里感受这不同时空的孤独时，心头居然毫无波澜。即使很快我又会启程，开着房车带着家人一起翻山越岭，奔赴山海，去追寻万里之外北极荒野中的孤独……

此时此刻的我正在享受孤独，我思故我在，无比真实地活着。

目 录

人生清单之一：环游加拿大

加拿大幅员辽阔，领土面积约998万平方公里，位居世界第二。西临太平洋，东濒大西洋，北接北冰洋，拥有无数的国家公园，且不乏人迹罕至的森林、高山、冰原、苔原，自然风光极为壮丽。

我居住的温哥华岛，面积与台湾岛相仿，但人口却只有八十万左右，并且大部分居住在我所在的大维多利亚地区。作为加拿大最西南角的城市、卑诗省的省会，维多利亚气候宜人，冬暖夏凉，甚至70%的加拿大人声称退休之后最想到维多利亚养老。

自从七年前我来到加拿大，一直有环游加拿大的想法，却一直未能成行。倒是有过两次稍长一点的旅行：一次是2020年我和妻子、儿子去落基山的班夫和贾斯珀国家公园游玩；另一次是2022年我带妻子、儿子和岳父、岳母环温哥华岛游玩一圈。其他时间一般只是就近露营而已。不过，即使是短途旅行，也给我和家人特别是儿子们留下了非常美好的回忆。

我和妻子明月有两个儿子，都是在加拿大出生的。老大加诚，老二加朴，"诚"和"朴"，取自我和明月的母校——西北农林科技大学的

维多利亚内港

校训"诚、朴、勇、毅"。而英文名，老大洛根（Logan）取自加拿大最高的山峰洛根峰，老二贾斯珀（Jasper）则取自我们最喜欢的贾斯珀国家公园。

　　由于加拿大社会对于"成功"的标准多元，或者说几乎没有标准，很多家长并没有"望子成龙、望女成凤"的想法。如果孩子能快乐地成长，选择自己喜欢的职业，未来是否有大的成就并不是很多人追求的事。

　　我和明月也是同样的心态。在我个人的自媒体频道，我不止一次地通过文字或者视频表达："为人父母之后，对于自己的孩子，不强求他们学习成绩多么好，也不需要多么出类拔萃，只愿他们热爱生活就足够了。"这好像成了我的育儿宣言。

　　于是，带儿子们旅行、露营、亲近大自然，就成了我们非常重视并且经常做的事。儿子们也超级喜欢旅行和露营，即使目前只有两岁多的小儿子，也已经能够清晰地表达对露营的喜爱。

我列出了很多人生清单，是要带着孩子一起完成的，比如：环游加拿大，环游中国，徒步英国至意大利的欧洲朝圣路线，带孩子打猎，等等。记得十多年之前我们还没有孩子的时候，我的手机里就存有一张梦想中的照片：荒野之中，两个男孩一左一右趴在雪地里，注视前方，他们的身边一左一右各趴着一条狼狗，两人脸上露出稚嫩但不乏坚毅的神情，自由而又野性十足。

随着孩子们慢慢长大，几天的短途旅行已经渐渐不能满足我们，穿越加拿大的想法由此萌生。

起初我关注的是比较热门的由西向东沿着 1 号公路横穿加拿大的行程。从太平洋到大西洋，从我所居住的卑诗省维多利亚市的"0 公里"标志处，一直到大西洋沿岸纽芬兰省的圣约翰斯市，总长 7775 公里。可是这条线路实在太过漫长，过了落基山脉将会有很多单调而乏味的景观，整趟旅程的标志性意义大于实质性感受，再加上返程又是七八千公里，着实令人头疼。于是东西横穿的想法就此作罢。

"何不一路向北？"当明月提出这个想法时，我眼前一亮。

如果说加拿大是北方的皇冠，那么落基山脉就是这顶皇冠上璀璨的明珠。落基山不仅有我们喜欢的班夫国家公园、贾斯珀国家公园，一路向北在落基山脉之中翻山越岭更是有数不清的美景、少有人知的秘境、罕有人至的温泉和冰川湖，到北极还有可能看到极光，接触到原住民特别是因纽特人的文化，并完成从太平洋到北冰洋的跨越，听起来就令人心潮澎湃……就这么愉快地决定了：一路向北！奔赴山海！纵穿加拿大！

接下来，有一个更实质性的问题：怎么去？很显然，我们需要一辆房车。

买一辆房车

在此之前，我从未有过拥有一辆房车的想法，连这样的梦想都不曾有过，因为它显得太过遥远。

我出生于山东沂蒙山区的一个小镇，父母都是普通农民。作为一个农村小伙，我在经历了几次高考失利后才上了大学。毕业后回到山东，只能更多地依靠自己去努力拼搏。虽然刚毕业时年少轻狂，认为世界尽在自己掌握之中，但现实并非想象中那般。纵使非常努力，在没有运气加持的情况下，也只是平凡人在平凡世界中的平凡境遇，甚至买房、买车都成为极为奢侈的事情。

所以，我很庆幸并感激作为大学同学的妻子从未离开过我，即使在相识后的十多年里，我一直是个一无所有的穷小子。

后来，工作有了起色，收入逐渐增加，我买了一辆越野车"帕拉丁"。虽然是二手车，但却是我的"梦想之车"。2013 年 8 月，我开着它从山东一路向西抵达西藏，实现了我青年时期的一个梦想。

来到加拿大后，明月还在读书，我找到了一份养家糊口的工作。刚开始工资很低，加上维多利亚市内的公交系统比较发达，我一直乘坐公交车上下班。直到第二年，明月快要生孩子时，我们才考虑要在加拿大买一辆车。

2016 年、2017 年，我刚来加拿大的那两年，加元兑换人民币的汇率一直维持在 1:5 上下。那时无论是房子还是车，都很便宜，当然这种便宜是相对于当年国内的高房价、高车价，以及如今加拿大的高房价和高车价而言的。

不过，即使相对来说比较便宜，对于我和明月这样的年轻人来说，仍是一笔不小的开销，需要我们仔细规划。我们大学毕业后在国内工作了八年，攒下的那点钱，除了作为明月来加拿大读书的学费、生活费，还在 2016 年 3 月我第一次来加拿大时，作为首付款的一部分，加上多方筹措的资金和银行按揭，在维多利亚买了一个小房子。

买车的时候，出于资金方面以及乘车舒适度上的考虑，最终买了一辆大众 Mini-Van（小型厢式车）。这种七座家庭车在加拿大有孩子的家庭很普及，国内一般称之为商务车或者保姆车，加拿大的小孩则更喜欢称之为"老爸车"，因为很多老爸总是用这种车接送孩子去棒球俱乐部。

这辆车在我家服役了八年，可以说一直任劳任怨，兢兢业业，立下了汗马功劳。

现在，人生的第三辆车，没想到就是"房车"。

其实从产生纵穿加拿大的想法，到看完房车付定金，我只用了一天时间。

和明月商量完一路向北纵穿加拿大的想法后，我便登录脸书（Facebook），去查找房车买卖信息，这一搜就打破了我的认知壁垒。

以前总认为房车是普通人可望而不可即的东西。来加拿大的前几年也有人告诉我买房车最少需要一二十万加元，让我感觉这东西好像与我无缘，就自动屏蔽了相关的信息，不再去关注。

其实，很多加拿大普通家庭都有像房车、游艇这种在国内是奢侈品的东西。因为这边二手房车和二手船交易本就非常常见且成熟，再加上近两年的通货膨胀，银行不断加息，一部分人负担不起家庭开支就会卖掉像房车、游艇这种大件。买家运气好的话甚至可以捡到很棒的东西，所以一辆车况非常棒的房车或者游艇，有时候几万加元就可以拿下。

我当天就看上一辆刚挂出来的福特24英尺（1英尺约等于30.48厘米）经典款一体房车，要价5万加币，车况看起来很好，于是马上联系车主去看车。

车主是一位七十岁左右的老爷子，叫安迪（Andy）。他热情又耐心地给我介绍了房车的里里外外，又带着我试驾了好长一段路。安迪以前在加拿大皇家海军工作，退休之后带孙儿玩了几年房车，现在感觉玩不动了，就想给房车找一个好买家。

我对房车一窍不通，在安迪细致地给我展示完房车的一切之后，我如实告知安迪，我对房车没有任何了解，即使他讲完了，我也不懂车况是好是坏，但是，我要买！因为我相信安迪，相信这是一辆非常好的车，相信这是一个实诚的价格。我相信自己的感觉、自己的判断，即使是第一次见面，只看了半小时，我还是果断作出决定：买！

每个人的人生都不是完美的，每天都是生命的馈赠：你遇到的每一个人，你作的每一个决定，你的每一个思考，心中的每一个起心动念，都是生命的馈赠！上天其实都已经给你我安排好了旅程，而你我所能做的，就是用一种美好的、信任的、无怨无悔的心态，去面对，去感恩，去珍惜。我相信，这一切都是最好的安排，剩下的，就是听从自己的内心，并用心享受这一切。

事实证明我的决定是正确的。房车的车况非常好，设施一应俱全，

从产生纵穿加拿大的想法，到看完房车付定金，我只用了一天时间

并且内置两张大床和一张隐藏的小床，特别适合我们一家六口出行。

我和明月正式出价时，写了一封非常真诚的信，介绍了我们的具体情况和对此车的喜爱。卖家安迪和他太太认真回复了信件并决定给我们再优惠四千加元，这让我们非常欣喜。在加拿大买车或者买房时，都可以通过写信的方式来介绍自己的情况并真诚地讨价还价，这种沟通非常有效。如果有很多人同时竞争购买一栋房子，在价格相差不是很多的情况下，最后很有可能是最真诚写信的那方胜出。我很喜欢这种传统，让冷冰冰的交易有了温情。

在加拿大办理二手车交易手续也非常简单。价格最终敲定后，我们去一个车辆保险公司，行云流水般办完手续，开上挂了新车牌的房车，最终花费了五万多加元。

就这样，我们拥有了一辆房车。

安迪把车钥匙交到我手里时说，他非常喜欢努力奋斗的年轻人，更喜欢看到努力工作的年轻人享受自己应得的一切。他觉得我和明月看起来就是很努力的人，努力之余还能享受生活是很值得赞叹的，能把爱车卖给我们，令他和太太觉得一切都很完美。最后安迪幽幽地对我说，他快到六十岁时才享受到了房车生活，而我比他整整早了二十多年，他很为我们开心。

我很感谢这个加拿大老爷子，在脸书的交易平台上，给他写了很正面的评价。

好了，房车也有了，该规划"一路向北"的行程了。

青春，意味着说走就走

在"一路向北"的想法诞生的十年之前，我曾经有过一次"一路向西"的青春之旅。

"我打算在黄昏时候出发，搭一辆车去远方。今晚那儿有我友人的盛宴……"那是2013年的夏天，我的脑海中每天回荡着《青春》这首歌的旋律，特别是开头这几句尤其令人心动，好像有只小手在撩拨我的心弦：去远方吧，去西藏吧，去未知的地方闯荡一番。

自驾去西藏的想法一旦出现，便立刻生根、发芽，蔓延出无数的枝枝蔓蔓，爬满我脑中的沟沟壑壑，遮住我的眼睛，侵蚀我的理智，甚至到了日思夜想、魂牵梦萦的地步。

在QQ空间日志写下一篇《我要出发了》的日志后，我带上简单的行李，特别是几十张音乐CD，开上帕拉丁就出发了。而且，那晚远方真的有友人的盛宴。

当时写道：

我要出发了

毕业这几年一直忙于工作，渐渐遗失掉一些美好的东西。本来去年还想重现大学潇洒状骑车去西藏，最终因工作繁忙未能如愿。趁着现在还能闲来做做梦，于是交代完工作，改装了爱车，打点好行囊，道别不能同去的爱人、亲人、朋友，我准备出发了。

不想"征服"什么，也不想"猎奇""逃避"，更谈不上"朝圣"，只想出发，去看望久未见面的老朋友，在母校逛逛，在成都遛遛小巷，在拉萨晒晒日头，在珠峰赏赏落日，在川藏线上越野，在青海湖边骑一圈，并融入所去的每一个地方，让心灵与途中景物碰撞，某时某地的所见所思，镌刻于记忆之中，或许会成为人生感悟之一。

所以这次旅行，肯定不是我壮游的终结，而是一个新的开始！

行程如下：

时间	行程	时间	行程
8月1日	济南—郑州	8月17日	定日—珠穆朗玛峰—日喀则
8月2日	郑州—西安		
8月3日	杨凌西北农林科技大学	8月18日	日喀则—拉萨
8月4日	杨凌—成都	8月19日	拉萨—纳木错—那曲
8月5日	成都	8月20日	那曲—沱沱河
8月6日	成都—丹巴	8月21日	沱沱河—格尔木
8月7日	丹巴—甘孜	8月22日	格尔木—青海湖
8月8日	甘孜—德格	8月23日	青海湖
8月9日	德格—昌都	8月24日	青海湖
8月10日	昌都—然乌	8月25日	青海湖骑行
8月11日	然乌	8月26日	西宁
8月12日	然乌—八一	8月27日	西宁—银川
8月13日	八一—拉萨	8月28日	银川
8月14日	拉萨	8月29日	银川—米脂
8月15日	拉萨	8月30日	米脂—平遥
8月16日	拉萨—定日	8月31日	平遥—济南

2013 年 7 月 28 日于济南

当时规划得非常完美，可计划永远赶不上变化。临行时，通麦天险突发泥石流被冲断了，迫使我临时从318国道川藏南线改到317国道川藏北线。进藏后的行程全部被打乱，更让这一旅程变得艰难起来，也为我中途遇险埋下了伏笔。

2013年8月1日，从济南自驾去西藏

但，当回过头来看这一切时，一切又显得那么完美。还是那句话：一切都是生命的馈赠，一切都是最好的安排！

其实，人世间的一切，生命中的一切都是如此，就比如说移民或者留学，有的人做了很多规划，找许多人咨询，总想选出最佳、最稳妥的一条路，可要么就是临时有变全盘皆变，要么就是永远行动不起来。

记得三年前我刚开始做自媒体时，有人就问我移民的事情，三年后，同一个人来找我还是咨询一样的问题。三年过去了，疫情都翻篇了，他居然还在原地踏步。

所以，有时候，最佳的途径就是行动起来。启程，大步流星往前走，水来土掩，兵来将挡，一切就会在行动中迎刃而解。以至于本以为一路上会曲折坎坷，但完成时再回头看，原来是最美丽精彩的一段路。

就像前面那篇《我要出发了》的日志写的一样，西藏之行令我收获颇丰。

旅程中的每一天其实都在潜移默化地改变我，整个人的心理、思想都发生了很大的变化。里程碑式的旅行成就了人生旅程中里程碑式的自己，让我在未来的日子里不断成长、不断丰盈、不断享受这次"青春远行"带来的生命的馈赠。哪怕在十年之后，当《青春》这首歌响起，依然心潮澎湃……

十年之后的2023年夏天，我又要出发了。这次已不再是一个人，而是一家六口，在这个熟悉又陌生的异国他乡一路探索游历，奔赴山海。

但是，这次去远方的想法更加强烈，我等不及要让两个年幼的儿子看到更多的未知世界，感受不一样的旅途；等不及一家六口在一起享受旅程的时光；等不及去享受努力工作后应得的假期；等不及去更新我自媒体频道里的视频和直播，让真正喜欢我的朋友们看到更多加拿大的风土人情。

更重要的是，我对自己的旅行规划非常有信心，相信自己的判断和作出的选择。这次旅行将是我和家人人生中浓墨重彩的一笔，也将是史诗级的一次加拿大穿越之旅。

每个人都要有一次史诗级的旅行

这次全家人房车纵穿加拿大到北极的"一路向北"，我称之为个人的"史诗级旅行"。

十年前自驾去西藏也是个人的"史诗级旅行"。再往前推，十六年前大学毕业前几天，我和两个朋友用七天时间骑自行车翻越秦岭，同样也是个人的"史诗级旅行"。

人活一世，每个人的一生中都应该有一次或几次"史诗级的旅行"！我对个人的"史诗级旅行"是这样理解的：不管是什么人，处在什么年龄、什么境遇，只要能在俗情琐事中急刹车，投身到可放空、可充电、一直向往的旅行中，在身体、精神或时间的延展中，思考并找到人生新的发现或者新的意义，都算得上是个人的"史诗级旅行"。

这种"史诗级旅行"，珍贵就珍贵在我们可以慢下来、停下来、跳出来，看自己、看他人、看众生，分析过去、现在和未来，成就自己，改变命运。

这次房车纵穿加拿大一路向北，由于想法一产生随即就计划出发，并且房车营地需要预订，这样看来，其实时间已经非常紧迫了。

加拿大是个很讲究规则的国家，加拿大人也非常遵守规则。我经常在我的直播中讲，来加拿大后人际关系变得非常简单。除了家人和真正性情相投的朋友，我不需要花任何时间经营为了达成某种目的而去结交的关系。在这里办事，无论是留学、移民、求职等人生重要事务，还是其他日常事务，都可以通过正规渠道、依据明确的规章制度在网上办理。同样，即便是像外出露营时预定营地、酒店这样的琐事，也只需直接在官方网站上进行预订即可。

很多加拿大人早早就把一年的旅行计划做好了，并提前半年甚至一年把营地订好，似乎旅行是他们一年中最重要的事一样。

事实确实如此，在我工作的加拿大费尔蒙帝后酒店，很多工作几十年的同事，总是在一年开始，就提前请好这一年中的假了。我刚来这里工作的那两年，总觉得似乎没这个必要，但是现在逐渐理解了，想必今后我也会提前规划好一年的假期。

我是在 5 月底买的房车，旅行保险买的是 6 至 9 月的。毕竟房车不是一年四季都出门，主要就是夏季出游，所以其他季节不必出行，也省了保险费。

时间已经确定好了：我们会在加拿大的旅行旺季出行，没的更改，儿子也只有暑假这七八月份有出游的大块时间。路线也确定好了：大致方向是从维多利亚家中出发，经温哥华沿美加边境走欧肯那根河谷到落基山脉，然后一路在落基山脉穿行北上，翻越崇山峻岭，经过卑诗省、阿尔伯塔省，到达育空地区，然后再一路向北经西北地区，最后到达北冰洋。

剩下的就是预订营地了。我计划 7 月底出发，6 月初开始预订营地时发现基本上已订满。没办法。有人问，住房车难道一定要订营地吗？我建议要订。

首先，营地非常安全，否则大半夜的在荒郊野外，有人或者有动物

加拿大的露营地一般会建在比较著名的景点附近，风景优美，游玩起来更方便

凌晨敲你的门也不是闹着玩的；其次，房车营地一般水、电、排污设施齐全，可以尽情享受舒适的房车露营生活，避免不必要的尴尬；第三，营地一般建设在比较著名的景点附近，风景优美，游玩起来更加方便；第四，我尤其推荐在去北极这条路上尽可能地住营地，因为夜晚比较寒冷，而营地一般都有木柴可以取暖、做饭，会让风尘仆仆的旅人感受到彻底的放松和温暖。当然，如果确实没有营地，在空地或者其他合适的地方将就一晚，问题也不大。

加拿大的露营地大致可以分为三类：国家公园营地，需要在加拿大国家公园的官方网站上预订；省立公园营地，需要在各省的公园官方网站预订，而像育空地区或者西北地区这种人少的地方是不需要预订的，先到先得，在营地自觉缴费；私人营地，在其网站上预订或者电话预订即可，有时老板也能给当场安排上。

一般情况下，每年6—8月的露营季，营地都订得满满的，所以最好提前几个月预订，这样才能在合适的时间选到喜欢的营地。否则，只能像我这次一样：捡漏。

于是，整个6月份，我都充满期待。每天早晨起来第一件事就是打开电脑查营地。一旦发现时间契合、路线契合的营地，马上付款订下来。特别是炙手可热的班夫国家公园和贾斯珀国家公园里的班夫 - 路易丝湖、班夫、贾斯珀这几个国家公园营地，基本上一有空位，我会不假思索马上付款，否则很快就会被其他人捡漏。

虽然几乎每个营地都有那种步入式露营位，也就是不接受预订先到先得的营地空位，但是相信我，在繁忙的七八月加拿大露营季，在狂热爱好露营的加拿大文化里，你绝对不想出现下面这种情形：你风尘仆仆地开了一天车，终于到了目的地，发现没有房车的容身之地，特别是车上还有饥肠辘辘、眼巴巴看着你的一家老小。

就这样，本着宁可花冤枉钱也不浪费一个梦想露营地的原则，我连续一个月每天刷官网捡漏，遇到在路线上的营地就订下来，遇到更合适、更满意的就退掉已订的，重新订，最终在原定出发日期前二十天确定好了所有行程和营地。

说心里话，我非常有成就感！能订到满意的营地不是一件容易的事，甚至这次连最抢手的路易丝湖旁边的班夫－路易丝湖房车营地都被我连续订到了三天。等朋友们有机会到路易丝湖旅行或者订营地时就会知道，能在旺季抢到这里的营地有多么不容易。

当然，搜营地、订营地的过程是很有意思的，整个过程充满了期待。你永远不知道，你打开的房车营地地图上是一片橙色或红色的订满，还是会出现如寒夜明星般那一片红中的一个绿点。

最终确定行程如下：

时间	行程	时间	行程
7 月 26 日	卑诗省维多利亚—卡尔特斯湖省立公园	8 月 11 日	阿尔伯塔省萨斯卡通岛省立公园
7 月 27 日	卑诗省南欧肯那根湖省立公园	8 月 12 日	卑诗省查理湖省立公园
7 月 28 日	卑诗省亚克省立公园	8 月 13 日	卑诗省尼尔森堡
7 月 29 日	卑诗省库特尼国家公园	8 月 14 日	卑诗省蒙乔湖省立公园
7 月 30 日—8 月 1 日	阿尔伯塔省路易丝湖	8 月 15 日	卑诗省利亚德河温泉
8 月 3 日—4 日	阿尔伯塔省班夫	8 月 16 日	育空地区华森湖
8 月 5 日—6 日	阿尔伯塔省大卫·汤普逊度假村	8 月 17 日	育空地区特斯林湖
8 月 7 日—10 日	阿尔伯塔省贾斯珀	8 月 18 日	育空地区白马市

（续表）

时间	行程	时间	行程
8 月 19 日	育空地区斯图尔特克罗辛	8 月 27 日	卑诗省博雅湖省立公园
8 月 20 日	育空地区工程师溪	8 月 28 日	卑诗省米奇亚丁湖省立公园
8 月 21 日	育空地区石头河	8 月 29 日	卑诗省普拉德霍姆湖省立公园
8 月 22 日	西北地区因纽维克	8 月 30 日	卑诗省鲁珀特王子港
8 月 23 日	西北地区图克托亚图克	8 月 31 日	卑诗省卑诗渡轮—哈迪港
8 月 24 日	西北地区麦克弗森堡	9 月 1 日	卑诗省奇迹海滩省立公园
8 月 25 日	育空地区墓碑山		
8 月 26 日	育空地区白马市	9 月 2 日	返回维多利亚

往返恰好是 8888 公里，共 39 天，真是令人心潮澎湃！

从卑诗省到阿尔伯塔省，到育空地区，到西北地区北冰洋海边，去的路上三十天左右，慢慢悠悠欣赏沿途风光，回来的路上十来天，因为归心似箭，所以会加快一下步伐。毕竟，生活还要继续，儿子要上学，我要上班，一家人要回到自己家中，感受家的温馨。

最重要的，我们一定要在 9 月 3 日之前赶回来，因为 9 月 4 日是明月的大日子！

从大学校友到夫妻移民加拿大

在房车纵穿加拿大出发前一周，妻子闫明月接到了来自加拿大卑诗省政府打来的电话。未来的主管在电话中告知她，她在教育部政策分析师考试及面试中排名第一，被录用了。

未来的主管询问明月愿不愿意接受这个工作，如果愿意的话，能否从 7 月 31 日周一开始到教育部上班。

明月看到显示卑诗政府的电话号码时，其实已经大概猜到来电内容，她按捺住心中的激动，淡定地告诉她未来的主管，我们全家已经安排好了 8 月的长途旅行，上班时间能否延期。

"那么，9 月 4 日的周一能否来上班呢？"

"当然可以。"

当明月淡定地告诉我这个好消息时，我还以为她在开玩笑，在反复确认之后，我特别高兴，全家人都为她感到开心。这简直是本年度我们全家最好的消息！

这是对"是金子总会发光"一句话最好的证明，这是对"有付出就有回报"的最佳诠释，这是"天道酬勤"最棒的实例，这也是对坚持梦想的人最真实可信的激励！

所以，我们一定要在 9 月 3 日之前赶回来，因为 9 月 4 日闫明月将作为加拿大卑诗省教育部政策分析师开始新的事业，开启她人生新的篇章。

我和明月是西北农林科技大学的校友，2004 年入学，她在外语系，我在园艺学院。一不留神，就要相识二十年了。

回想起来，第一次见她的时候，我并不知道那是她。直到我俩结婚之后，有一次看到她参加我们学校"金话筒主持人"大赛获得第一名时的比赛录像。当摄像机从舞台上光彩照人的参赛选手闫明月身上巡视全场，扫过台下观众席时，所有的观众展示的都是侧脸，或者扭头避开摄像机，只有一个小伙子在人群中特别亮眼，他不仅正好转头直视镜头，还恰到好处地冲镜头笑起来，露出一排洁白的牙齿，镜头故而停留了一会儿，再转向别的方向。没想到，这个小伙子就是我。那时的我只是台下一名普通的观众，甚至在看到这段录像之前，我和明月都不知道还有这么一段相遇。

那个时候年轻单纯、无忧无虑，我作为观众去看校园主持人大赛，记得有一个漂亮、明朗、阳光的小姑娘拿了第一名。但我同时也是一个刚走出农村、历经两年复读步入大学校园的小伙儿，清贫而又无知，不会想到舞台上这个光彩夺目的小姑娘会成为我的女朋友，会是我未来的妻子，会和我同甘共苦移民到加拿大，并成为我两个儿子的妈妈。

从那一天起，命运的齿轮就开始转动，把我们两个人紧紧地联系在了一起。

那时的我还没发福，小伙儿真是帅；那时的她也真是美，小姑娘水灵灵的，以至于我一直以为她是苏州、杭州那一带来的。当然，作为学生的我们，也没有太多机会认识，一个学园艺，一个学外语，像太阳系的两颗行星，各自绕着自己的轨道运行，偶尔有那么一两次相遇，也没机会停下来对视一眼。后来，我俩都在学生会工作，我是园艺学院的学生会主席，她是外语系的团工委副书记，见面的机会增多，也只是人群中彼此有好感的普通朋友而已。

我后来有幸成为西北农林科技大学大学生艺术团团长，学校搞"迎评晚会"，我在演员休息室遇到一个美丽的姑娘，她跟我大方打招呼，我蒙了，没反应过来是谁。原来是化了演员妆的闫明月啊！她出演话剧《巨粉娥》，我相信很多西北农林科技大学的老学子还记得这个节目。但那天我只记得，闫明月真美！

再后来，我有了辆小摩托。有一次在学校门口遇见她，因为学校太大，她们外语系的宿舍又太远，于是我执意从校门口送她回宿舍。

记得那是夏天，阳光明媚，凉风习习，阳光透过校园浓密的法国梧桐树叶，洒在一个小伙子和小姑娘身上。小伙子骑着小摩托意气风发，姑娘小鸟依人坐在后座，扎着一条麻花辫儿，她还不好意思搂小伙子的腰，只得将前臂伏在小伙子背上支撑着，以防身体贴在一起。青春的风从他俩发梢吹过，那年，我二十二岁，她二十一岁。

再后来，终于被我逮到机会，邀请她一起爬秦岭太白山。那时可不像现在这么方便，真的需要几天时间，从红河谷入口一步一步翻山越岭爬上山顶，再一步一步爬下来。

2007年10月3日，海拔3700多米的秦岭主峰太白山山脊上雾特别大，两旁的悬崖看起来深不可测，风更大，大到似乎要吹跑娇小的她。最终，一起登顶的我没让她被大风吹走，因为我用绳子一头拴住她，一头拴在我的腰上。这一拴，就"拴"到了现在。

我一直很庆幸自己在大学时代就谈起了恋爱，在青春年少的二十多岁就找到了人生伴侣。我相信年轻的时候是有爱的能力的，这种爱的能

2007 年 10 月 3 日，我和明月在秦岭太白山留影

力很强烈、很纯粹，不会被物质和现实所束缚，会大胆地跨越所有的障碍，奔向三观契合的灵魂伴侣。

我也一直鼓励身边的年轻人，二十多岁的年纪，要勇敢地去爱，以三观契合为重心，不要太在意物质的那些表象，而忽略了爱情的珍贵。物质只是附属品，灵魂契合才是根本，没有爱情的加持，物质也会在认清生活真相后变得冰冷和虚幻。否则随着年龄渐长，爱人的能力会变弱，附加的细枝末节极容易遮住发现爱的眼睛，外在的条件匹配也会变成沉重的枷锁，让自己再难找到真爱。

就这样，我俩从二十多岁的小青年，一路磕磕绊绊，彼此搀扶着，毕业先是在国内奋斗，后来又一起在三十岁的年纪来到加拿大。

闫明月直至今天仍保持着学习的习惯，也是我知道的为数不多的雅思成绩 8.5 分的人。她其实一直都有出国留学的想法，可毕竟是来自最普通工薪家庭的小镇姑娘，出国留学可望而不可即，特别是刚毕业那会儿，出国可以说连想都不敢想。毕业后我们都得靠自己，先找工作，从懵懂无知的状态慢慢成长，一步一步先站稳脚跟，再敢想其他的。

幸运的是，我俩都属于比较能干的人，工作能力也比较突出。特别是明月，大学期间就身兼数职，如外语系的团工委副书记、校园广播台的播音员、主持人、家教老师等。大学毕业后，她进了新东方学校，完全凭自己超乎寻常的能力和毅力，从月薪只有六百元的小助教，一步步成为济南新东方学校的雅思、托福、SAT 名师。后来，明月带领新东方游学团分别去了北美、欧洲等地，这更坚定了她出国留学的想法。

其实那时我们在济南的工作越来越顺利，生活也是越来越红火、舒适，并且在相爱七年后结了婚。但是，明月下定了决心，一定要出国留学，不仅能圆了留学梦，而且学成归来在新东方学校也会更上一个台阶。在权衡了学费、环境等各方面因素后，明月申请了加拿大的大学。对于优秀而又努力的明月来说，一切都很顺利，2015 年 8 月，飞机载着她来到加拿大，开始了在维多利亚大学的教育管理学硕士的留学生活。

多年以后，我经常回忆起和明月在济南遥墙国际机场分别的那个场景：一对年轻的小夫妻相拥而泣，前路未知。过了中国海关安检处，一个身材娇小的姑娘只身前往陌生的国度求学，她有着伤感但坚毅的眼神，虽然不知未来，但内心充满希望！

这是一个人的一小步，却是一个家庭的一大步。她不知道的是，这改变了许多人的人生轨迹。

还好，我们是幸运的。

2015 年 8 月，明月来留学；2016 年 3 月，我办旅游签证来加拿大考察并买了房；2016 年 10 月，我正式凭配偶陪读工签来工作；2017 年 4 月，生大儿子；2017 年 6 月，明月硕士毕业；2018 年 5 月，我俩拿到枫叶卡。

明月来加拿大的前三年把留学、生娃、移民等人生大事都搞定了。特别是移民这个事，她自己去研究，相信自己的判断。在她硕士毕业之前，问过很多过来人和移民顾问，所有人都异口同声地说她不够条件。毕业即申请移民肯定会失败，怎么也得先在加拿大找到工作，有一年以上工作经验之后再申请移民。

我非常佩服明月的一点，就是她要做一件事，一定要把这件事研究得非常清楚。加拿大的移民或留学条件其实非常透明，几乎所有的信息、途径、方法都可以在网上查到。如果申请者英语足够好，完全可以自己申请，英语不好的人就需要去找移民或者留学顾问了。在掌握了足够多的准确信息之外，明月和我一起在维多利亚考了 G 类雅思，一毕业马上带我一起提交了加拿大联邦快速通道（简称 EE）移民申请。

EE 通过申请人的四个条件来打分：年龄、学历、工作经验、英语水平。所有申请者进入 EE 的池子，加拿大移民部每次从池子里抽出一定数量的申请者，从高分往低分抽到足够人数为止，所以分数高的就会被抽中。没抽中的待在池子里继续被抽，想要被抽中其实底层逻辑很简单，要么下次抽的时候降分，要么自己想办法提高分数。

EE 打分的第一项是年龄，明月年龄在 29—30 岁之间，得到的是满分。年龄低于 29 岁，加拿大官方认为太年轻，适应社会能力欠佳，会相应扣一些分；而超过 30 岁后，又会因为以后在加拿大工作年限减少而扣分。所以 29—30 岁时加分最多。

第二项是学历。在加拿大的学位越高，加分越多。明月是硕士，加分自然不低。注意，这里的学位是在加拿大受教育获得的学位，其他国家的都不算。因为加拿大移民部认为，在加拿大接受过教育，在毕业之后能更好地适应当地的社会。

第三项是工作经验。有加拿大的工作经验会加分，但是因为当时我们在加拿大的工作经验都不足一年，所以只能用国内的工作经验加了一点点分。所以这就是很多人建议至少在加拿大工作满一年后再提交申请的原因。

第四项就是英语。雅思分数越高，加分越多，听、说、读、写每一项都记分。明月雅思总分8.5分，单项成绩分别是9分、9分、8分、8分，

2018 年，拿到枫叶卡后，我和明月在维多利亚唐人街的同济门前留念

EE 语言这一块拿了满分。除此之外，因为英语太好，又额外给加了 50 分。事实证明，英语好在加拿大是得天独厚的优势，英语好的人将会在留学、移民、升职、加薪等方面获得更大的筹码、更多的机会！

假设明月是单身，她自己申请的话，仅上面几项加起来她可以得 500 多分；因为我们已经结婚，夫妻共同申请，她是主申请人，我作为副申请人会占用总分 30 分的打分区间。最终，她打分 480 分，我打分 8 分，加起来 488 分，进入了加拿大联邦快速通道的池子。

无论什么事，当你掌握了精准的信息，做了万全的准备之后，是完全不必担心的，一切都在自己掌握之中。我们研究了当年每次抽取的人数和每次抽取的分数大体走势，确信我们只要进池子，肯定会被抽取。

当再次 EE 抽签时，池子中 430 分以上的全部被抽取，我俩高出 58 分，没有任何悬念。于是，又等了半年，我们出了一次境，去了一趟美国，重新入境后拿到加拿大永久居民身份卡（简称 PR），也就是枫叶卡。

后来做自媒体直播时，经常有观众问我加拿大留学、工作、移民难不难。特别是现在六七年过去了，加拿大移民政策一直在收紧，包括我所说的加拿大联邦快速通道移民，分数逐年增高。但我认为事在人为，方法总比困难多，可以去提高雅思分数，找符合条件的工作，学法语，寻求专业人士或者专业的机构帮助，等等。

这时，我总会把《小马过河》的故事讲一遍。很多时候，我们就是那匹小马，别人无法代替我们做出决定。要不要过河，值不值得过河，只有自己心里最清楚。能否过河？河水是深是浅？只有自己勇于尝试才能试出。河对岸到底是好是坏？只有自己努力走好属于自己的路，才知道最终结果。

如何在加拿大找到满意的工作？

在加拿大找工作难不难？

这是我在做自媒体直播时被问到最多的问题。我有两个答案：如果你刚到加拿大，没有任何优势，对工作不挑剔，期望值也不是很高，首要任务是站稳脚跟、养家糊口，那么会很容易找到工作，就比如七年前刚来加拿大的我；对于已经在加拿大留学，起点较高，想找与专业相关且各方面期望值很高的人，就不容易了，需要工作经验和时间的沉淀，就像毕业后一直坚持找教育领域的工作且要求比较高的闫明月。我俩真的是两种典型的代表。

来加拿大之前，我在广告公司工作，工作不错，很适合我。我的老板刘总人很好，跟着他我学到不少东西，进步很快，业绩不错的我从基层业务员一直做到副总经理。接触的客户都是行业内的优质大客户，关系处得特别好。同事们也很好，一直到现在都是非常铁的朋友，每次回国总是要聚一聚。当时的收入在山东算是高的，知足常乐的我对工作这块很满意。

所以当明月刚提出来加拿大时，我是反对的。我俩在济南有着还算体面的工作，收入不错，朋友不少，离临沂老家也近。我很喜欢济南这个有山有水有灵性的城市，一切都刚刚好，一切都很舒适。如果去加拿大的话，跨度非常大，连生计都会成为最大的问题。我的一切优势都荡然无存，哪怕最基本的语言都要从头开始，毕竟毕业八年的我早已将本就学得不好的英语抛到九霄云外了，在一个陌生的国度怎么工作呢？扛麻袋吗？不怕朋友们笑话，来加拿大之前我真的想过要去码头找一个能扛麻袋的活儿。

一切事情在还没开展之前，胡思乱想只会给当事人徒增烦恼和压力，带来很多莫须有的艰难险阻，但是一旦开始干，就会发现困难迎刃而解。

我是 2016 年 10 月持配偶工签入境的，本着只要是工作我就干的心态，刚入境一周，我就出去找工作了。很幸运，第一个工作便同意要我了。虽然我当时英语很不好，但是作为一个连锁超市的理货员，对英语和技能的要求都不高。工资就是差不多当时卑诗省的最低时薪十二加元 / 小时，一周五天，每天八小时。就这样，我的加拿大生活正式开始了。

我一直认为，对于普通人来说，找到一个当地的正式工作是一种正式生活的开始，特别是比较大的公司或者单位。只有这样，才能更好地融入当地生活，更好地熟悉当地的风土人情，更快地学习语言、技能，提升自己。

我很庆幸自己先找了本地的工作，踏实并努力工作了几年之后，又兼职做了自媒体。前几年的努力勤恳、脚踏实地，不仅仅是做一个养家糊口的工作那么简单，而是夯实了加拿大生活的坚实基础，以至于后面面对任何事情都可以做到触类旁通、游刃有余，不会自乱阵脚。否则，如果顺序颠倒的话，自己很可能由于对加拿大工作和生活的认知不到

加拿大维多利亚的地标性建筑——从 1908 年起营业至今的费尔蒙帝后酒店

位，浮于表面，随波逐流。

很多华人移民到加拿大后可能由于家境好，或者看不上落差很大的工作，没有从事过当地的工作，就总会有融入不了当地社会的感觉。一旦感觉自己融入不了，个人的自信和骨子里的文化自信就得不到自然的养成。

所以，我建议华人留学生和新移民的朋友，不如抛开面子和胆怯，勇敢地跨入加拿大社会的洪流之中，找一个本地工作，从基本干起，在历练中成长，在忙碌中进步。虽然刚开始会很辛苦、很不适应，甚至有时会感觉很糟糕、很难熬、很不值得，相信我，一切都会过去，一切都会变得越来越好。当你若干年后回头再看时，你会感激当时那个一头扎进未知世界中的自己!

随着英语水平的提高，工作能力的加强，工作经验及资历的增加，你会认识越来越多的行业上级、经理等，他们会成为你今后更好工作的推荐人，你的机会越来越多，道路也会越来越宽广!

所以，在超市做理货员的一年后，我被提升为这个连锁超市总店的主管，又一年后，被朋友推荐去维多利亚乃至加拿大最知名的百年酒店费尔蒙帝后酒店上班，三年后被提升为部门主管。

我很享受目前的工作状态，福利和薪资待遇都不错，人际关系也简单，大家都自自在在，做自己就能做得挺好。

我经常自嘲是一个"农村外出务工人员"，所以，对于来到加拿大起点较低的我来说，目前的工作已经很令我满意了。而且，一步一步、脚踏实地走过来的感觉很真实。前路依然漫长，但内心很坚定，对未来也充满好奇心。

妻子闫明月跟我的情况截然不同。她在国内的时候就是新东方集团的雅思名师、济南新东方学校的国外考试部主管。后来在加拿大维多利亚大学主修教育管理学，以全 A 成绩取得教育学硕士学位。

一直学习成绩、工作成绩均优异的她是有傲骨的，毕业拿到加拿大枫叶卡后更是妥妥的"傲骨贤妻"，生了两个儿子，一边养儿子，一边兼职教本地学生的雅思、托福、SAT，带出不少名校的学生，同时还一边找心目中的理想工作。

明月的目标很明确，就是找维多利亚本地大学的工作，而且是和她本专业相关的，可是，这谈何容易!

虽然加拿大一直是很多留学生的首选地，但加拿大的大学数量相对于其他国家来说并不多。除了加拿大著名的三大世界名校——多伦多大学、麦吉尔大学、不列颠哥伦比亚大学，比较知名的还有阿尔伯塔大学、滑铁卢大学、韦士敦大学、蒙特利尔大学、卡尔加里大学、麦克马斯特大学、渥太华大学、女王大学、达尔豪斯大学、西蒙菲莎大学、维多利亚大学等。

其实，近些年的 QS 世界排名前 1400 名大学，加拿大总共只有 30 多所。但因为是政府公费办学，教学质量非常高，学费相对于英美同级别大学便宜不少，再加上针对留学生的优渥移民政策，所以特别受国际留学生的青睐。

维多利亚市有两个比较知名的大学——维多利亚大学和皇家大学，除此之外还有一个本地公立学院——我的母校卡莫森学院。因为我们没想过要离开维多利亚去其他城市定居，所以明月能选择就业的大学很少，范围也很窄。

加拿大大学的工作机会可没那么多，很多职位都是一个萝卜一个坑。有时只有等这个职位上的人离开了，别的申请者才有机会。很多刚毕业的留学生习惯在招聘网站上给那些很好的大单位投简历，可很多简历都是石沉大海，这太正常不过了。有时候投几百封简历，没有一个面试机会，也很正常。

好的工作岗位按照程序都是需要公示出来的，可加拿大又是一个讲究论资排辈和推荐人才机制的社会，这些好工作也许早已经被内部人盯上，走走程序便内部推荐了。再加上很多好单位都有工会，工会肯定会保护自己内部的兄弟姐妹优先得到好工作。所以，大学的对口优质工作并不容易申请到，即使是优秀的明月，也难免一次又一次碰壁。好在她够坚持，很清楚自己想要什么。

后来，明月陆续得到几次兼职工作机会：一次维多利亚大学的兼职项目协调人，两次皇家大学的兼职研究员。作为皇家大学教育学院院长的助手，她和院长联合发表了很多学术文章，并作为代表参加全球教育领域的研讨会。这些工作都是阶段性的兼职工作，却是未来工作不可缺少的进阶基石。

这时候，明月已毕业六年，我们的大儿子六岁，二儿子两岁。这六年明月其实主要扮演的是妈妈的角色，照顾孩子，陪伴孩子，也因此和儿子同学的妈妈走得很近。其中一个在政府工作的妈妈了解到明月的相关情况后，极力推荐她去申请政府的工作。同时明月的朋友、同学陆续给她推荐了一些相关的职位，于是她不再只局限于大学职位，开始着手申请政府的工作。

在这里不得不说，在加拿大找工作，建立社会关系网真的很重要。这里所说的关系网是真正可以在职业规划上助你一臂之力的人，不仅可以提供准确又可靠的信息，还可以为你担保，当推荐人。

我现在费尔蒙帝后酒店的工作，就是通过打篮球认识的朋友推荐的，当然，他现在也成为我最好的朋友之一。明月申请到的政府工作，前前后后也有好几个朋友的介绍和推荐。所以，在加拿大，走出去的、真实且有效的社交，对于今后的职场发展大有裨益。

为了能更好地帮助到想申请加拿大政府工作的留学生或新移民，我郑重地采访了闫明月同志，请教了她是如何申请到这份政府工作的，包括申请的时间节点、步骤和重点。以下一一列出：

第一步，三个月前，明月开始在卑诗省政府网站上搜索符合自己背景的工作，并开始投简历。不用说，简历也是针对每一个职位"特殊定制"的，每一份简历做得都很用心。而且很多职位在申请时，除了递交简历，还需要做题。这一阶段，闫明月同志总共投了十二份简历，申请了符合她背景的十二个职位。

第二步，大概两个月前，明月开始陆续收到她所申请职位的回复邮件。基本就是符合条件后的初试，需要在固定的时间内完成一份定向的研究项目，就像写大学毕业论文一样。她申请的十二个职位，有八个职位给了她初试的机会，这八个职位几乎都需要答一套题或者模拟给卑诗省教育部部长写研究报告。那段时间，闫明月每天大部分时间都是在维多利亚大学图书馆度过的，非常用心地写每一份研究报告。

有时候，一个人是可以感受到另一个人的精神状态的，那是一种很强烈的能量场。那些日子，我很清晰地感受到了她的努力、她的意志让她整个人散发出积极向上的能量。这种能量让我相信，如果她都成功不了，那么谁都无法成功。

第三步，约一个月前，明月陆续收到几个面试通知。其实一直到我们准备房车出行之前，她还接到过面试通知，甚至在房车穿越加拿大途中，都安排过一次面试，当然面试都是采取线上的形式。面试都是有题目的，会提前一天或一个小时发给面试者来准备，然后在约定好的时间，三个面试官通过 Zoom 会议的形式对面试者进行考核。面试时间一般是一个小时。

面试之后静等结果就好了，一般都是三四周的时间。当然，如果是坏消息，可能会比较快，两周左右就会收到通知；而好消息则会姗姗来迟。这非常符合加拿大政府一贯的作风，和等待签证差不多。很多朋友留言问我，为什么自己的签证迟迟不到，甚至有的录指纹了，有的马上要开学了学签还没到。我总会安慰他们，没有消息有时候反而是好消息。因为拒签总是很快收到结果，但是签证通过或者拿到手，总是在申请者等得快要放弃的那一刻才姗姗来迟。

第四步，可以说是隐形的一步：背景调查。这一步紧跟在面试之后，如果面试通过，政府会打电话给申请者的推荐人，来了解申请者的职业素养和专业能力是不是符合职业要求。这一步其实非常关键，是决胜的一步。明月这次有三名重磅级的推荐人，都是她之前做过兼职的大学领导，给予了她很高的专业评价，以至于推荐人在电话里都能谈一个小时，这也是她能够脱颖而出的重要一步。

在这里需要注意的是，背景调查或者安全调查，有可能时间会很长，特别是加拿大政府或者军队的一些敏感职位，会对申请者进行细致而长期的调查，时间跨度甚至会超过两年。还是那句话，既然你已经全力以赴了，剩下的就是耐心等待。

第五步，给结果。一般都是邮件通知结果，特别是没有被录取的话，一封邮件了结此申请。但如果被录取的话，会先通过电话和你沟通上班时间，然后发邮件来最终确认。

明月开始陆续收到通知。

第一个职位的回复邮件，来得最快、最简洁，告诉明月没被录用，并公示了最终是谁得到了这个职位。

第二个职位的回复邮件来得晚一些，告诉她没被录用，但是现在明月排在等待名单第一顺位。如果这个职位拟录用人员未来十八个月内发生变故不能再胜任这个工作，明月将优先被录取。

第三个职位确认邮件来临之前，明月首先接到了卑诗省政府的电话，是她的面试官同时也是未来主管打来的。他在电话中告知明月，在卑诗省教育部二十一级政策分析师的一百个应聘者里面她排名第一，诚邀她来工作，并确定好可以到岗的时间，且在第二天就发来了确认工作的邮件。

你看，是金子总会发光的！

一切尘埃落定。启程吧！就让我们接下来的房车纵穿加拿大直至北极之旅，给闫明月过去的加拿大七年时光画一个短暂的分号，让她在享受旅程之后，开启新的人生篇章。

出发前的准备，不需要太完美

不知不觉，明天就到了计划中出发的日子。

其实自从买完房车之后，我们就在温哥华岛上短距离出行和露营过几次，让我对这辆房车有了大致的了解。我检查了机油、轮胎、刹车等重要部件，除了车厢电瓶该换了，其他没什么大问题。又问了前车主安迪，他也觉得没什么可担心的，那么问题应该就不大了。

最终我还是在今天早上去换了车厢用电瓶，花了六百加元，这样就延长了车厢用电和房车冰箱制冷的时间。又赶在公共图书馆关门前，把儿子最喜欢的老鹰乐队的《加州旅馆》专辑借到。

我其实并不担心准备不充分会有什么后果。有朋友曾给我一大堆需要准备的物品清单，虽然我知道他说得很对，但是我不会一一准备。因为，准备完美再出发，不是我的生活哲学。

我一直认为，与其准备得万无一失再出发，不如先出发，因为没有人可以做到百分之百完美。旅行的路上，总是会遇到各种各样的问题，难免令人猝不及防，这太正常不过了。那么，遇到问题就解决问题好了，兵来将挡，水来土掩，没有什么过不去的沟沟坎坎。

维多利亚皇家大学海特利古堡

　　就像我 2013 年开车走西藏的时候，当所有路线和住宿都定好了，出发后原计划要走的 318 川藏南线通麦天险因泥石流冲断，只得临时改道 317 川藏北线。一直担心去西藏的路况不好，于是把备胎放在车顶行李架上随时待命，结果一直到回家都没动过一次。翻山越岭走过了 317 国道最难走的碎石路，没想到有一次爬山上坡时刹车坏了，在原地等了两天配件，等救援到了才发现是轴承断了导致轮圈过热，刹车失灵。

　　所以，这一次，我只把基础的旅行用品准备好，甚至连基本的修车工具我都没有额外去买，车上有啥就用啥。不然就算额外准备了，到时车坏了，我又没学过修车，那费劲儿准备又有什么用呢？我不愿意浪费时间去担心未来还没发生的事情，即使真的发生了，很多事情也都是在可控范围之内的。

　　这其实和我身边一些关注加拿大移民、留学的朋友的情况很相似。

做自媒体以来，很多人看到我的视频或直播，总会来问各种各样的移民或者留学问题。因为我毕竟不是留学顾问，不是专业持牌移民顾问，后来就建了微信群邀请了顾问进群。我发现很多人一直原地踏步，停留在问问题的阶段。移民政策时时在变化，问的问题也一直在变化，但他们一直没有任何变化，没有任何行动。而群里那些留学、陪读或移民成功的朋友，现在数数也有近百人了，他们行动力超强，一步一步克服困难，从而达成目标。

像闫琴，两年前第一次看到我直播，马上就联系了我。半年后，五十多岁的她陪孩子来加拿大留学，陆续在半年内解决了租房、考驾照、转学签、读硕士等问题，后来来到维多利亚与我们相聚。在我出发前的几天，她告诉我已经用三个学期集中读完了六个学期的课程，拿到硕士学位，毕业就准备申请移民了。（而在这本书写成之时，也就是我们开房车穿越加拿大之后的一年，闫琴获得了枫叶卡并买了属于自己的房子。）

太传奇了！退休之后的闫琴，凭借自己的努力，在两年半的时间内，克服一个又一个困难，实现一个又一个目标，最终成功完成一次新的跃迁，在加拿大开启了另一种人生。每次采访她，都可以感受到她的乐观、果断、坚毅。她说，这世界上的事不可能都是一帆风顺，遇到困难就直面困难，遇到问题就解决问题。

我们的房车纵穿加拿大也是一样，即使准备得不是很完美，也要出发！

2023 年 7 月 25 日

2024 年 9 月 5 日修改

出发前的准备，不需要太完美

出发，从维多利亚到温哥华

2023 年 7 月 26 日早晨八点整，我们一家六口出发了。

一家人忙前忙后，热热闹闹，仿佛过年一般。自从疫情防控之后，我们就没回过国，其实我特别想带俩儿子回国，让他们感受一下中国过年的气氛。生活总是要有仪式感的，我相信这会让孩子们更加热爱生活。

这次旅行很大程度上也是为了让俩儿子去感受生活和大自然。大儿子有很强烈的求知欲和探索欲，小儿子也开始对大自然充满兴趣，我和明月特别想带他们去感知和探索这个世界。我一直坚信，多接触大自然会让孩子更热爱生活，而热爱生活，是我和明月作为父母最希望儿子掌握的"生存技能"。

今天计划从维多利亚出发，到温哥华后，先去华人超市补给食材，中午好朋友吴连杰设宴为我们饯行，然后我们再开一百多公里到达今晚的目的地——卡尔特斯湖省立公园内的清溪露营地（Clear Creek Campground）。

维多利亚到温哥华需要乘坐渡轮。有人说，进出岛都需要坐渡轮，感觉好不方便啊。其实住在岛上的居民早已习惯乘坐渡轮，我作为新岛民，现在也非常喜欢。

每次离开岛去其他地方，或者从其他地方回来，乘坐渡轮好像是一种仪式，让每个人调整好适合自己的节奏。在渡轮上一个半小时，可以在船舱内读书、睡觉、休息，或在甲板上晒太阳、看风景、吹海风，幸运的话还可能看到海豚或鲸鱼，平稳的海上行程让人内心也极度平静。在渡轮上，你会看到聚精会神读书的年轻人，也会看到在甲板上仰着脸闭着眼睛晒太阳的老人，总有那么一刻，有东西会触动你的心弦，让你爱上在渡轮上度过的短暂时光。

近几年加拿大移民增加，维多利亚的人口更是直线上升，每天往来温哥华和维多利亚的车辆太多，我可不想第一天出发就误了时间。而且提前订轮渡和赶到现场买票是一样的费用。我们这辆房车高 10.7 英尺，宽 8.3 英尺，长 24 英尺，加上四个大人两个小孩，总的轮渡费用是 190 加币。

早上九点开船，十点三十五分就到了温哥华特瓦森码头，从码头开车半小时就到了列治文。列治文离温哥华国际机场很近了。

加拿大目前总人口 4100 多万，华人大概有 180 多万，其中有 70 多万人在多伦多，占多伦多总人口的 12%；50 多万人在温哥华，占温哥华总人口的 21%。这两个大城市就有加拿大 2/3 的华人。

华人在温哥华的生活很方便。加拿大的官方语言是英文和法文，但是当你下了飞机来到温哥华国际机场，就会发现，所有的指示牌都是英文、法文、中文三种语言。即使完全不会英文也没有关系，所有的手续都可以选择中文服务，机场随处可以找到能讲中文的工作人员。

特别是当你来到华人占比 57% 以上的列治文，几乎所有的生意招牌都有中文，甚至只有中文。你可以吃到地道的中餐，也可以买到任何

加拿大卑诗省的渡轮上，乘客们在甲板上休息

你需要的日用品或食材，即使你完全不会英文也可以在列治文很好地生活、工作。

我对温哥华也相当有好感。七年前，当我乘坐的飞机第一次在温哥华国际机场降落时，那淅淅沥沥的小雨至今让我留恋。我喜欢温哥华的雨，有种清新脱俗的意境，又带着一丝丝伤感。最开始去温哥华的时候，都是旅途的中转，短暂停留，距离产生美。后来随着去温哥华的次数增加，无非就是购物、吃饭等生活琐事，也就把浪漫的意味淡化了。

如今每次来温哥华，我和明月一般都是来逛超市，再吃一顿计划已久、精挑细选的中餐，然后心满意足地满载而归。

这次全家一起逛超市主要是补充旅途的食材。连我一个平日里不爱逛超市和商场的人，也很喜欢温哥华这些华人超市，有浓郁的生活气息，既接地气又烟火气十足。琳琅满目的商品、龙飞凤舞的节日促销装饰，让我有一种过年时在国内逛超市备年货的感觉，就差一曲循环播放的歌曲《恭喜恭喜》了。

这次采购，奔着一个月左右的旅行时间，买了整整一购物车的食材。本来还觉得买多了，可一旦旅行起来才发现买少了。

其一，过了温哥华，这一路再没有像样的华人超市了；其二，长途旅行，食材日复一日地减少，最后几乎要数着食材过日子。温哥华的物价，特别是生活日用品和食材的价格，比我们岛上便宜多了，我们估摸着要便宜30%左右。确实，最后结账仅花了430加元，满满的一大购物车啊，这在维多利亚的话，怎么也得六七百加元。没办法，谁让岛上的物资都是从温哥华运来的呢！

采购完食材马上赶往列治文的田师傅饭店，我们的合作伙伴同时也是好朋友吴连杰和小桃花儿已等候多时了。为了给我们饯行，他们专门摆了一桌好酒好菜，而且绝对是我和明月魂牵梦萦的美味佳肴。

在国内的朋友可能无法理解，不就是一顿饭吗，就算是山珍海味又如何！其实久居海外，最不能释怀的，一是乡愁，二是故乡的美食，而美食又是最能熨帖人心和乡愁的。

我们已经好几年没回国了，见到这一桌饭菜非常兴奋。耳边又回响起那首歌："我打算在黄昏时候出发，打一辆车去远方，今晚那儿有我友人的盛宴。"真的是盛宴：羊蝎子辣锅、招牌烧鸡、香煎牛肉、回锅肉、笋炒肉、炒花生米、大蒸包、像我胳膊一样粗和长的大油条，还有吴总钓的斑点虾和珍宝蟹……

吴总是我人生中的贵人。他是天津人，老移民了，早些年刚到温哥华时从事零售行业，后来做中加跨境贸易，做得非常成功。我三年前开始做自媒体，只是投入，没有一点产出，想带货却一直没找到满意的产品渠道。后来朋友介绍我和吴总认识，在了解到他所负责的加拿大产品都是在开市客（Costco）超市热卖的爆品时，便马上与他开始了合作。

吴总是一个大气的人，不拘小节，跟他合作不用有任何顾虑，从来没发生过任何差错。同时，我也完成了从一个差点要放弃的博主，到加拿大名优特产商品专业推荐人的转型。现在他作为温哥华华人圈的知名主持人和社会活动家，身兼数职，非常忙碌。但是特别让我佩服的一点是，无论多么忙，他每天都会帮儿子儿媳接送孩子上学、放学。家庭，在老移民眼里是多么重要啊！

今天，除了为我们一家人饯行，吴总还为我的旅程准备了一大包礼物，想得特别周到，包括红酒、鹿血酒、零食，还有四包出口到加拿大的山东"沂蒙六姐妹"煎饼！这可是来自我家乡沂蒙山的煎饼！

这就是我来加拿大后才认识的朋友，守规矩，讲诚信，言必信，行必果，无论什么时候，你都可以相信和依靠他，就像你身边那个温暖的老大哥，永远为你考虑周全。

吃完饭，和吴总道过别，我们又出发了。温哥华虽然宜居，但只是我们经过的其中一站，而下一站，可能更精彩。

加拿大最美的地方往往不是城市，而是大自然，特别是城市周边的大自然，就像今天我们的目的地，温哥华众多的后花园之一——卡尔特斯湖省立公园。

从温哥华列治文驱车一百余公里，就到了卡尔特斯湖省立公园。旅行的第一天，一切都是那么完美，以至于在省立公园附近，居然发现了一家老伙计精酿啤酒厂，于是我去打了一桶 IPA（印度淡色艾尔精酿啤酒）。

加拿大的啤酒非常好。如果问我最喜欢加拿大的什么，肯定是加拿大的啤酒。

加拿大最受欢迎的一般都是精酿啤酒，几乎每一个城市甚至是小镇都有自己的精酿啤酒厂，而且基本上每一家都有自己的特色，有拿得出手的备受本地人喜爱的几款啤酒。

国内喝的啤酒主要是绿玻璃瓶那种，因为是工业化生产的工业拉格，酒精度差不多都是三四度，口感都差不多，真正喝酒的人可能不大喜欢。加拿大的精酿啤酒，不同的麦芽，不同的发酵方式，不同的啤酒花，不同的发酵时间，甚至不同的水，酿造出的口感完全不一样，即使同一款啤酒，每一个厂的风味都大不相同，非常有意思。

比如我最喜欢的 IPA，就连我生活的温哥华岛上，相隔百米的两个精酿啤酒厂，都是完全不一样的口味。即使是印度淡色艾尔啤酒，又根据啤酒花浓度、麦芽度、颜色分成不同的种类：朦胧 IPA、西海岸 IPA、白色 IPA、冰冷 IPA、双倍 IPA、三倍 IPA 等。毫不夸张地说，加拿大的精酿啤酒，特别是我喜爱的印度淡色艾尔啤酒，极大地丰富了我的生活，让那些悠闲的日子，变得五光十色起来。

　　加拿大各个城市的餐厅、酒吧和酒类商店都会有本地的精酿啤酒销售，本地人也热衷于捧场。下班后去喜欢的酒吧，坐在吧台前点上一杯啤酒，看着电视中播放的球赛，有一句没一句地和认识或者不认识的人聊聊天，喝一口泡沫细腻、沁凉入脾的啤酒，一天的疲惫一扫而光。或者周末和好友短暂相约一两个小时，每人手捧一杯自己喜爱的啤酒，谈谈心或者啥都不谈，点一份薯条或者啥都不点，就单纯享受啤酒带来的快乐，一周甚至一个月的友谊之念想，就得到满足了。

　　加拿大大部分精酿啤酒厂都有自己的文化衍生品，通过商标或者品牌文化设计出不同的帽子、文化衫、啤酒杯等，同时每个酒厂都会卖1.89升的用于打散酒的啤酒桶，一般都是玻璃的，可以重复利用，很便宜，不超过 10 加元。

　　虽然每个酒厂的啤酒桶的图案设计都不一样，但都是 1.89 升，所有精酿啤酒厂都通用，且都有计量单位 1.89 升的啤酒价格。我个人比较喜欢用这种啤酒桶打一桶新酿的鲜啤，然后回家倒满一大啤酒杯，坐在后院，听着音乐，自己一个人品酒，那个时候是最放松的。

　　加拿大的精酿啤酒文化起源于温哥华岛，几乎所有加拿大精酿啤酒厂的老板和酿酒师都出师于此，至今加拿大仍在运营的最古老的两个精酿啤酒厂——大三角帆啤酒厂和温哥华岛啤酒厂，都在温哥华岛上。

　　整个温哥华岛只有八十多万人，却汇聚了大大小小百余家精酿啤酒厂。有酒评家评价，温哥华岛上的啤酒得益于岛上鲜活的淡水，这里的水不需要做任何软化或者硬化处理，就可以酿造出最鲜爽可口的顶级啤酒。

　　我现在养成一个习惯，每旅行到一个新的地方，都会提着啤酒桶到当地谷歌评分最高的酒厂打上一桶啤酒，一般都是我喜欢的 IPA，通过这一口啤酒，来感受当地的风土，来揣摩当地的人情。所以这次一到卡尔特斯湖省立公园，我就去老伙计精酿啤酒厂打了一桶啤酒。

但，这家的酒好贵，而且，我打的 IPA 味道偏辛辣，不如岛上的好喝。无所谓了，毕竟是长途旅行的第一天，对于疲惫的旅人，有酒做伴便是锦上添花。

卡尔特斯湖省立公园有个小型游乐场——卡尔特斯湖探险公园，每个人大概花费二十多加元，便可以进场玩所有项目，既有刺激的过山车和跳楼机，又有不是很疯狂的水上碰碰车，老少皆宜，非常适合一家人去玩。

我最喜欢的放松方式，烤着篝火，听着音乐，一个人喝一杯冰爽的啤酒，最好是本地鲜酿的 IPA

本身加拿大这种娱乐场所就少，因此去玩的人非常多。我们全家老小是下午五点之后到的，夏天天长，在里面玩了两个多小时，离开时里面仍然人满为患。两个儿子特别开心，大儿子甚至第一次尝试了过山车，当然小儿子在游乐场的所有尝试都是第一次。

晚上我们住在湖边的清溪露营地。营地设施很简单，甚至算是我住过的营地里面条件比较差的。但是，当我第二天清晨在营地附近散步时，发现离营地几十米就有一处可以下湖游泳的地方。湖水很浅很清澈，岸边沙滩很干净，小孩子可以在湖边玩沙戏水，顿时令我对营地的印象好了不少。如果定位是亲子旅行的话，那这个湖以及周边的设施太适合了。如果能订到这个省立公园内另一个紧邻水边的三角洲树林营地

（Delta Grove Campground）的湖景位置，那绝对会给孩子留下最美好的夏日回忆。

　　第一天就这么结束了，给我们的房车穿越加拿大开了一个好头，一家人都玩得很开心，特别是儿子们。夜深了，家人们陆续都睡了，我倒上一杯啤酒，四周很安静，远处水面上偶尔传来潜鸟的长鸣，隐约还能听到其他露营者的说笑声……我很享受这一刻，有种美好的孤独感，让我感受到自己真实地活在这个世界中。

　　这一晚，我睡得很香。

2023 年 7 月 26 日

风光旖旎的欧肯那根湖区

第二天清晨五点多，天刚亮我就醒了，闲来无事，便散步到了湖边。

加拿大卑诗省的南部地区受太平洋影响，属温带海洋性气候。夏天最高气温一般不会超过二十五度，早晚甚至还很凉，晚上睡觉需要盖被子。

我站在卡尔特斯湖边，见湖水清澈，立马有了下湖游泳的冲动。虽是清晨，湖水竟不凉，还挺暖和。下湖游了几圈，神清气爽，浑身舒坦。

这种神清气爽唯有大自然能赋予我们，只有全身心沉醉在无污染的环境中才能感受得到。所以，那些清新的空气、穿过树梢的风、清澈的湖水、偶尔瞥见的小鱼，在当下社会中才显得弥足珍贵。

好久没有这种清晨野泳的清爽感了。上一次有清爽感的清晨野泳是在山东济南。

毕业后，我和明月搬去济南生活。那时什么都没有，两个一穷二白的小青年，在一个新城市开始新工作、新生活。我们在黑虎泉旁租了一个小房子，简简单单地开始了在社会上的摸爬滚打。

夏天的泉城济南很美，"四面荷花三面柳，一城山色半城湖"；泉城济南的夏天也很热，三面的山围着一城的泉，在夏日炙烤下仿佛一个大蒸笼，容易让人心烦气躁。

还好我俩都是热爱生活之人。当时住在黑虎泉旁有很多好处，不仅可以每天打泉水回家喝，还能游泳。十几年前，游人没那么多，监管也没那么严格，有很多人都保持着每天去泉池或者护城河里游泳的习惯，包括我。

黑虎泉是好客的。黑虎泉接纳了我这个来自沂蒙山区的小伙儿，在泉池里开启清爽的一天，清凉的泉水帮我赶走一天的炎热烦闷。

济南也是包容的。济南城接纳了我和明月这两个小青年，赞许了我俩从无到有的努力和奋斗。就这样，在这个拥有山色、湖、泉、荷花、柳、巷子的城市，在这个每天有无数人亲切地称呼彼此"老师儿"的城市，我们日复一日地被泉水滋养，年复一年地成长起来。

如今的我很怀念在济南的时光，无论是刚去济南每天与泉水为伴的日子，还是后来住在千佛山、佛慧山脚下经常转山的生活。正是在济南生活的时光让我学会了在城市中享受大自然，学会了寻找那珍贵的清爽感。

带着这份清爽上路，今天我们的目的地是南欧肯那根省立公园露营地，全程 302 公里。

上午十点多，我们才不紧不慢地出发，一路上比较顺利。

刚开始在卑诗省 5 号公路的时候，车还比较多，当转到卑诗省 97 号公路时，不仅车少了，一路上的景致也发生了很大变化。这其实是从卑诗省菲莎河谷地区出来，到了欧肯那根河谷的缘故。不仅地貌完全不一样了，气温也明显升高，空气变得很干燥。让人明显感觉一下子从海洋性气候转到了内陆季风性气候。

笔直的公路上车辆寥寥无几，路两旁有类似西部片里的风景，湛蓝的天空有几团大大的棉花糖一般的白云。下午两点多，我们就到达了欧肯那根河谷地区。这里像西部片中的绿洲。欧肯那根河谷被称为"加拿大果篮子"。这片位于加拿大卑诗省内陆、太平洋和落基山脉之间美丽、肥沃的河谷，有着丰富的自然资源和万般变化的自然风光。绵延180公里、深不见底的欧肯那根湖四周，环绕着数不清的世界一流的酒庄、农场、果园、高尔夫球场等，是加拿大人最喜爱的春夏度假胜地之一。基洛纳市位于欧肯那根湖畔，是欧肯那根河谷最大的城市，也是加拿大发展速度最快的城市之一，不列颠哥伦比亚大学欧肯那根分校就坐落在这里。同时，这里还是华人喜欢移民的加拿大城市之一。

欧肯那根河谷的7月风景迷人、物产丰富，车厘子、蓝莓、桃、李、杏……数不清的水果纷纷上市。欧肯那根河谷的果园不仅提供现场采摘新鲜车厘子的服务，而且还将车厘子供应给全加拿大的超市，并通过冷链直邮服务，让全世界都能品尝到来自欧肯那根河谷的美味。能吃到这新鲜采摘的车厘子，也是我推荐朋友们七八月份来加拿大旅游的原因之一。

每年7月，我家冰箱里总是存上两袋车厘子，娇艳欲滴，酸甜可口。特别是有一种黄色的车厘子，更甜，更好吃。车厘子上市的季节，红色的一般3—6加元/磅，黄色的贵一些，6—8加元/磅，老百姓一般情况下都吃得起。

夏天我最喜欢做的事情之一，就是跟孩子在后院里吃樱桃。洗上一大碗红通通、黄灿灿的樱桃，坐在树荫下，你一颗我一颗，孩子哈哈笑，吃得嘴边红红的，我们尽情享受这般无拘无束、无忧无虑的亲子时光。

除了新鲜水果，这里还有众多的葡萄酒庄。加拿大最著名的两大葡萄酒产区，一个位于安大略省的尼亚加拉半岛，另一个就位于欧肯那根

欧肯那根河谷的旖旎风光

河谷。

　　葡萄生长讲究"风土"，包括气候、温度、土壤、水源……而欧肯那根河谷的风土简直完美。酒评家公认的加拿大最好喝的红酒——黑山酒庄（Black Hills Estate Winery）的 Nota Bene 红酒，就产自这里。还有许多世界一流的酒庄，在这片得天独厚的风土中不断追求卓越，酿造出更多优质佳酿。

　　刚来加拿大那年，我品尝了不少加拿大和美国的红酒。不同于法国那些"旧世界"红酒，这里的酒可以说是"新世界"。"新"也体现在新鲜、清新的口感上，别具一格。而且最重要的是物美价廉。

　　不论是加拿大的红酒，还是啤酒，都像极了加拿大的很多事物，很优秀，很出色，但也很低调，很谦逊。

　　今天我们入住的南欧肯那根省立公园露营地，就在欧肯那根湖边。

营地特别棒，很多露营位就在水边，沙滩就是后院，湖就是背景。55号露营位后面的十几个位子，都是绝佳的湖景好位。准备去露营的朋友拿笔记好，订到这几个露营位你会庆幸看过我的推荐，当你到达现场之后绝对会喜出望外。

我们的露营位是我捡漏得来的，虽然不是紧挨湖边沙滩，但我们已经相当满意了。我们的露营位离湖边只有二三十米，停好房车，马上带着孩子去湖边游玩，孩子自然无比喜欢，我也兴致勃勃地下湖游泳，舒爽极了。

几个世纪以来，欧肯那根湖都流传有湖怪的传说，这个湖怪名字叫奥古布古（Ogopogo），和尼斯湖水怪、长白山天池水怪等并称世界十大水怪。

欧肯那根湖水怪的目击者众多，市面上也流传了很多影像资料，很多人对此深信不疑。毕竟湖最深处达232米，长约135千米，一切皆有可能。卑诗省政府还公开表示，谁如果见过水怪并有确凿证据，将给予重奖。反正我在水边玩的时候，水很清，而当我尝试往湖中游的时候，还没游十几米便被浪呛到，喝了好几口湖水，心生恐惧，赶紧回头，如今想来还有点后怕。

除了南欧肯那根省立公园露营地，往北两公里左右还有一个北欧肯那根省立公园露营地。我们入住的当天都订满了，大门上挂着显眼的牌子：客满。可见多么抢手。

这两个营地都设施齐全，有干净宽敞的带冲水马桶的厕所、大淋浴间、洗漱区、儿童游乐场，以及绵延营地一圈的湖畔小卵石沙滩。这里的露营位足够大，依山傍水，风景绝佳。如果来欧肯那根河谷地区露营，我非常推荐这两个营地。

最让我喜欢的是在这里露营时身心的完全放松。

当我们一家人坐在营地餐桌前吃饭时，虽然是简单的水煮面，但阳光穿过树叶洒在餐桌上，洒在每个人的身上，斑驳陆离。风轻柔地穿过树梢，我们静静地吃着饭，时间仿佛静止了一般，很享受，很安静，很放松。

当夜幕降临，吹过湖面的风开始变得轻柔起来，水面一弯弯轻微的涟漪，轻轻拍打着湖岸，仿佛哄婴儿入睡的摇篮曲。营地里，蛐蛐开始鸣叫，它们潜伏在各个角落，声音不大不小，以让人舒服的分贝按摩着旅行者的耳朵，仿佛来自童年的遥远呢喃。

湖对岸的山坡上万家灯火闪烁，那是湖边的某个小镇，正远远地凝望着这里。冷不丁地，对岸天空云层里一片光亮，那是隐秘在云层中的闪电，却更像是谁在半夜里为情人点亮的烟花，温温柔柔的。

一抬头，我看到迄今为止见过的最大、最清晰的星空，无数的星星眨着眼睛，银河也是那么清楚。独自站在深夜的欧肯那根湖边，我久久不愿离去，满眼皆是繁星。

旅行的意义到底是什么？在今晚的欧肯那根湖畔，我找到了答案。

我想，人一定要旅行。旅行让我们从凡尘俗事中抽离出来，不再是乏味地日复一日的重复。同时，时间也会明显慢下来，自己也仿佛成为平行时空中的另一个自己，从当局者迷变成旁观者清，更加清楚自己是谁，从哪里来，要到哪里去，更真实地感受到自己，更清楚地明白这个世界上对于自己最重要的是什么。

旅行，让人活得更通透。

2023 年 7 月 27 日

在加拿大寻找童年的小河

今天要行驶五百公里左右，从欧肯那根湖区一直开到加拿大落基山脉南端的亚克省立公园。

这次房车穿越加拿大，我的行车思路是：如果当天行程少于两百公里，就不慌不忙，十一二点出发；如果多于两百公里，就早早出发。这样一是把赶路的主动权掌握在手中，不会因为突发情况影响行进；二是避免下午两三点钟赶路，因为那时候最容易犯困。

所以今早刚刚七点钟，孩子们还没睡醒，我就收拾妥当出发了。

这一路的风光真是五彩缤纷、变化多端，从绿洲到草原，再到森林，从秀丽到开阔，再到郁郁葱葱，一路翻山越岭，车窗外的美景一个接着一个，令人目不暇接。

非常推荐以后有想自驾穿越加拿人的朋友走这条路线：从南欧肯那根省立公园露营地，沿着湖边高速公路经过彭蒂克顿（Penticton），绕过奥索尤斯（Osoyoos），再沿着美加边境的卑诗省 3 号公路，转卑诗省 95 号公路，最后到达亚克省立公园。

这条线路并不像平行往东的加拿大 1 号公路那么繁忙，大货车少很多，同时路况也好，司机们比较遵守规则。所以，这一路开起来非常舒服，五百公里的路程，我还真没觉得累。

说到遵守规则，加拿大是个非常讲究规则的地方，加拿大人也非常遵守规则。虽然我平时非常注意自己的一言一行，但是有时候长年累月形成的习惯，会让我一不留神就在一些细微的方面"坏了规矩"。当我发现这一丝差距后，也是由衷地佩服。承认别人优秀的好处之一就是，自己也会慢慢变得优秀。来加拿大这些年，我也渐渐地由一个有时不守规矩、耍小聪明的人，变得时时遵守规则起来。内心深处渴求自己变得更好，更自律，不给别人添麻烦。不管有没有人监督，但求无愧于心。

我定居在维多利亚，这里的人们友好和善，遵守规则，日常生活中，陌生人见面也会微笑或者问好。可别小看这些看不见摸不着的东西。当一个人一早去上班时，如果满眼接触的都是跟你说"早上好"的陌生人，相信他的一天都会比较快乐；当一个人在一个新的城市开始新生活时，身边友好和善的人越多，他也会变得越来越和善，越热爱自己的生活。这也是我们一来到维多利亚，就坚定地选择定居下来的一个重要原因。

我们下午到达今天的目的地——亚克省立公园。这是一个很小的营地，只有二十几个露营位，所有的位子都坐落在树林中。我们今天入住的 6 号位其实离公路只有三十米左右，公路的另一侧是火车道，但是还好，我们并没有觉得吵，反而特别安静。

这个营地设施非常简陋，只有旱厕、垃圾桶和自来水，而且水还是浑浊的。虽然管理员拍着胸脯说水的质量没问题，但是我们也没敢喝，喝的是房车上的水。不过我觉得还好，露营嘛，又不是住酒店，就不要想着什么都舒适，首要的就是接触大自然。

如果总分 5 分的话，本来这个营地我只给 3 分，但是营地旁边有一条小河，为它多争取了 1 分。河有十多米宽，但是水很浅很清，河底铺

从南欧肯那根省立公园露营地出发，开车沿欧肯那根湖往南开，直到美加边境，这一路湖光山色，风光旖旎

着圆圆的鹅卵石，儿子们特别喜欢这条河。他们在河道的拐角处用鹅卵石建造了一个小水坝，蓄起不少河水后，两人索性脱光衣服洗起澡来。

哗哗流淌的小河，两旁是郁郁葱葱的树林，湛蓝的天空偶尔有几朵白云，河水是如此清澈，可以看到鹅卵石上悬游的小鱼，水边有一丛开着小黄花的绿草，倒映在水中，煞是好看，两个小孩在开心地嬉戏……我想，他俩会把这一场景深深地记在脑海中吧，就像我童年的小河深深印在我脑中一样。这些回忆会支撑我的一生，使我即使在最炎热烦躁的夏日，也不会忘记清泉的甘洌。

我的家乡在沂蒙山脚下的一个小镇，叫薛庄镇，就是那首著名的《沂蒙山小调》诞生的地方："人人那个都说哎，沂蒙山好，沂蒙那个山上哎，好风光。青山那个绿水哎，多好看，风吹那个草低哎，见牛羊。高粱那个红来哎，豆花香，万担那个谷子哎，堆满仓……"记忆中小时候的家乡就是这种模样。

镇西有一条宽宽的大河叫西河，镇东有一条窄窄的小河叫东河。三十多年前的时候我不到十岁，那时的西河和东河都是清清如许。

西河更大更宽，夏天的时候我经常和堂哥们一起去游泳，说是游泳，充其量也就是洗野澡，因为有的地方水浅得只到脚踝。河中全都是细沙，我再也没在其他地方见到如我家乡那样富有美感的细沙：常年被流水冲刷，非常干净，呈现出一种淡淡的金黄色，沙中常有那种淡水小河蚬。在河中奔跑时，脚踏着水花再踩在沙子上，别提多舒服了。我们会在水中挖出一个沙坑，然后光溜溜地躺在沙坑里。夕阳金光闪闪地洒在河面上，只留下那粼粼的波光和哗哗啦啦的流水声，刻印在脑中，历久弥新。

相比之下东河则窄得多，只有两三米宽，水更深一些，到膝盖的位置。河两边是两排杨树，树荫蔽日，再往外全是农田。曾经河边还有一眼泉，很小很小的一眼野泉，在杂草之间的方寸之地。泉水淙淙，给太多春夏干农活的父老乡亲滋润过喉咙和心田。我很喜欢和发小们来东河洗澡，累了躺在河边草丛上眯一会儿；饿了从旁边花生田里拔一丛花生在河水里冲洗干净，坐在岸边吃鲜嫩多汁的花生米；渴了就去喝一口甘甜的泉水。忘记了那会儿有没有知了的叫声，忘记了有没有风穿过树梢，也忘记了树荫下有多么凉爽，但那些都已经不重要了。

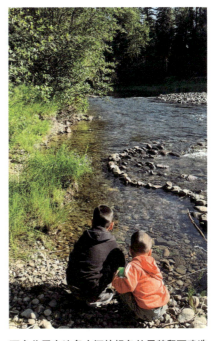

两个儿子在这条小河的拐角处用鹅卵石建造了一个小水坝

时光一去不复返，无忧无虑的旧时光一去再也不回头了。家乡的小河，曾经多么美好的存在，如今已不见了踪影。西河已浑浊，河底的细沙全被挖走盖成了楼房，东河已干涸，小小的泉眼早已经销声匿迹。

现在已找不回童年的东河和西河了，干脆就让它们定格在最美好的时刻吧。

夜深了，营地里很安静，小河哗啦啦地欢唱了一整晚。

2023 年 7 月 28 日

让人幸福的两件事：露营和篝火

早饭后，我们便启程离开这个小营地了。亚克省立公园露营地，可以说是所有我住过的营地中条件最差的一个，但是两个儿子却依依不舍，他们在属于他俩的童年的小河边，度过了一下午难忘的夏日时光。

我们今天要去落基山脉的库特尼国家公园，露营在麦克劳德草甸露营地（Mcleod Meadows Campground）。

今天的行程是 236 公里，所以我们不慌不忙地上路，慢慢悠悠地开车。中间我们会稍微绕远一点去一趟小城金伯利，明月要去看望她正在休产假的前上司。

闫明月是一个很懂得感恩的人。她的社会阅历相当简单，与一些所谓的钩心斗角、阿谀奉承等阴暗面的东西都绝缘，朋友评价她像个小太阳，永远温暖明亮，散发着正能量。但是，她很"会来事儿"，这一点我由衷佩服，因为这种"会来事儿"，并不是巴结或讨好，而是纯粹懂得感恩。

认识闫明月快二十年了，她与过去的每一个老师、上司、领导都保持着特别好的关系，甚至比当初一起共事时的关系还亲近，成了好朋友。

在这次明月拿到卑诗省教育部政策分析师职位的过程中，卑诗省政府对每个通过面试的申请者做了严格细致的背景调查。明月以前兼职工作过的三个直属上司，都特别乐意当她的推荐人，分别是维多利亚大学某项目主管，皇家大学某学院院长和这次我们来探访的皇家大学某项目负责人，为了保护她的隐私，就叫她 M 吧。

M 甚至在省政府做背景调查的负责人打电话询问时，花了一个小时的时间来介绍明月的工作能力和工作背景，对明月相当肯定，为她得到这份梦想的工作助了一臂之力。

在加拿大工作，特别是找新工作或升职加薪时，推荐人特别重要。有时，一个本行业权威的推荐人可能就是你能否拿到工作的关键。所以，你说加拿大讲不讲人情？讲人情！但这种人情特别简单纯粹，你只需要做好自己的本职工作，和身边人搞好关系，做个还不错的人就可以，如果能力真的突出一些，不需要去阿谀奉承，自然有人愿意做你成功路上的推荐人。可是话又说回来，如果一个人不学无术、游手好闲、劣迹斑斑，哪怕你再溜须拍马屁都无济于事。毕竟在加拿大，人家都很爱惜自己的羽毛，都很重视诚信，没有人会为人品差、能力差或不熟悉的人去做推荐人。

M 所在的这个小城金伯利特别小，就像许多加拿大的小城镇一样，简洁、干净、安静、漂亮，阳光布满城市的每一个角落，没有风，没有喧嚣，没有忧愁。初次开车进入小城，仿佛进入一个小小的世外桃源，真是一个休假的完美之地。

其实除了多伦多、温哥华、卡尔加里、维多利亚等众人熟知的大城市，这些大城市周边的小城镇也是非常棒的去处。

咱们华人可能更喜欢去购买热门的大城市好学区的房产，但很多加拿大本地人更愿意选择所谓的"郊区"或者周边的小城，甚至就是一个小镇，哪怕每天上班通勤一两个小时，也乐此不疲。疫情之后，很多工作可以选择居家办公，越来越多的人倾向选择偏远的小城，房价便宜，环境安静，生活也安逸，何乐而不为呢？

M见到明月非常开心。在这种小镇，两人站在一起聊天也很有意思，像极了某个意大利的老电影：一条街上，阳光明媚，只站着两个人，亲切地说话，时间仿佛静止了一般。她俩聊了好一会儿，我们才告别。

从金伯利出来，我们从卑诗省95A公路转到93号公路，一直开到库特尼国家公园。

这条线路是我迄今为止开过的最舒服的一条路！不仅路况好、风景好，一路上车还少。记得有很长一段路，我自己开了十几分钟车，对向和身后都看不到一辆车，我就让车在宽广平坦的公路上匀速行驶，因为任何加速和减速在这里好像都没有了意义，开着开着就成了一首《公路之歌》：梦想在什么地方，滚动的车轮，滚动着年华……

加拿大最著名的公路当然是1号公路，那是贯穿加拿大东西的纽带，是连接太平洋和大西洋的大动脉。但，如果你只是从温哥华或维多利亚出发，进班夫国家公园或贾斯珀国家公园游玩的话，真没必要走"烂大街"的1号公路，因为车太多、道路太拥挤，加上大货车频繁通行，存在较大安全隐患。换个方向走卑诗省93号公路，你会发现开车原来是那么舒服的一件事，你会发现原来自己并不是为了赶路去下一个目的地，你会发现在路上——这件事本身，就是一件超级令人享受的事！

在卑诗省93号公路快到镭温泉村（Radium Hot Springs）的时候，我们看到左手边远处山上的山火，因为是白天，看不到明火，但是能看到山上好几个点浓烟滚滚。而到了库特尼国家公园附近的观景台时，右手边不远的山上也是狼烟四起，有多处山火。

最近这段时间，加拿大多地山火，很多媒体争相报道，特别是国内的自媒体报道最多，而且拍出来的视频看起来特别吓人。其实每年的七八月份，加拿大、美国等地都会发生山火，而且可能会有成千上万起不同大小的山火，我在加拿大这几年已经司空见惯了。一方面原因是，实在有太多的森林了，绵延几千公里，很多地方荒无人烟；另一方面，很多人认为，山火其实也是森林生态循环的一个重要环节，可以有效清理森林中的枯枝败叶和腐朽的树木，山火灰也会变成非常肥沃的养料。所以，很多加拿大人对于山火还是持平常心的。

过了镭温泉村，继续走卑诗省 93 号公路进山，大概走八十多公里到达大理石峡谷（Marble Canyon）时，大自然呈现给我们山火发生几十年后的景象。你可以看到那一根根高耸的、黑漆漆的、如旗杆一样的死树。但是，稀疏的死树下面，已长满了整整齐齐的茂盛的小松树，覆盖了一整片山坡。新长出的树是嫩绿的，是朝气蓬勃的，是具有顽强生命力的，有的小树甚至直接扎根在巨石上，向死而生。

一切都在顺其自然地发生。

也许刚发生山火的地方看起来会死气沉沉，满目疮痍，但是，很多年后一定会是焕然一新的景象。这几十年的时光，对于我们人来说，是漫长的，可能是一些人的一辈子，但是对于一座山来说，却是它沧海桑田中的一瞬。

大理石峡谷距今已有五亿年历史了，有它的时候还没有落基山，甚至连整个卑诗省、阿尔伯塔省都在海水之下。我想，大理石峡谷已见证过亿万次生命的演变了吧，如今我们这些来来往往的人，再过它那么"沧海桑田中的一瞬"，早已不见了踪影。既然如此，还有什么想不开的？还有什么担心的？还有什么犹豫不决的呢？想去见心上人就去见吧，想寻找诗和远方就去吧，想干什么就放手一搏吧，奔赴山海，追逐

如今的大理石峡谷，可以看到被山火烧焦的死树，和郁郁葱葱的新生树苗

梦想。毕竟，时光一直在流逝，谁也不等。

麦克劳德草甸露营地坐落在一片森林中，方圆百余里都没有信号，我们住在G区4号位，就在河边，隐约可以听到哗哗流水声。营地有自来水，有带抽水马桶的洗手间，有冬天取暖用的木屋和铸铁壁炉，还有洗碗池。最令我惊喜的是，这是周边唯一不禁火的营地，而且还有木柴供应。

本来以为这次旅行，由于多地山火的缘故，露营篝火估计没法实现了，没想到一进入落基山脉就可以了。我本来把对篝火的期望值调到最低了，这下可好，心底里一团熊熊燃烧的烈火腾空而起。

我实在太喜欢烤火了！烤火让我感觉温暖，享受温馨；烤火让我充满能量，饱含热情；烤火让我浑身放松，血脉畅通；烤火还能让我时而静心冥想，时而思绪飞扬；烤火会让一家人都沉浸在快乐的氛围中，特别是小孩子；生起一堆篝火烤火更会让一次普普通通的露营，变成身体与心灵放飞的珍贵体验。所以，我喜欢露营，喜欢篝火，喜欢壁炉里燃烧的木柴发出噼里啪啦的声响，喜欢松脂燃烧散发的清香，喜欢火星在火焰上飞舞的样子。

我们来加拿大后买的第一个房子是一座很小的联排别墅，虽然小，但是有一个大壁炉，而且还是烧木柴的。一到冬天，点燃壁炉，外面冷风呼啸，屋里炉火熊熊燃烧，那是最美好的时刻。搬进现在的房子后，房子里没有壁炉，我还专门去买了户外用的烧木柴的柴火炉。后来因为卑诗省的禁火令，夏天无论露营还是家里都不能烧木柴，所以我又去买了烧丙烷的火炉。于是无论在家中后院，还是出来露营，我尽量不浪费任何一次烤火的机会。

我喜欢在夏天的夜晚和冬日烤火，就像喜欢在有阳光的时候晒太阳一样，阳光和火光都会给我能量，让我精力充沛、元气满满。

夜幕降临，营地旁边流水淙淙，月亮爬上来，悬在树梢之上，另一轮月亮则倒映在河水中，周边一片静谧。随着一家一家生起篝火，整个森林营地弥漫着一种温馨又活泼的氛围：柴火燃烧的噼啪声，大人的低语声，孩子们的嬉笑声，林中不知名的鸟鸣声，偶尔的犬吠，再加上每隔十几米远，就有那小小的跳跃的火光在森林中照出的一小片一小片暖色的圈，还有氤氲在每个露营位上方的袅袅的蓝烟……这种氛围会让身在其中的你，在平淡简单的心绪中，幸福感油然而生。你会想笑，你会想和身边的亲人朋友干杯或牵手，你会想拥抱亲吻身边的爱人，你会想跟你爱的人或爱你的人袒露心声……平日里说不出的话，日常生活中表达不出的感情，忙碌时无法进行的思考，生命中萦绕不去的迷茫，在这一刻随着跳动的火光，渐渐变得清晰通透了。

老人在火堆旁烤着他们僵硬的膝盖，媳妇儿和孩子们每人拿着一根木签烤棉花糖，我坐在火边喝着啤酒，这就是我们一家最简单、最平凡的幸福和快乐。

篝火堆一直散发着火光和热量，点亮和温暖着森林中的每一个家庭。慢慢地，火光一点一点黯淡下去；慢慢地，没有了火光，只剩下一

麦克劳德草甸露营地，月光下，河水淙淙

堆红通通、火星点点的炭火，又红又暖；慢慢地，炭火也暗下去，只剩下轻轻的木炭的爆裂声；慢慢地，火星也一点一点地消失；慢慢地，大家进入房车，钻进帐篷，声音渐渐小了，森林中又恢复了安静；慢慢地，人们都进入了梦乡，只剩下森林中某棵高大的树梢上，传来的一两声猫头鹰的"咕咕"叫声。我睡了特别香甜的一觉。

第二天早晨，我醒得很早。露营的时候我喜欢早起，赶在家人睡醒之前起床，可以生起篝火。

加拿大的露营地都在野外，即使是夏天，早上气温也是很低的，此时生起篝火，既可以给起床后的家人带来温暖，又能烧水，还可以坐在篝火前发呆。发呆让我掉进很久很久之前的记忆中。

大概三十多年前，我还是小孩子的时候，住在老家的老房子里。那时的冬天很冷，经常下雪，而且雪下得都很大，很多个早晨，我起床后一睁眼，就会发现窗外已经白茫茫一片。明明净净的白雪世界中，总会有一大群麻雀和喜鹊在院子里叽叽喳喳地觅食。爸爸妈妈那时都还年轻，比如今的我还要年轻，他们已经起床好久了。爸爸早已经把火生好了，噼里啪啦的柴火燃烧声一丝丝传入我的耳朵，很好听；松木燃烧的香味一缕缕钻进我的鼻孔，很好闻。妈妈做了一锅热气腾腾的猪肉白菜炖粉条，咕嘟咕嘟炖煮的声音，也很好听；还有一锅香喷喷的米饭，那香气若隐若现，很好闻。我缩在温暖的被窝里，听着爸妈有一句没一句地聊天，还听着电视机里传来的声音，我不想起床，也不用起床，尽情享受那种无忧无虑。而所有这些声音、气味、温度和感觉，像一首协奏曲一样编织在一起，让我很安心，带给我人生最初的安全感。

一转眼三十多年过去了，无忧无虑的童年早已远去，如青春小鸟一去不复返。

上一次从加拿大回国还是四年前，也是一个冬天，山东老家的冬天依然干燥寒冷，但已经很少下雪了。我们家低矮的老房子拆掉了，在老宅上盖了两层楼房，宽敞又明亮，老爸在一楼向阳的一个房间里砌了一个大土炕，墙外面连着一个可以烧火的灶台。我回国时就睡在这张大炕上。有一天早上，睡梦中的我觉得很暖和，特别是后背热乎乎的。睁开眼，隔着窗户，我看到六十多岁的老爸在往灶台里添柴烧火，老妈围着围裙在炸藕盒，俩人一边忙碌一边聊着天，聊着我小时候那个雪后早晨听到的一样的生活琐事。而我，缩在温暖的被窝里，旁边躺着我的儿子和媳妇，他们还在酣睡。听着爸妈的轻声聊天，我不想起床，也不用起床，这时的我不再是丈夫，不再是父亲，只是一个儿子，因为有父母在身边。

2023 年 7 月 29 日

活出人生的松弛感

从库特尼国家公园的麦克劳德草甸露营地，到接下来准备待三天的路易丝湖只有一百多公里，所以我们下面的行程很宽松。

实际上，接下来半个月的时间，我们都是在落基山脉的几个国家公园——班夫国家公园、幽鹤国家公园、贾斯珀国家公园游玩。所以，这半个月都会是一种完全漫游和松弛的旅行状态。

今年，我一直在追求一种"慢"的生活状态，追求生命的松弛感。

近两年来，我几乎每天直播，因为个人性格一直比较急躁，再加上有想把所有观众的问题都回答完的心态，所以直播时语速特别快，甚至有时候一口气都不带喘。感染新冠病毒的那段时间，我也没有休息，一直高负荷地每天直播加全职工作到深夜。话说多了就耗气，导致自己如今常感觉胸闷气短。看过西医也看过中医，身体没啥毛病，医生一致认为是我每次直播神经太紧绷造成的条件反射。总之，给我敲响了警钟。

于是，在2023年一到来的时候，我给自己定了一个"慢"的基调：慢生活、慢讲话、慢吃饭、慢工作、慢运动、慢处理烦心事。同时，我跟公司申请了减少上班时间，缩短了直播时长和频次，降低了很多事情的期望值，把时间从工作上匀出一大半在家庭和运动上面，舒服了很多，也松弛了一些。

来加拿大七年，我发现身边很多加拿大人非常松弛，特别是土生土长的本地人，松弛得简直都快散架了。我们新移民还是非常努力的，同时也的确需要努力，无论是攻克语言关还是适应职场环境，很多时候都需要撸起袖子加油干。

我们华人确实具有与生俱来的拼搏精神，为个人前途打拼，为子女的未来奋斗。因为我们从小受到的教育就是"吃得苦中苦，方为人上人"。除此之外，在我们华人的成长经历中，"竞争"二字如影随形，只有比别人更优秀才能胜出，中考竞争、高考竞争、大学竞争、毕业后工作中更要竞争。而在加拿大没有高考，只要高中毕业之后想上学，总会有学可上，无非就是大学与学院的区别。而且大学和学院毕业生的区别并没有那么大：没有太大的收入差距，没有职业歧视，没有太大的等级之分，等等，所以他们主动和被动产生的压力都比较小，活得就更加轻松一些。

总之，作为第一代移民，在加拿大的前几年，无论如何都无法松弛下来。华人一来加拿大，在国内的很多优势都荡然无存，很多方面起点比较低，再者本身都有比较高的期望值和欲望，"松弛感"三个字对华人移民来说挺遥远的。

好在，我们现在一切都慢慢步入正轨。我和明月的工作逐渐稳定，孩子渐渐长大，生活条件也慢慢变好。所以，现在开始想慢下来，松弛下来，陪着孩子一起成长，认真体验生命。

落基山脉的这几个国家公园，是此行的亮点之一，也是我建议朋友们来加拿大旅游必须去的地方。

其实三年前的夏天，我们就自驾来过路易丝湖。那次主要就是在班夫国家公园和贾斯珀国家公园玩，一家三口玩了一周。到了路易丝湖短暂地看了一会儿，就离开了。游客实在太多了，也没有地方住，只得奔赴下一站班夫小镇去住了。那次真是非常匆忙。

而这一次，当一个半月前我在规划旅行线路时，加拿大国家公园官方网站上的路易丝湖区域，没有一个露营地空位，永远都是显示红色或橙色的已订满状态。那段时间我每天早上醒来第一件事，就是打开加拿大国家公园官方网站刷位子。皇天不负苦心人，当路易丝湖营地的预约界面终于跳出那个梦寐以求的绿点时，我连想都不想，直接以最快动作付款预订下来。通常情况下，这种现象意味着有人取消了预订，而我在这次行程中恰好遇到了三次这样的"退订捡漏"机会，每次都欣然接受，这些意外的机会甚至促使我调整了原有的出行安排与时间。原本，我计划在 7 月 30 日启程，但由于成功预订到了极为抢手的 7 月 30 日至 8 月 1 日路易丝湖房车营地三天的位置，我们最终决定将出发日期提前至 7 月 26 日，以确保有足够的时间赶到这来之不易的营地。

下午我们到达了路易丝湖房车营地，营地入口处右侧吊着的一个被棕熊爪子抓破的硬塑料冷藏箱，给所有入住的人们一个下马威：熊出没，请注意，不要存侥幸心理。

在加拿大，熊的分布相当广泛，几乎遍及全国，特别是在卑诗省，这里栖息着数以万计的黑熊和棕熊。对于卑诗省的居民来说，一生中可能多次遇见熊。运气好的话还有可能在卑诗省大熊雨林看到一种稀少的黑熊亚种科默德熊（又称为"灵熊"）。

在野外露营，最重要的事就是防熊，无论黑熊还是棕熊，都是非常危险的野生动物。在露营期间，外出或者晚上睡觉的时候，要把食物和任何带有食物气味的箱子锁在车里或者食物柜中，否则极容易招来熊的光顾。

展示在路易丝湖房车营地门口的"熊出没"
证据：一个被棕熊爪子抓破的硬塑料冷藏箱

去年，我和朋友在温哥华岛中国海滩露营地（China Beach Campground）露营时，就因为忘记将一个装有水果的冷藏箱放回车里，结果晚上冷藏箱被一头黑熊给洗劫一空。但还好，温哥华岛上都是黑熊，假如不小心把棕熊招来营地，想想都很吓人。所以，这次房车穿越加拿大，我专门买了一罐防熊喷雾，以防万一。

路易丝湖露营地非常大，分为房车营地和帐篷营地，分布在弓河两侧。房车营地每晚的费用是 34.5 加元，帐篷营地的费用是 29.25 加元，可以使用篝火的区域柴火费都是 9.5 加元，提供无限量的木柴。这也是加拿大国家公园的露营费用标准。

要知道，同时期的路易丝湖周边的酒店价格都在七八百加元以上，费尔蒙路易丝湖城堡酒店的价格更是高达每晚 1200—1500 加元。所以，露营地的价格可谓相当亲民。

加拿大国家公园露营地设施都非常齐全。在路易丝湖房车营地，就有随处可见的水源和可冲洗洗手间，还有装修很好的大淋浴室，我称之为露营地的五星级标准。每个营位都有房车充电桩，同时他们还有一个超级大的、六车道的房车污水处理站，可以排房车污水和加清水，非常方便。帐篷营地有儿童游乐场，同时剧场也有给孩子准备的节目。

最重要的是，我们所在的 13 号露营位，一抬头就可以看到不远处的雪山。清晨和傍晚的日照金山，白天的白雪皑皑，夜晚雪山在月下的熠熠生辉，尽收眼底。而营地旁边，弓河弯弯曲曲穿过，将房车营地和帐篷营地一分为二。

住在这个大营地里，闲来无事，可以沿着弓河边的步道散步，或坐在河边看河水潺潺流向远方，或坐在营地篝火旁倒一杯啤酒眺望雪山之巅。绿松石颜色的河水，郁郁葱葱的森林，雪白的雪山，碧蓝如洗的天空，如此美景让整个人的身心慢慢放松下来。

在我们入住的路易丝湖房车营地 13 号露营位，抬头就能看到雪山

住在这里有一个好处，离路易丝湖非常近，只有五公里，想去玩非常方便。于是吃过晚饭，我们简单一收拾，开着房车去路易丝湖玩。路易丝湖停车场车很多，不过还好房车有专门的停车位。这里不论你停多久，停车费都是 21 加元 / 天，但是早上七点前或者晚上七点后停车免费，你想在湖边待多久都行。

因此，我们连续三个晚上都前往路易丝湖游玩，真的非常留恋这里的湖光山色。路易丝湖三面被群山环抱，一面与费尔蒙路易丝湖城堡酒店遥相呼应，对面巍然耸立的山峰更添一份庄严与静谧。湖上红舟点点，岸上游人不多不少，为我们带来了一段极其美好的路易丝湖漫游体验。在湖边散步，或是静静地坐在湖畔，都特别舒服。划船也可以，但价格还是挺贵的，半小时 145 加元，一小时 155 加元。我们没有去划船，毕竟，在接下来的行程中，我们还有机会在梦莲湖、翡翠湖或是贾斯珀国家公园体验划船的乐趣，因此并不急于一时。

晚上回到房车营地，生起篝火，一家人围坐在火炉边烤火。四周很安静，弓河的水哗哗唱着摇篮曲，流向远方，远处的雪山在云朵和月亮之间若隐若现，我想，即使有熊，也不好意思过来打扰这份人间清欢吧。

感觉我的人生自此开始松弛下来了。

2023 年 7 月 30 日

路易丝湖和费尔蒙路易丝湖城堡酒店

英国女王维多利亚有九个子女，她的第四个女儿路易丝·卡罗琳·阿尔伯塔公主（Louise Caroline Alberta）当年不顾自己的高贵血统和英国王室的强烈反对，与平民约翰·坎贝尔（John Campbell）相爱并结婚。婚后，维多利亚女王将他们贬黜到遥远的加拿大。后来，约翰·坎贝尔当上了加拿大总督，并与路易丝公主积极倡导修建加拿大第一条国家铁路。为了纪念路易丝公主及其家族的功绩，人们将落基山脉最瑰丽如翡翠的湖泊命名为路易丝湖，并将公主的姓给了路易丝湖所在的省，这就是加拿大的阿尔伯塔省。

此时，我们已经从加拿大的卑诗省进入阿尔伯塔省。

今天是此次出行的第六天，是放松日，没有任何计划和安排。就在这夏日落基山下，弓河边，美丽的路易丝湖附近，放空一天吧。长途旅行的话，如果每隔几天有一次放空日，无论是自由安排，还是就近逛逛，或是在住的地方听歌、喝茶，都是给自己放松或者充电的好时光。

在加拿大露营的一个好处就是，露营地本身就坐落在一个个国家公园或者省立公园里面，周边走走就可以看到好景致，就算待在自己营地里休息，也完全是一种享受。

很多人就喜欢纯露营生活，而不是在旅行中把露营当作休息的方式。他们会选一个自己喜欢的露营地，一连待上几天，就那么待着，没有手机信号，没有任何外来的干扰，就那么静静地生活在露营地里，松弛地活着。

像我所居住的温哥华岛，就有数不清的露营地，每一个都是一个特别的存在，都有自己的亮点。我平时最喜欢去的两个，一个叫法国海滩露营地（French Beach Campground），一个叫中国海滩露营地（China Beach Campground）。这两个营地距离维多利亚都是一个多小时的车程，都坐落在太平洋海边上的省立公园里。

经过西海岸小镇苏克，在苏克精酿啤酒公司打一桶我最喜欢的苏克IPA啤酒，再沿着海滨公路开几十公里就可以陆续到达这两个营地。两个营地离得不远，我们每年都会去露营几天。在高大的冷杉和铁杉林中露营，即使什么事都不做，听着风吹过树林的声音和不远处海涛拍岸的声音，都是非常棒的享受。

法国海滩风比较大，海浪更加汹涌，海岸上都是鹅卵石，我喜欢坐在这里，在避风的漂浮木旁坐下，倒上一杯啤酒看蓝蓝的海，幸运的话可能会看到鲸鱼：灰鲸、座头鲸、小须鲸、虎鲸……而中国海滩更加风平浪静，有非常细的白沙滩，孩子在海边玩沙子，我坐在有树荫的沙滩上，静静地享受平静的这一刻。

如果夏天你来温哥华岛找我，如果家人说我在岛上露营，那么在这两个海滩上，你一定可以找到我。

加拿大的露营地可以分为车辆可直达露营地（Frontcountry Camping）和边远露营地（Backcountry Camping）两种。前者是汽车可以直接开进露营位并停在那里过夜的，非常方便。后者则是需要背包徒步进入，虽

俯瞰路易丝湖和费尔蒙路易丝湖城堡酒店

然不方便，但风景绝美，没有发动机轰鸣和汽油味，是与世隔绝的世外桃源，这也吸引了很多露营发烧友。

就像我上面提到的中国海滩露营地，它所在的公园叫胡安·德富卡省立公园（Juan de Fuca Provincial Park）。公园里，还有一条四十多公里长的著名的沿海步道，这里就有胡安·德富卡海岸步道边远露营地（Juan de Fuca Marine Trail Backcountry Camping），需要背包进入，虽然辛苦，但那里有无敌的美景。我还没有去尝试，但是我肯定会去的，这也是我的人生清单之一。

就那么轻装简从，所有的帐篷、睡袋、炊具、食物都在一个背包里，步行到一个少有人烟的地方，简单地吃饭、睡觉、看风景、放松、冥想，把所有的凡尘俗世都抛在脑后，将自己融入大自然，接受大自然的疗愈。日子中不再有工作，不再有柴米油盐酱醋茶，而是蓝天、白云、野花、森林、湖泊、河流、动物……简约，不简单。

在加拿大，工作和生活分得非常开。工作是工作，生活是生活，下了班只管做自己想做的事，成为自己想成为的人，不必担心有工作打扰。就像我自己，只需要上班这八个小时好好工作就行了，下了班手机可以不用接，有重要的事情可以发邮件沟通，也不需要实时在线回复。说白了，下班后可以不用理会任何工作。

在加拿大工作时间久了，会慢慢领悟到，只有健康和家庭才是最重要的，其他都要向这两项让步。

我有做计划和记录日志的习惯，会把每年的目标分八个方面来规划：健康、家庭、工作、理财、人际、思考、心智、休闲。以前在国内的时候，"工作"这一项是写得最细、计划最缜密、记录最多的。来到加拿大之后，这八个方面逐渐达到一种平衡。逐渐把工作中用的时间和精力，匀到健康和运动上、家庭和孩子身上、学习和思考上、心智和休闲娱乐上，慢慢地，生活方式就发生了改变。

像我现在的生活就非常规律、非常健康，烟戒了，酒喝得少了，运动多了，睡眠多了。其实，思维方式也发生了改变，慢慢有所醒悟，越来越清晰地认识到什么对我是最重要的，活一辈子到底是为了什么，自己追求的就是这种简单又平衡的生活。

回到我们的旅行中。今天白天我们去了一趟路易丝湖小镇的滑雪中心，冬天那里可以滑雪，夏天则是游客集散中心，可以停车，可以坐摆渡车去路易丝湖或梦莲湖，可以吃饭，可以坐缆车看风景，还可以休息。

下午七点左右，又去了路易丝湖湖边，同时，我约了一位刚认识的经常看我直播的华人朋友见面，他英文名叫扎克（Zach），在费尔蒙路易丝湖城堡酒店上班。

扎克来自上海，以前在国内做建筑行业，来到加拿大后，在卡尔加里的南阿尔伯塔理工学院（Southern Alberta Institute of Technology）读美食艺术专业，为期两年，现在是实习学期，申请到这里上班实习。他的方向很明确：拿到学位之后找工作并申请移民，这在阿尔伯塔省比较容易一些。

除了加拿大的大学吸引国际留学生，其实，加拿大的学院也是非常好的，特别是扎克和我这种人到中年需要学习一技之长，以便在加拿大立足的国际留学生或新移民。

很多国内的留学生申请加拿大的大学时，都会考虑大学的排名，因为如果毕业之后想回国发展的话，排名特别是 QS 世界排名，是非常重要的，很多体制内的单位对此是有要求的，一般也得是 QS 世界排名前两百之内的学校，有的甚至还要求 QS 世界排名前一百、前五十，这样的话加拿大可供选择的大学就很少。因为加拿大的大学主要是为了本国培养人才，所以并不注重世界上的排名，对排名的态度很冷淡。

如果留学的目的是以后想留在加拿大工作或者移民，那么大学排名就无关紧要了，因为不管是两年的大学研究生、四年的大学本科，还是两年的学院，都会有三年的工签。

对于加拿大的学院不要去研究它们的排名，而是要关注它们在本地的口碑。基本上每个城市都有学院，一般都是公立的，而且每个城市都有颇受当地人认可的学院。比如说扎克就读的卡尔加里的南阿尔伯塔理工学院，比如说温哥华的不列颠哥伦比亚理工学院，再比如说我就读的维多利亚的卡莫森学院（Camosun College）。

加拿大对新移民有非常好的政策，其中一条就是，新移民去公立学院学英语是免费的。要知道如果是国际留学生的话，一学期两门英语课，学费都要五千加元左右。

所以，2018 年刚拿到移民身份，在卡莫森学院语言测试中心测过英语水平后，我开始了加拿大的学生生活，在卡莫森学院读了整整一年共三个学期的英文（ESL：English as Second Language）。这里的 ESL 课程分为 01 级到 09 级，我从 06 级开始学习，06 级和 07 级各读了一学期。由于没有 08 级，直接进入 09 级读了一学期，ESL 就正常结业了。09 级读完相当于加拿大 12 年级，也就是加拿大高中毕业的学术英语水平。

在卡莫森学院读完 ESL 的好处就是，可以直接申请卡莫森学院的相关专业。所以，紧接着，我读了卡莫森学院的酒店管理专业。

有些华人可能对"学院"存在某种偏见，来到加拿大或者给孩子选学校时，很多人不由自主地避开了学院。其实，加拿大的学院是非常权威的，和大学一起完美地组成了加拿大的高等教育体系。拿我自己做例子，当时我读完英文专业，因为已经在本地的费尔蒙帝后酒店工作了，就想读和工作相关的专业。于是，我还专门去咨询了酒店的人力资源总监。当时我的目标学校有三所，都在我居住的城市：维多利亚大学、皇家大学、卡莫森学院。她非常诚恳地建议，如果打算继续从事酒店相关专业的话，强烈推荐卡莫森学院。因为卡莫森学院所有设置的专业都是结合实践操作的，非常容易上手。两年的学位，六个学期，包含四个学习学期和两个实习学期，毕业后甚至不用太多的培训就能直接上岗。酒店很多同事包括很多高管，就是读的卡莫森学院的酒店管理专业，其中也包括她自己。

这其实也是加拿大本地人对自己城市学院的真实看法，本地人非常认可，本地的用人单位也特别看重学院的毕业生。很多加拿大的孩子高中毕业后，如果想尽快工作，他们不会选大学读四年本科，而是直接去学院读两年、一年或者八个月，取得相应文凭后，就直接参加工作了。

其实，学院对国际留学生也特别适用。不少专业都是两年获得文凭之后有三年的工签，可以在加拿大找工作，然后移民。而且，对于想去读大学但是成绩不达标的学生，学院也是一个非常好的跳板，因为有转学分的课程，可以两年后转到大学。和我一起在卡莫森学院读书的同学，有的后来就通过转学分项目转到了维多利亚大学甚至不列颠哥伦比亚大学，实现了他们在加拿大读世界名校的梦想。

扎克今年四十岁出头，他选择的路可以说非常稳妥，只是需要他重新走进学校开始学习，而这对于很多人到中年的朋友来说不是一件容易的事，要考虑的事情很多。首先就是还有没有重新学习的能力，其次是平衡家庭、孩子、工作的关系等。当然，读完书之后的回报也是相当丰厚的。

就目前来说，扎克的学签可以让他一边上学一边工作。同时，扎克的孩子可以免费就读加拿大的公立学校，一直到上大学之前都享受免费的教育。很幸运的是，扎克的爱人也获得了开放式的配偶陪读工签，可

费尔蒙路易丝湖城堡酒店湖景餐厅的视野非常开阔，湖景山色一览无余

以工作。所以，加拿大对于留学生的支持政策是非常好的。其实我一直觉得，虽然加拿大的移民政策开始收紧，但是通过留学移民依旧靠谱。我身边认识的留学生，不论是华人还是其他国家的留学生，想留下来的，基本上都如愿以偿了。

扎克的孩子和爱人都在卡尔加里学习和工作，他在费尔蒙路易丝湖城堡酒店做西餐厨师，每天早上五点上班，下午一点多就下班了。工作一般都是每天八个小时，超过八个小时就是加班，加班则有双倍工资。住在酒店的员工宿舍，吃饭的话有酒店的员工餐（费尔蒙酒店的员工餐是很棒的，毕竟是五星级酒店），下了班可以在路易丝湖游玩，真是惬意。

湖景餐厅的视野非常开阔，湖景山色一览无余。我和扎克每人点了一杯啤酒，明月和儿子每人点了一杯饮料和一份薯条，总共是六十多加元。作为费尔蒙酒店集团的员工，我们享受了半价折扣，最后还给了女服务员50%的小费，彼此都很愉悦。

在这里，友情提示一下，加拿大每个地方的费尔蒙酒店基本上都是地标性建筑，非常值得参观。而且除了特殊日子有活动，其他时间都是对公众开放的，大家不用不好意思进去参观。酒店一般都会有一个或几个不用预约就可以进的餐厅或酒吧，游玩累了，找服务员安排一个位子坐下，可以点一杯酒或者饮料。酒水的价格并不是很贵，而且都是明码标价，绝不会乱收费。付款时给服务员15%或者更多一点小费，你舒服，服务员也开心。

2023 年 7 月 31 日

路易丝湖和费尔蒙路易丝湖城堡酒店

人间与仙界的入口：梦莲湖

　　三年前我带明月和大儿子来路易丝湖玩的时候，因为只在这里短暂停留且私家车不允许进入梦莲湖，所以没有去成。这成为明月心中的遗憾。所以，这次无论如何我们都要去一趟梦莲湖。

　　1894 年，探险家塞缪尔·艾伦在落基山脉探险时，发现了十峰谷和一个碧蓝的冰川湖："……我在希吉一号山脚下看到了一个大而阴沉的湖，在黑暗的湖面上倒映着希吉山的峭壁和悬空的冰川。"于是塞缪尔·艾伦将这个湖命名为希吉湖。后来，他的朋友沃尔特·威尔科克斯把这个湖的名字改为祖母绿湖，后来又辗转改名为梦莲湖。两位探险家花了两个夏天长途跋涉走遍了路易丝湖和梦莲湖周边的山脉，他俩的著作、照片集和地图获得广泛传播，很快，来梦莲湖的探访者就成千上万了。

　　想想，一百三十多年前，在没有任何现代化的工具，并且无路可循的情况下，他俩一身孤胆穿越杳无人烟且遍布棕熊、美洲狮、野狼的落基山脉，是何等艰辛与勇敢！

　　其实哪怕是现在，当我们走进梦莲湖和十峰谷这一区域，还是能感受到原始的空旷，内心充满敬畏。真无法想象一百多年前来到这里时，那种发现新大陆般的心情。

　　加拿大的历史并不怎么悠久。最开始欧洲人来到美洲的时候，也是先占领并开发了东部大西洋沿岸，特别是如今的纽芬兰、魁北克，所以最先发展起来的是圣劳伦斯河流域。当时到达西部通过陆路基本上不可能，毕竟要穿越广袤的北美洲北部大陆和落基山脉。这在当时没有铁路和公路且常有野兽出没的情况下，比登天还难。只有零星的探险者乘船穿过巴拿马运河再沿太平洋沿岸一路北上，过美国沿海到达加拿大的维多利亚。

　　整个西部特别是卑诗省的开发、发展，完全是在贯穿加拿大的太平洋铁路修建成功之后。不仅涌入大量的移民，推动了西部城市如温哥华等的发展，更有无数的探险家来到这里，一步一步地用双脚探索加拿大这片广袤的土地。

　　这次我们驾驶房车穿越加拿大直到北极，越往北，人越少，越凶险，肯定会遇到未知的困难。细想起来我很发怵，但我转念一想，人只活一次，为什么不去挑战一下呢？为什么不能发挥一点一百多年前人们探索加拿大的勇气，来一次壮举呢？

　　在周作人翻译的《平家物语》中，能剧名篇《敦盛》里面有一段感慨人生世事无常的歌词，因日本"战国三杰"之一的织田信长对其的推崇与喜爱，被作为织田信长的辞世歌而广泛流传："人间五十年，如梦亦如幻，有生斯有死，壮士何所憾？"我很喜欢这段词，短小精悍，后劲十足。

　　因为梦莲湖不准私家车进入，所以需要去加拿大公园官方网站上预订摆渡车。每年1月份，会有40%的摆渡车车票连同国家公园露营地被一起释放出来，供年初就做旅行计划的加拿大人预订。然后剩下60%的车票会提前两天，在加拿大山地标准时间早上八点释放出来，想去梦莲湖的人提前两天早上去抢票就可以了。我们没抢到这种仅八加元的国家公园摆渡车车票，所以只能买每人六十九加元的私人公司的摆渡车票。这种时候不在乎钱多钱少了，来一次不容易，能买到票看到梦莲湖就好。当然，你也可以选择徒步或者骑自行车进入，如果时间充足、准备充分，当然会有更自由、更完美的体验。

我们后来认识的朋友，单车环球骑行者钟思伟，就骑自行车来到梦莲湖，并悠闲地在湖边住了一晚。他在朋友圈写道：

> 躺在璀璨的星空下与洁白的雪山怀抱中，在寒气逼人的夜晚饱览美妙绝伦的银河系。凌晨两点到四点半，免费包场了班夫国家公园梦莲湖的观景台。
>
> 凌晨三点拍摄完雪山湖泊星空的夜景，钻进温暖的睡袋，睡了不足两小时，就被第一批坐公园巴士抵达的游客的嘈杂声吵醒。五点钻出睡袋，收拾好露营装备，五点半静静地欣赏冰碛湖与雪山的日出，这是在环球旅途中骑行加拿大最难以忘怀的经历之一！

多么令人向往，仿佛整个世界只有自己一个人一般自由自在。

我们考虑到去梦莲湖会比较累，就给岳父、岳母和孩子安排了大儿子一直想坐的路易丝湖观光缆车和午餐，把他们留在路易丝湖游客中心玩。我和明月坐中午十二点的摆渡小巴出发，半个小时左右就到达梦莲湖了。

今天将是我和明月的二人世界。自从有了孩子，我俩已许久没有过二人世界了。时光匆匆，回想当初一起爬秦岭太白山时，我们只是二十岁出头的小姑娘、小伙子，如今渐渐感觉青春已在不知不觉中悄悄溜走。我俩真的很需要这次"二人世界"，哪怕只是在湖边一同度过两个小时，也弥足珍贵。

人这辈子真的奇妙。遇到生命中的另一半，相识、相恋、相知、相依为伴，然后，日子一天一天地过去，甜蜜的时光在一点点变淡，开始填满柴米油盐酱醋茶，又开始在平淡的日子中发现不平淡，从平凡和不平凡中寻找并守护生命的意义。从陌生人变成最亲的人，再走到白头偕老，这一撇一捺看似简单，实则不凡。

到了梦莲湖，刚看到湖的那一瞬间，其实并不惊艳，甚至因为已看过落基山脉太多美丽的湖，感觉很平常。湖水并没有想象中那么蓝，加上靠近停车场的湖边有很多游客，有那么一瞬间我在想，是不是名不副实啊？如果你止步于此，那么实在太可惜了！

我们在梦莲湖能停留两个小时，所以决定先沿着湖边步道徒步，再在最后时刻登上湖边小山头的观景台俯瞰整个湖面。事实证明这个计划很完美！

沿着湖边步道徒步时，刚开始湖并不怎么好看，甚至略显平庸，游客也比较多。随着一步步深入，湖水越来越蓝，好看的湖光山色越来越多，时不时就要掏出手机拍照、录像。不跋山涉水，哪能看到那么美的风景？四周很安静，十座山峰遮住了世界的声音，我们在山谷中的湖边，只有风声、鸟鸣和我们徒步走在沙土小路上的脚步声。

湖在步道的树和树之间的空隙中移动光影，时而波光粼粼，时而碧蓝如洗，湖光潋滟，美得不可方物。湖四周是巍峨的雪山和冰川山峰，壁立万仞，山在湖的映衬下越发严肃静默，湖在山的怀抱中更加清新活泼。太美太壮观！

观湖的高潮是一步一步到来的。在我们结束徒步回到梦莲湖的入口，登上小山头上的观景台时，豁然开朗：湛蓝的湖映入眼帘，衬着绿的直直的松树，灰的山，白的雪山冰川，蓝的天。梦莲湖的那种蓝是我见过的最纯粹的蓝，仿佛不是人间的景致，任何言语的形容在真实的梦莲湖面前都是苍白的、空洞的、无力的。这种蓝无法被替代。

明月在观赏梦莲湖，久久不愿离去。这满眼湛蓝的湖水，涤荡着人的灵魂

这段时间在落基山脉穿行，其实我们看见过好多美丽的湖，但无疑梦莲湖在我们心目中排第一位。

1969 年，加拿大银行将梦莲湖的美景印制在了二十元加元纸钞的背面。尽管如今已经发行了新版二十元纸钞，但印有梦莲湖的那一版纸钞依然深得人心。

在梦莲湖划船，租船费是每小时一百四十五加元，但我们真心觉得，湖边徒步是最好的观赏与了解梦莲湖的方式。我想，我和明月下次还会再来的，而且会花更多时间待在湖边。也许会在湖边度假小屋住几天，欣赏夜晚的璀璨星空、壮美银河与这梦莲湖交织在一起；也许会一早起来，观赏梦莲湖与十座山峰壮丽的日出景象；也许会在春夏之交来到这里，碰巧赶上划船时那种冰针满湖的景象……

2023 年 8 月 1 日

2024 年 7 月 9 日修改

探秘幽鹤国家公园

离开路易丝湖和梦莲湖，我们选择北上转西走一趟幽鹤国家公园。

去幽鹤国家公园完全是没办法的事情，预订营地的那一天，无论是路易丝湖还是班夫，都没有空位，而幽鹤平时是满的，单单这一天幽鹤的踢马露营地（Kicking Horse Campground）有一个空位。我一看离路易丝湖那么近，只有二十六公里，便不假思索地定下来。殊不知，无心插柳柳成荫。

这次房车纵穿加拿大的长途旅行，大方向是我来规划的，比如去哪里、住哪里，这些都是出发前确定的方案。但是一旦出发之后，每天的具体行程都是由明月来安排。她是一个非常优秀的调研者，会根据当天的计划搜索附近最值得去的地方并负责所有的细节安排，同时她也是一个非常称职的副驾驶，连导航都会帮我设定。

她相信我的选择，我相信她的安排。比如今天，明月的安排如下：第一，先去幽鹤的菲尔德小镇休整，那里有网络，可以处理一下近期的工作；第二，去幽鹤国家公园的天然桥（Nature Bridge）景点；第三，去翡翠湖好好游玩一圈，可以选择划船，这边相对于其他地方会更便宜；

第四，去塔卡考大瀑布（Takakkaw Falls）；第五，去踢马露营地吃晚饭和住宿。这可以说是去幽鹤国家公园的最佳游玩攻略。

从菲尔德小镇逛了一圈出来，我们先去了踢马河上的天然桥。这是一个由踢马河水长年累月冲刷巨石而形成的天然石桥，水流湍急如万马奔腾，是游客去翡翠湖必经的一站。

如果你是第一次来落基山，也许会觉得很震撼。但对于我们来说，看过温哥华岛和落基山脉太多的亿万年水冲峡谷，就会觉得这个景点很一般。唯一有挑战的地方就是在天然桥上走一走，一步跨过悬空的石桥和湍急的河水。当然这也是有危险的，不建议大家尝试。

离开天然桥，大约二十分钟车程，我们到达翡翠湖停车场。停车场车很多，停车需要耐心，甚至需要停到离湖很远的地方。

翡翠湖的游客比路易丝湖和梦莲湖都要多，也许是更亲民的缘故吧。毕竟这里有更加简单直达的道路，可以在湖边停车场免费停车，可以在翡翠湖湖边徒步、晒太阳、戏水，在湖里游泳、划桨板、划船，即使租船，费用也只需要每小时九十加元，何乐而不为呢？

不同于路易丝湖浑厚的绿，也不同于梦莲湖纯粹的湛蓝，翡翠湖是一种温润的蓝绿色，真的可以让人联想起翡翠，和周边环境浑然天成，看起来很舒服，人置身其中也有种天人合一的感觉。特别是和家人一起划船的时候，小船儿漂在蓝绿色的水面上，两旁是青翠的山林，很安静，只有船滑过水面的水流声，这时候忘掉了一切的烦恼和忧伤，陪着身边最重要的人，令人沉醉。

除了湖本身，我还很喜欢湖边一条林间小道，是一条窄窄的小土路，长满青草，两边是高高的水杉，仿佛某条通往童年深处的小路。还有，小路旁的河，是从翡翠湖流出来的河水，不大不小的水流，淙淙流向远方，叮咚悦耳，很让人喜欢。有时候，这种偏小众的风景，会比游

在幽鹤国家公园的翡翠湖中，一对年轻人悠闲地划着桨板

人如织的大众景点更吸引我。

从翡翠湖出来，我们又去了塔卡考大瀑布。这个大瀑布我以前完全没有听说过，去这里完全是明月通过搜索安排的，却成为当天旅程最惊艳的部分。从加拿大 1 号公路转入驶向塔卡考大瀑布的路，行驶十二公里左右就可到达。这条路依山而建，中间一段盘山路有一处三道急弯，拐得特别突然又危险，我需要停下来多打几次方向盘，调整好车的方向才能安全驶过，而且这时候对向来车必须停下来让出空间。如果是第一次经过这种弯道的朋友，有可能会紧张到手心冒汗，不要着急，在这里，不会有人催促你，不会有人按喇叭，放轻松慢慢驶过就好。

过了这一急弯之后，再开一小会儿，有一段路是我行驶过的最美的路之一。加拿大有很多风景绝佳的公路，或依山，或傍水，或滨海，或腾云，而这一段与众不同。两边高耸入云的针叶林错落有致，中间是双向两车道的平整柏油路，路边有序地长着两排白色野花，仿佛在列队欢迎你的到来。

驶过这一段，拐过一个弯，突然间，豁然开朗，右侧赫然出现一条悬挂在高高山腰上的瀑布。

这里游客不多，停车场很大，车位充足。停好车，之后就相信你的耳朵吧，只管循着轰隆隆雷滚般的声音去找寻，越走近，声音越大，瀑布越发壮观。那首从小就会的诗句不禁脱口而出："飞流直下三千尺，疑是银河落九天。"

离瀑布还有几百米的时候，水汽便开始飘落在我们的脸上。有一个牌子上写的建议特别好："闭上眼，用你的整个身心去感受，你能闻到树的味道吗？你能感受到水汽落在脸上吗？要知道，那可是来自亿万年前的冰川融水啊！"

塔卡考大瀑布高 254 米，山顶连绵着山脉，几个广袤的亿万年的大冰川盘踞在这里，往年的水流并没有那么大，随着全球变暖，融化了越来越多的冰川，水流越来越大。但是，全球变暖会让冰川越来越小，而这就会彻底改变整个幽鹤国家公园的面貌。真是时不我待！

塔卡考大瀑布和加拿大国家公园标志性的红椅子

总之，塔卡考大瀑布给我们全家一个大大的惊喜。看完瀑布我们就回营地了，今晚入住的踢马露营地就在从瀑布回去的路上，很方便。营地并不是很大，总共七八十个位子，但是设施很齐全，包括热水洗浴。

我们到的时候，山火的烟味在此弥漫，空气中一片灰蒙蒙。我们的营地坐落在踢马河边，居高临下，对面是一座山，奔腾的河水就在我们眼皮底下流过。环顾四周，还能看到对面山上的冰川，如果没有烟霾，肯定是无敌的风景了。即使如此，营地居然都没有禁火令，营地里提供充足的木柴，我花9.5加元交了营地篝火费，晚上烧起了很旺很旺的篝火。

夜深人静之时，篝火很旺，木柴噼里啪啦的爆裂声，衬着奔腾的河水的声音，非常美妙。我一连喝了好几杯啤酒，听着水声和柴火声，烤着温暖的火，看着火星升腾着飘向半空，迟迟舍不得入睡。这就是旅行的快乐，总会有意想不到的风景和体验。

2023 年 8 月 2 日

加拿大迷人的小城：坎莫尔

从踢马露营地出来，我们去了一趟附近的菲尔德服务区，那里网络信号好，明月需要在那边进行一场视频面试，这还是明月以前投放的那些政府工作岗位申请后续陆续收到的邀请。虽然明月已经有了一个明确的工作录用通知，但是在遇到更好、级别更高的工作抛出橄榄枝时，她还是非常珍惜这些来之不易的机会。

菲尔德服务区是幽鹤国家公园附近信号最好的地方。加拿大很多地方的手机信号和网络信号都很差，特别是在野外，就像国家公园里面，有时方圆一两百公里之内都没有信号。

等她忙完，我从服务区停车场准备出来时，发生了一个小插曲：我在倒车的时候把别人的车撞了。

我的房车很大，是标准的二十四英尺的一体式房车，长七米三。这次倒车我真是有侥幸心理，一心想避开房车侧后方的一个大坑，本来很简单一拐一正就可以，鬼使神差地一直倒，结果忽略了房车另一侧后方的一辆私家车。

随着车身剧烈一抖，我心想坏了，赶忙停好车下来查看，一辆黑色的私家车右前方，被我顶进去一个不大不小刚刚有点闹心的凹陷。

车主是一对白人夫妻，他俩很沮丧，于是我马上道歉，告诉他俩是我的全责，我明白他俩都很沮丧，但是现在沮丧也不是办法，抓紧时间处理，该怎么处理我会全力配合。

我一直认为，成年人在遇到问题或者突发事件时，一定要保持冷静并马上去寻找解决之道，一味地懊恼、悔恨或抱怨是解决不了任何问题的，只会让矛盾激化，小事变成大事。因此，这么多年我养成一种能力，就是遇到困难或者突发情况时，可以马上从混乱中冷静下来并站出来，引导这个事情的参与者找到事情的关键点，然后去解决它。我很满意自己的这种能力，因为这让我远离混沌，并得到很多信任和机遇。

在电影《阿甘正传》中，有一句广为人知的国外俚语被巧妙地融入了一个情节中，阿甘在跑步时踩到一泡狗屎，旁边一位失意的商人问他对此事的看法，阿甘表情轻松地说"Shit Happens"，阿甘的这句话被那个商人用来做车贴，结果大卖。"Shit Happens"，意思就是倒霉事时有发生，平常心对待。就像这次撞车，在我道歉并提出全力配合来处理时，对方也马上就调整好情绪，女主人交由男主人去处理，男主人说："It's Okay! Shit Happens."（没关系，坏事在所难免。）

接下来，我俩分别拿出各自的汽车保险单和驾照，互相拍照，拍下车辆受损的照片和视频，留下各自的姓名、电话和邮箱，我再次诚挚道歉，双方握手，然后我们就离开了。

整个过程不超过五分钟。事故不大，没有人员伤亡，损失不会超过两千加元，而且责任很好界定，所以不需要打电话报警，也不需要找其他见证人。因为他的车受损需要修理，所以接下来他需要给他的保险公司打电话通报这个事情，等他有时间送车去修理时，他的保险公司会找到我的保险公司，然后我的保险公司跟我联系确认，我只要告诉保险公司是我的全责，保险公司进行理赔就可以了。等我明年再买车辆保险时，我的保费会上涨一些。

这是我第一次经历这种事情，是无法避免的，因为社会中各方面制度比较成熟完善，大家依章办理就可以。人与人之间互相信任，一般不会出现推诿扯皮的事情，所以对方不必担心我死不认账，我也不会担心对方漫天要价，离开麻烦现场回归正常生活，剩下的慢慢处理就好了。因为我们双方对这个社会和所处社会的人持有信心，所以知道对方不会因为这么一点儿小事，而丢失立足社会的诚信和做人的原则。

然后，我们就准备启程去班夫了，今明两天都会住在班夫国家公园的隧道山二村（Tunnel Mountain Village Ⅱ）房车露营地。

沿着加拿大 1 号公路行驶，快要到班夫时，明月临时建议，不如我们多开二十多公里到下一个小城坎莫尔，可以去那里的超市补充食材，同时还可以去温蒂家（Wendy's）吃汉堡。

其实，坎莫尔也是我一直想去的地方。三年前那次来班夫游玩，我无意中看到了一张坎莫尔当地啤酒的广告照片，照片远处是当地雪山的背景，近处是桌面上摆的一杯坎莫尔精酿啤酒，这张照片让我对一个城市产生了浓厚的兴趣。其实这次我本来也打算无论如何都要抽时间去趟坎莫尔这个号称"加拿大小瑞士"的小城市。

一到坎莫尔，下了 1 号高速，旁边就有加油站。坎莫尔属于阿尔伯塔省，油可真便宜！最近，维多利亚油价已接近每升 2 加元，坎莫尔才每升 1.47 加元！而且，阿尔伯塔省的消费税只有 5%，而卑诗省则是 12%（联邦政府的商品及服务税 GST5%+ 卑诗省消费税 PST7%）！不得不说，阿尔伯塔省在生活成本上完胜卑诗省。

加满油之后我们去旁边的温蒂家吃午饭。加拿大有很多连锁快餐，我最爱的就是温蒂家，两个儿子也在我的影响下喜欢吃这家，特别是经

阿尔伯塔省坎莫尔春溪上的木桥，背景是加拿大落基山脉的三姐妹峰

历了一周多清汤寡水的露营生活，眼下最期待的就是吃一个带大块牛肉饼的汉堡了。

温蒂家的汉堡比其他几家都贵一些，但是非常好吃，尤其是他们的招牌汉堡——培根终结者。这是一种双层牛肉培根芝士堡，咬一口，肉汁都要溢出来，太好吃了！我们一家六口吃饱总共才花了七十多加元，还是非常划算的。

然后，我们开车到坎莫尔小城，补充食材并更换丙烷气罐。坎莫尔小城不大，但是一应俱全，什么都有卖的，是从南边进入加拿大落基山特别是班夫国家公园和贾斯珀国家公园补充旅行物资和休整的好地方，比班夫小城要方便多了。

坎莫尔小城四面环山，中间有铁道穿过，虽然我们去的时候有山火产生的烟霾飘荡在城中，但是烟雾遮不住小城的秀美。

班夫和坎莫尔，如果是定居的话，还是坎莫尔更胜一筹。班夫游客太多，是个旅游目的地；坎莫尔的烟火气更足，生活起来更舒适。而且，

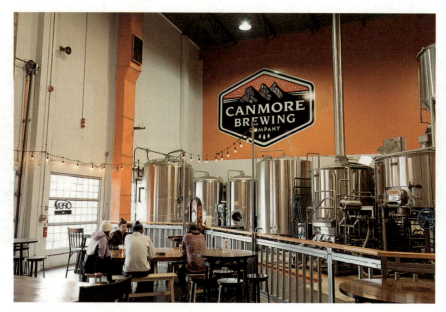

坎莫尔精酿啤酒厂的品酒室，就在发酵车间里

最重要的，这里有我的"梦中情啤"。前面也讲过，在加拿大我每到一个城市都会找当地谷歌排名最高的啤酒厂买啤酒喝。谷歌上的评分一般比较靠谱，特别是啤酒厂的排名，因为你永远可以相信加拿大当地人对啤酒评分的真实客观性和认真程度。

坎莫尔精酿啤酒厂有几百人打出 4.8 分的高分（满分 5 分），三年前我看到它们那张宣传照后，它就一直在我的愿望清单上，所以这次无论如何都要来。再加上从班夫玩两天离开后，我们会在朋友周哥的度假村待两天，所以我准备多买点啤酒，带给周哥一起喝。

从外观上看，坎莫尔啤酒厂其实并不起眼，一层厂房似的建筑，坐落在铁道旁。这里有不少客人，每人桌上摆着一杯啤酒，或自斟自酌，或与好友交谈品酒，或坐在厂房外的遮阳露台下，或坐在有发酵罐的厂房里面，好不自在。

加拿大的很多精酿啤酒厂都愿意将自己的发酵车间或者发酵罐对外展示，甚至紧挨品酒室，你可以一边品酒一边看啤酒生产灌装，这会让酒厂感觉特别自豪。

下面推荐来坎莫尔必喝的三款啤酒：坎莫尔精酿啤酒厂最有名的招牌酒是名为乔治城棕啤（Georgetown Brown）的棕色艾尔啤酒（Brown Ale），6% 的酒精度，啤酒花苦度适中，获得过两次加拿大酿酒奖、三次阿尔伯塔省酿酒奖，就连费尔蒙班夫温泉城堡酒店餐厅都主推这款棕色的精酿啤酒。只不过酒店里也只是卖的 473 毫升易拉罐装的啤酒，还要 12 加元一罐，在酒厂直接打 1.89 升一桶的要实惠得多。

如果喜欢口味淡的，推荐他们的十峰（Ten Peaks）淡色艾尔啤酒（Pale Ale）。它的酒精度是 5%，啤酒花苦度适中，口感如梦莲湖般清淡爽口。它也获得过三次阿尔伯塔省酿酒奖。

最后一款是我品尝过后最喜欢的：铁路大道（Railway Avenue）黑麦 IPA，酒精度 6%，啤酒花丰富，苦味略重，稠密，回甘好，获得过两次阿尔伯塔省酿酒奖。这款黑麦 IPA 是我觉得唯一可以和我最喜欢的温哥华岛苏克 IPA 相媲美的啤酒。虽然每个人的口味不一样，但是对认真尝遍百种加拿大啤酒的我来说，暂时不接受任何反驳。

今天晚上，我们住进班夫隧道山二村这个超大露营地。我们把房车安顿好之后，今天就不再出去逛了，在营地里休息，陪孩子嬉笑打闹，明天再给大家好好介绍一下班夫。

2023 年 8 月 3 日

在班夫小城，感受人间的温暖

我强烈推荐班夫的隧道山两大露营地——隧道山一村（Tunnel Mountain Village Ⅰ）和隧道山二村，因为这里太方便了。

我们住的是隧道山二村的房车营地，这里居然还有从露营地开往班夫小城的 2 路公交车，二三十分钟就能抵达城中心，终点就是费尔蒙班夫温泉城堡酒店。

这两个大型露营地紧挨在一起，真的给人一种两个村子的感觉。营地里有房车营地、帐篷营地、木屋帐篷、小木屋等，可以满足不同需求的旅行者。作为班夫国家公园的主露营地，这两个营地里的好位置需要预订，否则很难有空位。如果对于位置不是很挑的话，连续一周左右持续刷加拿大国家公园的网站，还是可以在旺季捡漏的。

而且，露营地紧邻班夫奇石观景台。在这个观景台，弓河和坐落在河流上游的费尔蒙班夫温泉城堡酒店一目了然，场面也极为壮观。来班夫一定要看这个观景台，从这里看到的风景曾被印在明信片上。

因为营地设施一应俱全，我们一家人在房车露营地待得非常舒适，所以大半天都在营地里度过，一直到下午才决定坐公交车出门。

下午的时候公交车每二十分钟一班，而且对露营者免收车票，车经过班夫小城的主街道——班夫大道时，会放慢行驶速度。这是因为该路段大部分已改建为观光步行道，公交车需要兼顾行人的安全和对面开来的公交车。

费尔蒙班夫温泉城堡酒店实在太出名了，是班夫国家公园的地标，甚至可以说是加拿大落基山脉的地标。

一百多年前，当加拿大太平洋铁路公司的铁路穿过落基山经过班夫时，总裁范·霍恩（Van Horne）看到班夫流淌百年的温泉后，便决定在铁路经过的班夫修建一座城堡。于是，1888 年，费尔蒙班夫温泉城堡酒店的前身被建立起来。当初那些太平洋铁路由东向西经过的沿线城市的铁路旅馆，如今都成为加拿大每个城市赫赫有名的地标性建筑，如费尔蒙魁北克芳缇娜酒店、费尔蒙班夫温泉城堡酒店、费尔蒙路易丝湖城堡酒店、费尔蒙贾斯珀公园木屋酒店、费尔蒙维多利亚帝后酒店等。

19 世纪末，火车载着欧洲社会名流沿加拿大太平洋铁路旅行，沿线旅馆曾接待过众多王公贵族。如今的铁路主要为货运服务，而当年的旅馆也成为当今加拿大乃至世界一流的酒店。在加拿大的国家发展史上，这些如明珠般的费尔蒙酒店功不可没，没有这些地标性的酒店，也就没有以酒店为地标中心而发展起来的城市。

我在维多利亚的费尔蒙帝后酒店工作，酒店福利特别好，其中就包括去全世界任何一个费尔蒙酒店都能享受员工价格。当然，需要提前预订，而且只有在酒店有空余房间的基础上才能享受这项福利。三年前我们来班夫旅行时就入住了一百三十三加元的员工福利房，还升级了山景房。要知道，七八月份旅游旺季，班夫的房间怎么也得在一千加元以上。酒店有很多工作几十年的老员工，都会保留酒店的工作，哪怕是为了业

屹立于落基山脉一百多年的费尔蒙班夫温泉城堡酒店，是班夫国家公园的地标，甚至是加拿大落基山脉的地标

余时间的旅行。今年我没有预订酒店，毕竟有了房车，相对于舒适的被人照顾起居的酒店旅游，我更喜欢自给自足的房车露营旅行。

即便不入住，费尔蒙班夫温泉城堡酒店也绝对值得专程造访。每次来班夫，我一定会去那里逛逛。就像回到济南一定去逛曲水亭街，去西安一定去逛回民街，这种建筑风貌独特又有历史积淀的地标，仿佛是一座城市的灵魂所在，唯有置身其中，才能感受到这座城市的精神脉搏。

费尔蒙班夫温泉城堡酒店的外观非常深入人心，近观只能看到它外墙上历经百年风霜雨雪的石块，只有从远处观望才能看到它壮观优雅的全貌。幸好有很多地方可以远观，比如酒店前面两百米的道路左侧，比如奇石观景台，比如惊喜角观景点（Surprise Corner Viewpoint）等。如果到了酒店，在酒店城堡周边逛逛，在悠扬的风笛声中思绪飞扬，还是很有感觉的。

酒店里面更好看。L层一般都是商店以及酒店的入住大厅。M1层有一个酒店百年历史照片的展厅，我推荐来的朋友去看一看，了解一下酒店及班夫的历史。同时，这一层有很多看起来历史悠久的大厅、雕塑及各类陈设，历史感十足。M2层有一个超大的观景大厅，大厅墙壁上挂着有关落基山的油画，尽头处有一个超大的壁炉，可以点木柴。我想，冬天来这里着实应该不错，坐在壁炉旁一边烤火，一边欣赏无敌的落基山雪景，该是一种什么样的体验呢？而最吸引人的就是一排大观景窗，每个窗前都会有两个大的单人高靠背沙发，就这样整齐地排列开来，供往来的客人欣赏窗外蜿蜒的弓河及连绵起伏的山景。

有些朋友会碍于不在酒店入住，就不好意思进酒店参观，其实没什么，费尔蒙班夫温泉城堡酒店面向公众开放。

吃完晚饭，我们从酒店去班夫小城逛街，距离不远，慢慢走着就到了班夫大道主街。途中会经过另一个历史悠久的小古堡，还会经过弓河。作为卡尔加里的母亲河，弓河得名于生活在该流域的原住民上万年的生活印记——这些原住民用河两岸的芦苇制作弓，"弓河"之名由此而来。河水清澈见底，原住民把清澈的河水叫"Calgary"，加拿大第四大城市卡尔加里由此得名。

流经班夫段的弓河很安静、很宽、很绿，非常美，驻足观看许久也不会觉得厌烦。过了弓河上的石头大桥，就到了班夫小城的主街道。

旺季的班夫，游客真多啊！世界各地的旅行者慕名而来，会集于此，感受不一样的烟火气息。我们在班夫小城漫无目的地逛了很久，不知不觉已到晚上九点多，天还没黑，空中的晚霞非常美。

到时间该回营地了，一家人在公交站等2路公交车，人真多啊。公交司机胸有成竹地说，大家都别急，都能装得下。于是我让明月带着两

加拿大第四大城市卡尔加里，弓河穿城而过

个孩子先上公交，自己悠闲地等在队伍后面，哪知道最后竟剩下包括我在内的不到十个人被关在车门外。没办法，司机开车走人。索性，我决定走回营地，估算了一下，大概需要一个小时。

这里有一段美丽的小插曲，让我感慨自己的运气真好！我当时一边走路一边直播回营地，走到一个路口时，一辆黑色商务车停在我面前，有人用中文喊我的名字，让我上车！我蒙了！这里不是我生活的维多利亚，更不是中国任何一个我生活过的城市，这里是加拿大落基山脉群山之中的班夫啊！好巧不巧，一位通过自媒体结识且在现实中还没见过的朋友佐伊（Zoe），当时正带团来班夫旅游，通过我的直播得知我没赶上公交车，她注意到路牌显示我的位置离她只有几百米远，于是就开车过来接我了。

我特别感动，直播间里的观众朋友们也很激动，多么美好啊！就这样，本来我需要摸黑在山路间走一个多小时才能到，佐伊开车十来分钟就把我送回了露营地。而且当我到达营地时，明月和孩子们乘坐的公交车还没到呢。

十多年来，我一直坚持诵读或抄录《金刚经》，并坚信不疑，只要人直心正，身边一定会聚集更多正人君子，正所谓物以类聚、人以群分。今天这个小插曲也验证了我的坚持！

2023 年 8 月 4 日

在加拿大，华人遍地开花

我们在班夫只住了两天，恰逢这几日山火烟雾弥漫。班夫的商业化气息比较浓，各项配套设施非常成熟，我感觉待两天就可以了。

今天会从班夫过萨斯喀彻温河交叉口（Saskatchewan River Crossing），转而向西前往周哥的营地——大卫·汤普逊度假村（David Thompson Resort）。

周哥是我做自媒体以来认识的朋友。新冠疫情开始的时候，有很多海外博主涉足自媒体，如今坚持下来的人越来越少，周哥便是其中之一。他不仅做视频、做直播，而且还运营自己的度假村。我们以前从未见过面，但一直通过微信联系，所以感觉像是相识已久的朋友。因此，这一次我专门安排了两天时间，在从班夫国家公园前往贾斯珀国家公园的途中，去周哥那里一趟。

从班夫往贾斯珀的这一路，风景在慢慢变化，我们更喜欢靠近贾斯珀方向的风景。今年沿路的雪山冰川明显比三年前我来的时候少了很多，而且山火的烟雾一直存在，想想这温室效应确实挺严重的。真希望我的儿子们长大后再带着他们的孩子来时，还能看到这美丽的风景，并能有所感悟。

路上会经过弓湖，这片湖很大很漂亮，就在路边。但我们没有停车去看，因为计划要去看佩托湖（Peyto Lake）。

佩托湖也离我们行驶的道路不远，游客特别多，可以说是摩肩接踵，车也特别多，好在有房车专属停车场。从停车场到湖边需要步行十分钟，徒步于针叶林小道，还是很美的，别有一番意境。但是因为人太多，小道又窄，我们不能放慢脚步去欣赏，否则会不小心挡住别人的脚步。匆匆忙忙地走到山顶的观湖平台，俯瞰佩托湖，一大片宝蓝色的冰川湖映入眼帘，非常漂亮。

佩托湖以其独特的如动物爪子一样的形状和壮观的景色闻名，特别是从高处俯瞰，效果最佳。但是我却没有太大兴致，毕竟一路走来看了太多美丽的湖。佩托湖可以说"只可远观而不可亵玩焉"，只能远远地从高处看着它，普通人难以抵达湖畔，只有一些发烧友能深入探访。但是拍照是很美的，我们全家就在佩托湖留下了很多照片。

从佩托湖离开，我们一路向北，到达萨斯喀彻温河交叉口，右拐向西开往周哥的营地。这一路风景又与之前不同，因为很久前发生过森林大火，荒凉中透着生机，虽然烧过的森林树木歪七扭八，但在残枝断树之间，青青小树苗在茁壮成长。而且在树苗之间，长满了一种红色的花朵，据说是山火过后最先布满过火区域的植物。

大概又开了五十分钟，就到了大卫·汤普逊度假村。周哥很忙，这几天是长周末，每个景点、每个露营地都挤满了来自加拿大甚至世界各地的游客。度假村所有的酒店客房、房车营地、帐篷营地都爆满，他要忙着协调临时增加的顾客夜晚露营的场地。

大卫·汤普逊度假村距卡尔加里和埃德蒙顿各三个小时的车程，又差不多处于班夫和贾斯珀的中间位置，地理位置很好，再加上营地后面

看到佩托湖如此壮美的风景，孩子们兴奋不已

有气泡湖，所以还是非常吸引游客的。

　　相比之下，我们一家人到了之后倒是轻松很多。这边房车营地有提供全面服务的位子和只插电的，我一个半月前告诉他要来时，只剩下一个插电的位子留给我。我跟他预订了这个露营位两晚，后来就没再联系。

　　我现在极不喜欢"变"。特别是人与人之间定好的事情，说是哪天就是哪天，定好的行程尽量不要变来变去，到了时间按照约定出现在该出现的地方就好了。我喜欢这种简单的人与人之间的交往方式。

　　营地的价格也和国家公园的露营地一样，童叟无欺。周哥带我办理了入住，该多少钱就是多少钱，我很喜欢这种一码归一码的行事风格，大家心照不宣。两晚总共一百加元，他知道如果让我白住，我会觉得不踏实。然后周哥送给我两捆木柴，木柴这边定价十二加元一捆，我也不推辞，我知道如果推辞会显得太见外。君子之交淡如水，我觉得人与人交往最舒服的方式就是不要有太多人情亏欠在里面，这种关系最纯粹，也最舒服。

晚上七点半之后，在营地的木屋酒吧有一个本地乡村创作型歌手的小型音乐会。一起听歌喝酒，别有一番滋味。这期间认识了几个朋友——在旅游旺季过来给周哥帮忙的晓峰、木子，还有周哥的爱人白雪。大家一见如故，有种七年前去新疆昭苏朋友那里聚会的感觉，天高地远，每个人都活得很热烈。周哥本地的几个朋友也来玩，像极了牛仔。华人经营的生意一旦有本地朋友捧场，一般就说明生意做到位了，获得了本地人的认可。

周哥的度假村一年里干半年休半年，每年的5月到9月期间营业，重点是7月、8月，剩下的其他月份气温骤降，大雪封山，酒店和营地就会全关闭，不然会有水管冻裂、运营成本增加的风险。虽然一年只干半年，但旺季中的7月、8月确实生意火爆，用网友的话说，简直就像天天在营地等着人们来送钱。多棒的生意！可很多人"只看见狼吃肉没看见狼挨揍"，虽然在这里用这个比喻不大恰当，但是形容周哥的一波三折毫不过分。

周哥最开始干旅游，随着生意越来越红火，事业越做越大，就会遇到合作的酒店旺季说涨价就涨价的问题，于是他想着自己经营酒店来接待旅游客户。机缘巧合下接手了这家旅游度假村。他最先看重的是这里的酒店，五十多间客房，接待能力足够，可随后到来的疫情改变了所有人前进的路线，酒店行业受到重创。但令周哥没想到的是，解封之后露营地的生意慢慢做起来了。就这样，边做边摸索，周哥算是完成了转型。

我们华人来加拿大的很多，从1858年到现在已经有一百六十多年

在加拿大，华人遍地开花

历史了。华人闯荡海外不容易，过去的年月就不用说了，在加拿大几十年前还有针对华人的人头税。进入 21 世纪，确实一切都变好了，但现在也并不容易，以前在国内的一切优势都荡然无存，很多人都是从头做起，特别是在工作方面，只能从自己不熟悉的领域，从以前在国内看不上的工作干起。

好在加拿大作为一个移民国家，各项制度对于移民也算平等，对于内心有一团火、有梦想的人来说，总能找到他们前进的方向，达成目标。周哥就是其中之一吧。我很欣赏周哥这样的人，因为他不忘初心，始终坚持自己的本行！无论是接手度假村，还是后来做自媒体，都是围绕着自己的旅游本行来做，不朝三暮四，不随波逐流。

周哥很忙，但是周哥活得潇洒！

2023 年 8 月 5 日

旅途需要休整，人生需要休息

不知不觉，房车旅行已有十二天了。这些天来，即使连续两三天待在一个营地，也要换不同的位置。我并不抱怨，毕竟提前一个多月才确定行程、路线和营地，能订到理想的露营地已相当不错。但是，如果以后再计划出游，我一定会提前半年就做好计划，到时候旅行速度更慢一些，在一个地方多待几天，静静感受慢生活。在周哥这里连续住了两天，是同一个露营位。

加拿大的露营地，不论是国家公园、省立公园内的营地，还是私人营地，都是要求上午十一点前离开，留给工作人员打扫和清洁的时间，好让下一批游客下午两点之后入住。所以，如果露营时需要一天换一个地方，所有的露营装备都要收拾进车里，转移到下一个地方再重新布置。房车还好一些，如果是帐篷则会麻烦得多。但是，如果能连续几天住在同一个露营位，就不会有这种麻烦。等同于有一个基地，白天把帐篷或安全的、不招惹动物的装备留在营地里，放心出去游玩，或者留在营地休息静养，不必有收拾布置的烦恼。我就遇到过有人连续一个月在同一个地方露营。在野外舒适地生活一个月，彻底放空自己，他们的生活应该不会有什么困扰吧。

其实，我们的这款一体式房车并不太适合长时间驻停在同一地点的露营，因为从营地出行时还是要开着大房车，并不方便。所以，我计划以后把房车换成拖挂式房车，用皮卡拉着的那种，这样如果长时间在同一地方露营，就可以把房车留在营地，开着皮卡出门了。

这两种类型的房车各有优缺点。一体式房车更适合长途旅行，每天转战不同的地点，省得每天露营时拆装拖挂，而且我们现在一家六口能坐下。而拖挂式房车虽然方便露营中轻车出行，但一旦转移营地需要重新拖挂，活儿更多，而且皮卡只能乘坐五个人。还是那句话，一切都是最好的安排！

这次出行，看似我们时间很多，很休闲，其实每天都很忙碌。不仅要赶路，还要沿途游玩，更要每天在营地里布置、生火、做饭、洗刷、照看孩子。同时，我要拍视频、剪辑，还得写日志，时间真的不大够用。于是，有一天悠闲的、不赶路、不折腾的休整，对我们每个人都很适用。

我们一家真的像一个高效的团队。每天明月和岳母负责做饭、洗刷、整理、喂孩子等，岳父要安置装备、生火、每天装车卸车，而我主要就是开车、看孩子、补充其他方面……我们目前还是很享受这种团队协作又有家庭包容的感觉。

对我来说，家庭是最重要的！没有家庭，就没有一切！而家庭是需要呵护的。

我很感恩目前所拥有的一切，妻子贤淑，孩子乖巧，同时还能得到岳父、岳母或父母的帮助。借助这次长途旅行，也想一家人在享受旅行美好时光的同时，让家庭的能量场在长途旅行中愈加顺畅和坚实！我相信，在这种美好的氛围中，团队协作能带来更积极的转变。

一家人的露营休闲时光

当然，我深知这次长途远行对我们全家而言是一次不小的挑战，每天旅途的辛劳，可能遭遇蚊虫猛兽的风险，以及每个人的习惯差异、相互迁就与磨合等都是我们必须面对的现实。但从长远和大方向来看，这些小事都不值得去考虑，因为多年以后回首往事，我们都会怀念这次旅行。

我在超市买了一个双灶台大火力的户外丙烷燃气灶，这次长途旅行它立下了汗马功劳。又买了两个丙烷罐，不用担心燃气不够用的烦恼。无论是烧水、煮饭、炒菜，做什么都行，火力大到可以满足一名中餐大厨的颠勺需求，特别方便。如果是喜欢露营的朋友，旅行车辆有足够大的容量，人口也多的话，我强烈推荐。

目前来说，我们沿途都可以补给食材，米、面、菜、肉应有尽有，基本上想吃的，我们都可以在野外营地做出来。比如今天的韭菜合子、昨天的饺子……至于蒸米饭是每天最简单的伙食了，所以，我们的房车旅行整体上还是比较方便的。

非常庆幸我在出行前更换了房车电瓶，让房车的储电能力得到了显著提升，冰箱一直工作得很好。一般到了房车营地充电即可，或者每天开车一小时以上也能自动给电瓶充电。所以，如果大家有房车，保持电瓶的高性能很关键，过五六年一定要更换一下。

今天待在营地没出去，带孩子徒步到气泡湖边，又去营地里的游乐园玩，然后中午睡了个午觉，醒来后在营地里烧水泡茶。我很喜欢露营时在营地里睡午觉。如果能有时间睡一次午觉，总是睡得非常香甜，醒来时神清气爽，仿佛身体被清空，所有的疲惫与混沌都被森林中的清新空气涤荡，整个人充满无穷的能量。

大自然，真的可以疗愈沉醉其中的人。

2023 年 8 月 6 日

从冰原大道进入贾斯珀国家公园

　　早上和周哥告别后，我们离开了住了两晚的大卫·汤普逊度假村。今天要到贾斯珀国家公园，在靠近贾斯珀城区的惠斯勒露营地（Whistlers Campground）露营。全程两百公里，所以我们今天不慌不忙，在冰原大道好好看一看。

　　真幸运，在从周哥的营地开出来十几分钟，我们就看到了棕熊。之前提到过，加拿大是熊的天堂，得天独厚的环境，丰富的食物资源，广袤的森林，孕育了成千上万的黑熊、棕熊、北极熊。光我们所在的温哥华岛就有七千多头黑熊。我在温哥华岛上见过两次黑熊。三年前那次来贾斯珀国家公园也见过一次黑熊，但是，从来没见过棕熊。我知道这次我们肯定能遇到棕熊，但没想到会这么快。

　　当我们看到一辆房车在路边打着双闪的时候，就知道他们肯定看到了什么。正想着呢，车速随之减下来，就看到一团硕大的棕色身影在绿草中挖着什么东西：一头大棕熊！随后这头棕熊沿着路边，边走边吃草，一会儿跑，一会儿走，一会儿立定在原地挖东西，模样看起来憨态可掬。我们也沿着路边慢慢开车跟着，保持一段距离，绝不敢下车去跟它发生什么肢体上的接触。

路过的车渐渐多起来，很多车都停车拍照。这个季节经过这里的大多是游客，都充满好奇心。这头棕熊也并不怕人，悠然自得地做它自己的事。对于它来说，我们才是闯入它领地的异类。这家伙看起来也并没有多大年纪，壮硕中带着没完全长开的样子，凶猛中带着可爱。

这是我们第一次见到野生棕熊，它在我们面前一直保持十米左右的距离，还跟我们深情对视了几眼。最后，这家伙居然从我们眼前缓缓穿过公路，慢慢地走向远处，消失在一条浅浅的小河尽头。而距离它消失的地方十多米远，刚好有两个小伙子在空地上停好车，准备沿河而行。两个小伙子也看到了熊，但这头棕熊并没有理会他们，自顾自地远去了。小伙子碰到熊也没逃跑，待熊走了继续做自己的事。可见在加拿大，特别是落基山，遇见熊的概率还是很大的。

下一站，哥伦比亚冰原，确切地说，是阿萨巴斯卡冰川。这是冰原大道上一道亮丽的风景线，是班夫到贾斯珀之间必须去的景点。非常简单，把车开到冰川下面的停车场，徒步走上半小时，便可以隔河眺望冰川了。

从班夫到贾斯珀的方向，到了冰川这里，如果向右拐有很多停车的地方，是冰川的游客中心，可以休息，也可以报名乘坐冰原观光车或徒步旅行团。其实我更建议左拐停在冰川脚下的停车场。这里的停车场更简陋一些，适合停好车走路上去看冰川。

加拿大无论国家公园还是省立公园的管理都非常人性化，提供各种不同的体验。有花钱的玩法，也有免费的玩法，符合人性，你总可以找到一种适合自己的方式去体验。

如果选择开车进入冰川下的停车场，你会发现沿着路隔不远就会有一个蓝色的小路牌，写着 1844、1926、2006 等年份，这些都是往年冰

阿萨巴斯卡冰川 2006 年冰川线标志，冰川消失的速度令人触目惊心

川线的位置。这样标注出来确实令人触目惊心。

其实一万年前冰川可以覆盖到整个阿尔伯塔平原，到了 1844 年，冰川线在现在的高速公路之外的冰原中心那里。冰川线每年基本退后五米，现在已经退缩到高速路往里差不多一千米的位置了，而且仍在持续退缩。

我们到了大部分游客徒步到达的终点后，继续延右边一条盘山小道前往冰川——这也是冰川徒步队走的路线。大概二十分钟后，就到了冰川边缘。这一路是有点危险的，因为有一部分步道是和冰川相连的，有的地方肉眼可见冰川在融化。如果大家想深入探索并且对冰川有更全面的了解，建议参加专业的冰上徒步团队。

我们一直走到了冰川上面。近处的冰川上面覆盖着一层尘土，看起来有些发黑，但靠近看就可以真切感受到冰川的纯净和冰川融水的清澈。

我在冰川上慢慢走着，哥伦比亚冰原的风吹拂过我的脸庞，有种历史的沉重感。想想亿万年间，冰川就是以一种纯洁的、不变的态度，迎接世间的改变，送别一代又一代的人，无声地沉默，静静地等待，谁也不知道它是在等待自己的消融，还是等待另一个冷酷的冰河世纪。

我抱着二儿子，领着大儿子走上了冰川，目的是希望他们能亲身感受那历经亿万年的冰川以及融水的奇妙。作为一个父亲，我想带着两个儿子体验这多彩的世界，直到他们内心萌发出独立探索这个世界的渴望，愿意用自己的双眼去发现，去感知。

从冰川出来，再开车一个半小时，我们就到了贾斯珀小城。我们并没有进入小城，直接入住了离贾斯珀城区最近的惠斯勒露营地。毕竟在贾斯珀要待四天，我们有的是时间慢慢逛。

贾斯珀国家公园有几个超级大的露营地：惠斯勒、瓦披提（Wapiti）、瓦巴梭（Wabasso）、梅耶特［Miette，又叫波卡洪塔斯（Pocahontas）］等，每一个都是顶级的加拿大国家公园露营地。我们三年前住过瓦巴梭，一直无法忘记这个营地的原始野性美、便捷舒适的设施以及开阔通透的环境。

这次在贾斯珀国家公园待四天，第一天和第三天安排在惠斯勒露营地，因为它离贾斯珀城区最近；第二天安排在瓦巴梭露营地，故地重游一次；第四天我们将入住费尔蒙贾斯珀木屋度假村，这是本次长途旅行唯一的酒店住宿。这个度假村以其依山傍水的绝佳位置和独特的木屋建筑而闻名。我以费尔蒙酒店员工价（旺季每间一百三十三加元）预订了两间客房。

第一次来惠斯勒露营地，我就被它的博大和便利吸引了。惠斯勒露

在加拿大落基山区露营，有一顶这种大帐篷，不仅防雨，还防蚊虫，极大地提升了露营的幸福感

营地的名字源自贾斯珀国家公园的惠斯勒雪山，营地分为五十九个营区，每个营区里又有十几到四十几个露营位。我大体估算了一下，整个营地有上千个露营位，包括房车全服务营地、房车仅插电营地、帐篷营地、木屋帐篷等。

这是唯一需要我们进入营地后到注册大厅去办理入住的营地，而且营地里每一个营区都有非常豪华的洗手间和淋浴室，就连木柴都是集中放置在一个超级大的空地上，看起来蔚为壮观。甚至在我带着孩子去营地中心的儿童游乐场玩时，差点儿迷路，这可太有意思了。

不过唯一的缺点是，惠斯勒露营地是这一路到此为止蚊子最多的营地，即使是同在贾斯珀国家公园的瓦巴梭露营地和费尔蒙贾斯珀木屋度假村，都没有那么多蚊子。幸亏我们配备了一个非常大的户外帐篷，可以把露营餐桌罩起来，可是即使这样，也避免不了被蚊子咬几个包的下场。

再就是雨水多。其实不光是惠斯勒露营地，整个贾斯珀国家公园都是每天云蒸雾绕的。露营的时候下雨是很不方便的，我就有过扎帐篷遇大雨的狼狈经历，一旦帐篷搭好，躺在里面听雨点噼里啪啦打在帐篷顶上的声音，又是无与伦比的惬意。有房车就方便得多。把房车一侧的雨篷打开，这样房车外就有一块遮雨的活动空间，再加上我那顶户外大帐篷，就更方便了。虽然有蚊子，虽然有雨，但是我们全家本次的露营体验特别好。

晚上，就这么听着雨点敲打房车的声音入睡，即使下了一晚上雨，我依然睡得特别香。来到了贾斯珀，感觉超好！

2023 年 8 月 7 日

令人流连忘返的天边小城：贾斯珀

今天早上从惠斯勒露营地出来，我们就去了贾斯珀小城。

作为加拿大落基山脉两大国家公园，班夫和贾斯珀可以说是举世闻名，各占半壁江山。相比之下，班夫更出名，更商业化，游客多，车也多，人山人海，就像到了国内某个旅游小镇。而贾斯珀则更原始，更简单，人和车相对更少，一切都更朴实。

我很喜欢贾斯珀小城，作为一个旅行者，停车更方便，城区内补给食材、加油休整更便捷。如果更深层一些的话，这种喜欢表现在，我更希望以后来这里住上一段时间，选择一个人少的季节，也许会是冬天，感受一下一个小城的冬日暖阳和壁炉时光，感受一下慢悠悠的群山环抱的生活。

贾斯珀在我们去的这几天一直阴晴不定，大部分时间被云雾环绕。小城四面环山，有云悬在山腰，在小城漫步，仿佛置身于天际，远离尘嚣：少了车水马龙的嘈杂，少了尘土飞扬的燥热，多了一些淡泊与平静，多了一份清凉与温润。

三年前，我带着明月和大儿子来这里游玩，对此地一见钟情，等有

贾斯珀小城四面环山，云蒸雾绕，漫步城中，很松弛

了二儿子之后，就决定将他的英文名叫作贾斯珀。老二一直盼望着来贾斯珀，来了之后也是喜欢得不得了。人世间的一切都是缘分啊！

贾斯珀城区一直阴天，有些冷，需要穿外套。我们一家在小城逛了半天，采购了一些食材，都是鸡蛋、牛奶、面包之类的东西。街上散布着一些为旅人提供便利的店铺——快餐店、投币洗衣店等，但更多的是有贾斯珀特色的旅游纪念品商店。

我们去了一家卖落基山各种矿石的店铺——"Stone&Jade"，花了十加元买了一小袋五颜六色的小石头，儿子很喜欢，我们也很喜欢，看起来是真正的冰川河里的石头，回去之后当伴手礼非常不错。

这里有一家"贾斯珀中餐馆"，我们去的时候没开门，他们的营业时间是从每天中午十二点到晚上八点。你看，是吧，全世界任何一个地方都有华人的身影。

从贾斯珀城区休整补给完毕，我们直接到了今晚的露营地——瓦巴梭露营地。这个营地相对于惠斯勒露营地和瓦披提露营地离贾斯珀城区更远一些，大概二十公里，但是离阿萨巴斯卡瀑布更近。而且，偏远有偏远的好处：僻静，更有野外野营的感觉，每个露营位距离更远，占地面积也更大一些。我和明月开玩笑说，瓦巴梭的一个露营位如果放在班夫，能被划分成十个单独的露营位。

瓦巴梭露营地背靠阿萨巴斯卡河，沿着河有一条步道，风景绝佳！

　　我们三年前来贾斯珀住的就是瓦巴梭，留下了深刻的印象和温暖的回忆。当时三岁的大儿子在营地里抱着一根木柴跟跟跄跄奔向我的画面至今仍历历在目。这次我专门订的是紧邻河边的露营位。营地费用包含篝火费，有不限量的木柴供应，而且取柴点很近。这点要比惠斯勒露营地方便。其实要我选的话，我最喜欢的贾斯珀国家公园的营地肯定是瓦巴梭。

　　本来我们计划今天下午开车出去玩的，一旦在营地安顿好，就不想出去了。停好房车，扎好防雨又防蚊的户外大帐篷，生好篝火，坐在火堆前烤火，听着木柴燃烧发出的噼里啪啦声与不远处河水的潺潺声此起彼伏。营地里小雨淅淅沥沥，雨停之后，空气清新舒爽，夹杂着松木燃烧的香味，四周一切都显得格外安静。我们一家人内心也很平静，不想出去，只想舒舒服服地享受这一刻。

　　这就是贾斯珀国家公园的瓦巴梭露营地，虽然硬件设施一般，但露营带来的精神享受使它在我心目中始终排第一位！

2023 年 8 月 8 日

加拿大那些著名景点与小众景点

　　瓦巴梭露营地离著名的阿萨巴斯卡瀑布只有十三公里。阿萨巴斯卡瀑布是贾斯珀国家公园的一个重要景点，每天吸引着无数游客。没有来过的人，或者没有见过加拿大的瀑布和峡谷地貌的人，一定要到加拿大93号公路与93A号公路交会的阿萨巴斯卡瀑布来感受一番，那场面壮怀激烈且令人印象深刻。

　　不过我们选择瓦巴梭露营地，并非为了观赏瀑布，而是被营地附近一个相对无名的小湖泊——利奇湖（Leach Lake）所吸引，我们称它为"小鱼湖"。

　　从瓦巴梭营地沿着93A号公路往南开时，一定要慢一点，因为这一路很容易遇见野生动物。虽然这一次我们什么都没遇到，但三年前那次我们就遇到了一头大黑熊和一头大麋鹿。如果来玩的朋友选择在一早一晚出门并且路上开慢一点的话，我相信你一定会看到熊或者麋鹿。

　　大概从瓦巴梭露营地开出十公里，路边有一个不起眼的小停车场，这里有一个"Leach Lake"的小牌子，如果不留意的话，非常容易错过。

　　这个小湖泊是我三年间一直想来的地方，我想趁着两个儿子还年幼，多带他们来几次。你站在停车场俯视这个湖时，它毫不起眼，但是当你下十几级木台阶，走到湖边或者木栈桥上时，会看到非常多的小鱼，这也没什么特别的，毕竟有小鱼的湖很多。但是，当你把手或者脚放在水中时，一群小鱼会马上朝你游过来，围在你的手、脚、腿周围，轻轻咬你的皮肤，好像是在鱼疗，清理你身上的皮屑，过一会儿它们就散去了。而当你再下水，它们会重新游过来。我喜欢这神奇的大自然，更喜欢带我的孩子去体验这种神奇。儿子们特别兴奋，他们站在水边，把脚伸向水里，任由小鱼来挠痒痒。明月也非常享受这湖光山色和小鱼群，似乎能在湖边住下才好。

这一刻，我们是幸福的，是快乐的。大自然可以疗愈一个人，此刻就是这句话最好的佐证！

"小鱼湖"很安静。最开始我们刚到的时候，木栈桥上坐着一对夫妇，看起来五十来岁的样子，说的好像是德语。他们非常随和、友善，脸庞上透着温良谦恭，也非常喜欢和小鱼互动。他俩离开之后，在半个多小时内，居然没有一个人再来湖边。在我们一家人逛完阿萨巴斯卡瀑布回来后，我又去了一趟小鱼湖，这里还是没有人。湖的四周环绕着荒野松林，只有湖对面一只孤独的潜鸟偶尔发出孤寂的长鸣。

这个景点太小众了，太清静了，你会很容易错过它，但如果"沉浸式体验"过这个"小鱼湖"，你一定会爱上它。

紧接着，我们来到著名的阿萨巴斯卡瀑布。虽然这里离利奇湖就两三公里的路程，但是游客非常多，甚至几个观景点需要排队以获得独有的拍照机会。

确实，阿萨巴斯卡瀑布实至名归！千万年的冰川融水以万马奔腾般的气势，在经过巨大的落差时，以瀑布的形式坠入幽邃的峡谷。激流在嶙峋的岩壁间冲撞、撕扯、回旋，每滴水都带着开山裂石的力量，雕刻

阿萨巴斯卡瀑布千百万年的冲刷，将此处雕刻成令人叹为观止的峡谷，这是大自然鬼斧神工的杰作

着峡谷的新面容。最开始的水道早已变成了人行步道，而如今的水道更深、更窄，在百米深渊中积蓄的能量，最终在阿萨巴斯卡河口轰然释放，变成宽几十倍的大河，可谓是鬼斧神工，浑然天成！

这是一个成熟的旅游景点，从瀑布到峡谷到大河都修建了贯穿的观赏步道，适合全家游玩。阿萨巴斯卡河起点也有商业的漂流，看起来十分惊险，有兴趣的朋友可以尝试一下。相比之下，我更喜欢温哥华岛上考伊琴河（Cowichan River）的漂流。考伊琴河有着静静的、浅浅的、清清的河水，你只需要坐在漂流泳圈上，漂两三个小时到终点即可。夏日的考伊琴河水不凉，水温刚刚好，可以拿着一瓶啤酒在手里，顺着河水漂流而下，静静地感受时光缓流的美好。相比之下，这里的漂流有点儿惊险。不过，在岸边看别人漂流很有意思。

加拿大不仅拥有众多闻名遐迩的著名城市与景点，还隐藏着无数鲜为人知但同样美不胜收的隐秘之地。相较于那些熙熙攘攘的热门之地，我个人更加倾心于这些鲜为人知的秘境。它们给予我更多的时间与空间，让我能够静下心来，悠然自得地去细细品味那份独特的美好。

从阿萨巴斯卡瀑布离开，我们又去了贾斯珀城区，闲逛了一会儿，这边居然有肯德基，于是我们买了肯德基的全家桶。我去仰慕已久的贾斯珀精酿啤酒厂买了啤酒，然后回到露营地。

我在贾斯珀精酿啤酒厂买的是它们的招牌啤酒——贾斯珀 IPA。这个酒我超级推荐，6.9% 的酒精度，特别好喝，可以和苏克 IPA 以及坎莫尔 IPA 相媲美，这是我心目中加拿大最好喝的三款啤酒。

2023 年 8 月 9 日

雪山、湖景、木屋：
费尔蒙贾斯珀木屋度假村

今天过得慢悠悠的。

起床后在露营地附近散散步，等吃完早饭后，我们差不多在营地规定的上午十一点离开了露营位。然后在营地中房车排污水加清水的地方，清理完所有污水，加满水，稍微清洗了一下房车，就来到了贾斯珀小城。

其实，在贾斯珀国家公园的这三四天，我们除了故地重游阿萨巴斯卡瀑布和"小鱼湖"，其他地方都没去，就连上次去过的玛琳峡谷（Maligne Canyon）都没去，基本上就是在露营地和贾斯珀城区度过的。在贾斯珀，真的不需要去太多所谓的旅游景点，只是待在这里的感觉，就已经是妙不可言了。

今天在贾斯珀城区时，我又专门去贾斯珀精酿啤酒厂打了两桶它们的招牌啤酒——贾斯珀 IPA。今天的酒保是个亚裔小伙子，没听出来是哪里的口音，不管这个，但我天生对黄皮肤的"同胞"有好感，当然，看他长相可能更趋向韩裔。在加拿大，遇到看似"同胞"的人，也不好贸然用中文打招呼，因为看起来像中国人，但十之五六可能会是韩裔、日裔、东南亚裔等。

小伙子很热情，看到我的啤酒桶上贴着班夫的三只熊酒厂的酒标，就问我感觉班夫的酒味道如何。我回答说还可以，但是实话实说不如这里的 Rockhopper IPA 好喝，简直不是一个级别的。小伙子又问我的啤酒桶是哪里的，酒好喝吗。我告诉他是温哥华岛上的一个酒厂——菲利普斯，也不如贾斯珀的 Rockhopper IPA 好喝。但是温哥华岛上一个叫苏克的小镇上有一款 IPA 可以和这里的酒相媲美。我们聊得很愉快。

他就生活在贾斯珀小城，很喜欢这里，觉得生活在这里很有趣，只不过冬天人太少了。我告诉他，我很憧憬冬天在这个小城生活的样子。他说他也很憧憬在太平洋海边的温哥华岛上生活。谈笑间，两桶啤酒已经装满。这酒真的特别好喝，要不是担心鲜酿啤酒两三天内喝不完口味会变差，我真想买上三四桶！

随后我们开车来到了费尔蒙贾斯珀公园木屋酒店。这个酒店不像其他的费尔蒙酒店动辄拥有百年历史的主体城堡建筑，却是我目前到过的最漂亮、体验最好的费尔蒙酒店。酒店都是一间一间的木屋，住起来特别舒服。酒店在七八月旺季价格特别贵，而且一房难求，比如我们当天住的房型每晚房价是一千二百加元。大家如果提前一两个月预订的话，会便宜一些。作为费尔蒙酒店集团的员工，我有幸以员工价订到了两间房，每间只需要一百三十三加元，差不多是当天房间价格的十分之一，真划算！

其实，对于无法享受折扣的朋友来说，来贾斯珀国家公园旅行，我依然强烈推荐这家酒店。虽然消费确实比其他地方高，但是如果提前规划好，实际花费并不会高出太多。

酒店依湖而建，从入住大厅、主餐厅、游泳池到众多客房，都可以直接看到绝美的湖景。站在湖边可以看到湖水倒映下的贾斯珀惠斯勒雪山，湖光潋滟，山色清奇。无论是划船、游泳，还是沿湖边悠闲散步，都能感受到无比的惬意。

我喜欢静静地坐在湖边，沉醉在湖光山色里。湖水清澈见底，对岸不时传来潜鸟的鸣叫，一只河狸叼着一段树枝在湖里游泳，一切都很安静美好。

我们办理完入住手续后，就前往酒店的主餐厅吃午饭。主餐厅特别大，采用木屋装饰风格，镶嵌着大鹅卵石的壁炉上方装饰着北美野牛半身标本，一旁还有鹿的标本。超高的木屋挑高设计，搭配上偌大的大厅，营造出一种开阔舒展的氛围。

明月在入住酒店之前就早已经查好了餐厅菜谱，所以餐厅服务员刚来到我们桌前，明月就迅速开启"点菜模式"，一顿操作猛如虎，把服务员小姑娘都看傻了，这是有备而来啊。

两个开胃菜：一份羊肉丸子，一份炸鸡翅。

四个主菜：一份猪排，一份炸鱼墨西哥玉米薄饼卷，一份牛肉汉堡配洋葱圈，一份类似中餐的猪五花、白菜配米饭。

两份儿童套餐：一份奶酪意面，一份三文鱼饭。

两份冰激凌甜点，再加三杯饮料，一杯 IPA 啤酒。

之所以把我们点的菜记录下来，是因为点得实在太棒了，值得推荐！所有的加起来总共 250 加元。因为我是员工价享受 50% 的折扣，所以才 120 多加元。

给我们服务的服务员名字叫加布瑞尔（Gabriel），是一个年轻美丽的小姑娘，小小的个子，浓密的大辫子，脸上带着富有感染力的甜美笑容。她告诉我们，她的母语是西班牙语，在这里工作很开心。我告诉她，我在费尔蒙帝后酒店工作，酒店里也有很多同事讲西班牙语，这一下子

费尔蒙贾斯珀公园木屋酒店空中鸟瞰图

就拉近了我们之间的距离。

这是我体验过的众多费尔蒙酒店中，性价比最高的一次用餐经历。有的朋友可能会觉得是享受了半价的缘故，事实并非如此！因为即使没有折扣，原价 250 加元加上 15%—20% 的小费，总价 300 加元左右，我也觉得物超所值。想想啊，毕竟是世界知名的顶级费尔蒙酒店餐厅，在七八月旅游旺季的贾斯珀国家公园，同样的菜品即使在贾斯珀城区任何一家餐厅，价格起码也要三四百加元。而且，如果孩子年龄在五岁之内，可以免费享用儿童套餐。

费尔蒙集团的酒店在每个季节都会推出当季菜单，就凭它给我留下的整体印象，相信无论什么季节的菜品也不会差！

我想，如果我再年轻个十来岁，还没有成家，如果能申请到在费尔蒙贾斯珀公园木屋酒店上班该有多好,那该是多么难忘的一段人生经历啊!无论做什么工作,哪怕只是兼职季节工,都无所谓,毕竟这不过是为了获得人生难得的体验。每天在酒店工作八个小时,剩下的时间就在贾斯珀小城游玩;甚至退一步讲,即便只是在贾斯珀小城随便找个安身的工作,也可以享受到这座天边小城的安静和闲适。可惜,时不我待,估计我没什么机会了。也许等我的孩子长大了,我会推荐和支持他们来这里边工作边旅行,一想到这儿,就觉得人生有大大小小的盼头真好。

我们一家人订了两个房间,一个是湖景小木屋,另一个是看不到湖景的小木屋。湖景房有一个木制阳台,坐在阳台的休闲椅上可以看到湖光山色,但是房间相比之下小一些,床也小一些。另一个看不到湖景的房间虽然从窗户望出去,景观稍显逊色,但是房间足够大,床也特别大,而且还有一个碧草青青的后院,反而入住体验更好一些。早知道我就不该升级湖景房,因为只要走出房间,到处都是湖景,唾手可得。

晚上,明月带着孩子去酒店户外游泳池游泳,孩子特别开心。而我,则一个人在湖边散步,非常悠闲。

这次房车穿越加拿大,我们大部分时间都住在房车里,这一晚的酒店安排,虽然只是短暂的一夜,却给我们带来了极致的舒适与奢华体验。我相信,今后还会经常来贾斯珀国家公园并入住费尔蒙贾斯珀公园木屋酒店。

2023 年 8 月 10 日

补记:

在房车穿越加拿大的旅行结束后大概一年,即 2024 年 7 月,贾斯珀国家公园遭受了一个世纪以来最严重的火灾,整个贾斯珀小城近三分之一的建筑物被烧毁，其中包括费尔蒙贾斯珀公园木屋酒店的一些建筑。

加拿大广播公司（CBC）在火灾报道中这样描述贾斯珀小城的惨状："一排排的建筑物只剩下烧焦的瓦砾，有的只剩下地基，大片土地上方浓烟滚滚，道路两旁有许多烧得只剩下外壳的汽车，烧焦的树木像火柴一样竖立着……"

起火原因是多方面的，从气候因素来看，加拿大公园管理局野火新闻官解释称，连续数周持续高温，使森林形成一个火药桶一样的环境，导致火势猛烈。

天灾后面有人祸，其实人为因素也在事后被广大加拿大人反思。阿尔伯塔省的前副省长伯恩（W. J. Byrne）博士在《埃德蒙顿日报》上写道："在贾斯珀国家公园发生的野火通常被归咎于气候变化，但还有其他重要因素。加拿大公园管理局在落基山国家公园实施的森林保护政策，导致人为地形成了浓密的针叶树景观，增加了火灾风险。"

伯恩博士认为，过于警惕的森林保护战略（包括防止"选择性"伐木和防止野火），让森林中积累了太多的燃料，这根本不是一种自然状态，所谓的"保护"不过是一种如今已经破裂的幻觉……大片的森林遍布各地，枯枝落叶和林地垃圾不断累积，而且看不到任何缓解的迹象。

有一位贾斯珀居民就曾无奈地表示："眼前的这种毁灭性局面是完全可以预见的。我们都看到了山坡上覆盖着被甲虫侵袭的枯死松树。森林是一个生生死死的生态系统。火灾是自然现象，但不必如此剧烈。公园管理者应该进行一些控制性燃烧，并清理枯死的森林。"

而令人回味的是，早在二十五年前，阿尔伯塔省林业部副部长弗雷德·麦克杜格尔（Fred McDougall），就曾充满激情地斥责加拿大联邦官员缺乏远见，明确指出，"最大限度地保护森林作为其林业管理政策的基石"这一承诺，正在造成一种爆炸性的不利局面，他们会为此后悔终生。

一语成谶！

贾斯珀遭受了毁灭性的打击。不只是贾斯珀的居民付出了惨痛代价，所有的加拿大人都非常难过，因为贾斯珀是整个国家的财富，是所有加拿大人的公园。

是啊，任何事情都是过犹不及，保护过度反而容易引发更大的破坏。

但是，我一直认为，森林火灾既然发生了，也是大自然自我调节的一种方式，将储存过多的能量释放出来，达到一种平衡。再过一些年，那些发生过火灾的地方，会重新长出新的树苗，新的生命将在这里蓬勃绽放，贾斯珀国家公园肯定会重新郁郁葱葱，贾斯珀小城肯定会恢复往日的生机。

凤凰涅槃，重获新生！

从落基山到大平原

过去的这十六天，我称之为本次旅程轻松的第一阶段，所到之处都是知名的国家公园。

从今天开始，进入本次旅程的第二阶段，我们将踏入人烟稀少之地，每天都充满未知，每一段路程都是未知之旅。

今天我要驾车行驶四百二十公里，到达阿尔伯塔省的萨斯卡通岛省立公园（Saskatoon Island Provincial Park）。因为约了早上九点去贾斯珀北面的辛顿（Hinton）小城的卡尔轮胎行做全车检查，所以我早上七点就起床去退房了。费尔蒙贾斯珀公园木屋酒店唯一不好的地方，就是房车停车场太远了，需要停在他们的 P4 停车场，好在有酒店员工开车送我过去。我先去酒店停车场开房车，再回来接家人。为了表示感谢，我给帮助我的那个员工五加元小费。随身装一些零钱是最方便的了，因为随时要准备给帮助你的人小费。

这次房车长途旅行，如果当天的路途比较遥远，我喜欢早上七八点钟出发，迎着朝阳，呼吸着清冷的空气，踏上征程。沿途的山也刚刚苏醒，树木似乎在伸懒腰，朝阳所到之处都有了色彩，一切都焕发着生机。

作为司机的我也是清醒的，即使连续开几个小时车也是生龙活虎、不知疲倦。在这种状态下，有可能一个上午就能到达目的地，有效地避免了中午和下午的困乏。

从贾斯珀出来的时候，才早上八点钟，但和之前的公路之旅完全不同了，车少了，人也少了。

到达辛顿后，感觉这是座不错的小城，设施一应俱全。我是三天前预约的全车检修保养，九点钟开到辛顿的卡尔轮胎行后，工作人员非常专业，在两个小时之内做好了全车轮胎检测，更换了机油机滤、空气滤芯等，并告诉我车况良好，接下来的旅程不必担心。

这对我来说非常重要，仿佛医生给吃了一颗定心丸，极大增加了我的旅行信心。价格也非常公道，只有一百三十六加元。然后我去给房车加满油，给丙烷罐加满丙烷，又去超市补充了一些食材，才重新出发。

如果大家去北极，也是从班夫国家公园和贾斯珀国家公园游玩后北上，那么贾斯珀后面的辛顿小城是一个非常好的保养和补给站。

我还发现一个现象：出了温哥华，所到之处华人的身影就比较少了，甚至在游人如织的班夫和贾斯珀，虽然华人游客很多，但定居在当地的华人很少。然而，印度移民却特别多。特别是一些加油站、便利店、小超市，这些都不是华人很喜欢的工作场合，基本上没有见到华裔，但却充斥着印度移民的身影。我在辛顿修车、加油、购物，为我服务的都是印度人，不得不叹服，印度移民的吃苦耐劳和扎根能力也是非常强的，在加拿大很多偏远小城市以及华人认为的冷门行业中都能看到他们的身影。

从辛顿出来，如果沿着 16 号公路往东直行三百公里左右，就会到达阿尔伯塔省的省会城市埃德蒙顿。我们的方向是北极，所以从辛顿城区折返，拐上了北上的加拿大 40 号公路，往大卡什城（Grande Cache）

和大草原城（Grande Prairie）方向走。

这一路渐渐从山区往平原地区过渡，风景也在渐渐变化，不再有落基山脉的壮美，路边风景乏善可陈。但幸运的是，我们在路上又看见了棕熊，一只母熊带着三只小熊在路边吃东西。只不过道路狭窄，双向单车道，即使我们将车停在路沿边，一旦遇到拉木头的大卡车也会非常危险，所以停了没几分钟就匆匆离开了。

大卡什是一座小城。一到大卡什城，路边就会看到一个

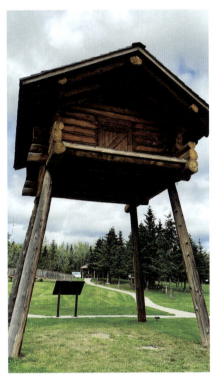

大卡什城路牌旁的"卡什"

超大的路牌，紧挨着的公园里面就有关于这个城市以及所有相关事物的介绍，包括一个"卡什"（Cache）复原件。最早来加拿大的皮毛商人，为了抵御加拿大寒冷的冬天，特别是掠食性动物的袭击，建造了四根粗壮原木支撑的木屋，用于贮存皮毛和一些食物，防止熊、狼或者獾的偷袭，这种建造在木桩上的木屋就叫作卡什，后来，这个地方就叫作大卡什城了。

我很喜欢这种"卡什"，它确实是人们在艰苦环境下的智慧结晶，是智慧、体能和技巧的完美结合，从中也可以看出加拿大以前环境的恶劣。

北美有一个户外纪录片特别火，国内也有很多观众喜欢看，中文译

作《荒野独居》(*Alone*)。片子记录了一伙毫无支援的户外达人在野外独自生存的真实情况，大部分拍摄场景都在加拿大。在第六季中，乔丹(Jordon)捕获了一头麋鹿，为了防止熊或者其他猛兽偷走，就用简易的"卡什"来贮存这些肉，效果很好，最终他斩获冠军并赢得奖金。当时看到那集节目，我还深深惊叹于他的智慧，没想到在大卡什城看到了"卡什"的原型。

大卡什城距离贾斯珀大概两百公里，而接下来的大草原城离贾斯珀则有四百公里路程。

大草原城是完全不同的景观，因为我们在进入大草原城之前对这个城市是一无所知的，本以为又是一个名不见经传的小城市，但是一进入城区就让我们颇为震惊。大草原城城区很大，给人感觉经济和就业条件非常好，因为进入城市，目之所及什么产业都有。而且地势特别开阔，交通也四通八达。后来才了解到，大草原城是加拿大北部地区最大的城市，人口超过六万，是加拿大发展最快的城市之一。

晚上我们入住的是离大草原城城区不远的萨斯卡通岛省立公园露营地，这里仿佛是草原中的绿洲。在从加拿大43号高速公路拐进通往露营地的柏油道时，路两边都是长长的、绿油油的牧草和一望无际的金黄色的麦田。明月觉得很美，停下车拍了好多照片。

这里可能是因为地势一马平川的原因，风很大，但当一进入绿树如荫的萨斯卡通岛省立公园露营地，风就几乎没了。营地里的每一个露营位都被浓密的绿树环绕，就像一个很大的蜂巢里的一个个小小的蜂窝，每一个蜂窝都仿佛是一个小小的避风港。营地在萨斯卡通湖中的岛上，有非常美的湖景。特别是几个步入式的露营位是直通湖边的，有着很绿的草坪，可以把帐篷直接搭在草坪上。

我们的房车露营位是我一个月前预订的，有充电桩。当天的房车营

大草原城周边有无边无际的麦田，长天落日，孤车倚风而立

地都住满了。这里的超大篝火炉和免费的木柴供应让我倍感惊喜，我生起了熊熊篝火，就此开启了一个美妙的露营之夜。

晚上，夜空澄澈，有无数亮晶晶的星星，有依然清晰的白云，有着从草原吹进绿洲的温柔的风，有噼里啪啦的木柴燃烧声，有蛐蛐在轻柔地低唱。

我倒上一杯啤酒，这是一杯四百多公里外的小城贾斯珀产的精酿啤酒，浓郁而又香醇。有一种难言的感动与心底的情愫伴随着篝火中的火星升腾，寄托于这无尽的孤独的夜中。

在今天来到这里之前，我认为离开贾斯珀之后都是平平无奇之处，把这个露营地也想象成蛮荒之地，来到之后发现完全和自己想的不一样，似乎开了眼界，也真真切切地感受到：世界并不是我们想象的样子，它更大、更美、更多元、更精彩！走出来，会有很多惊喜。

2023 年 8 月 11 日

露营白桦林，致友情

昨晚休息得很好，入住的"绿洲"露营地也别具一格，上午十一点才依依不舍地离开。好在今天行程比较宽松，只有两百多公里，从阿尔伯塔省重新进入卑诗省，目的地是卑诗省西北部城市圣约翰堡。今晚入住圣约翰堡的查理湖省立公园露营地（Charlie Lake Provincial Park Campground）。

开了一个多小时，到达了著名的道森溪市（Dawson Creek），这里是前往加拿大北部或者美国阿拉斯加的必经之地，因为阿拉斯加公路的"0 公里"起点处就在这里。

阿拉斯加公路是世界上最具传奇色彩的公路之一，总长 2237 公里的公路连接着加拿大卑诗省的道森溪市、育空地区的白马市，一直到美国阿拉斯加的费尔班克斯。这条公路由多段高速公路组成，包括卑诗省 97 号高速公路、育空 1 号高速公路和阿拉斯加 2 号公路。

阿拉斯加公路是第二次世界大战期间由美军工兵修建的，是一条连接阿拉斯加和美国本土的公路。1942 年，在恶劣无比的条件下，美军工兵仅用七个月时间完工，可以说是奇迹，自此美国再也不担心阿拉斯

1942 年发行的阿拉斯加公路纪念邮票

加在孤立无援的情况下被其他国家侵占和袭击。

从步入世界著名的阿拉斯加公路的那一刻起，我们就正式开始了前往北极之旅，无法回头。

在阿拉斯加公路"0 公里"处有一个广场，路边有"0 公里"纪念碑和路牌，上面贴满了来自全世界各地的旅行者的标记。这里还有本地人自发组成的一个小市集，可以买到一些农产品、手工艺品等。我们就在此地休息了很长时间，买了很多玉米，方便路上煮着吃。

从道森溪市出发，一个多小时的车程，我们就到达今天的露营地——查理湖省立公园露营地。查理湖所在的城市叫圣约翰堡，一个我以前从没听说过的城市，人口只有 2 万多，但这个城市相对于加拿大北部那些几百几千人的城市，就算是很大的了。

圣约翰堡是加拿大卑诗省家庭年平均收入最高的城市，达到 122,159 加元，也是卑诗省唯一年平均收入超过 10 万加元的城市。这的确刷新了我的认知。圣约翰堡是个能源城，这里的主要产业就是石油，城市里有很多能源行业的相关从业者，包括很多年轻的石油工程师，所以这里其实是个非常有活力的城市，而且它是阿拉斯加公路上从道森溪市到费尔班克斯之间最大的城市。有很多高收入的工程师会选择生活在温哥华、卡尔加里或埃德蒙顿这种大城市，平时来圣约翰堡这种地方工作，当然也有人选择直接定居在这里。所以，即使到了卑诗省北部、阿尔伯塔省北部，甚至育空地区，依然可以见到很多朝气蓬勃的年轻人。

　　总会有很多人问我，加拿大好不好找工作。我的答案总是肯定的。如果有工签，会英语，不挑的话，总会找到养家糊口的工作；如果再有一些专业技能或者工作经验，并且有权威人士推荐的话，肯定能找到专业对口的理想工作；如果不惧严酷的环境，甘愿到一些缺人的地方，那就有高薪、高福利的工作了。

　　就像卑诗省的圣约翰堡，家庭年平均收入十二万加元以上；阿尔伯塔省的麦克默里堡（Fort Mcmurray），家庭年平均收入则达到十八万加元以上；阿尔伯塔省的富特希尔斯（Foothills），家庭平均年收入更是达到惊人的二十三万加元以上；而我们华人最喜欢的卑诗省的温哥华，家庭年平均收入才九万加元左右。所以，经过这次穿越加拿大之旅，才知道什么叫"广阔天地，大有作为"，还有"强者从不抱怨环境"。

　　今天住的查理湖省立公园露营地里全是白杨树和白桦树。北方的这种落叶树种一到初秋总是令人难以释怀。当白色树干上的树叶沙沙作响准备掉落之时，当碧空如洗的苍穹更显浩渺无垠时，人总是会悲秋，情谊总会在心底悄然升腾。

　　我们很喜欢这个营地，每个露营位很大，相隔也很远，私密性非常好。管理员告诉我们这里很安全，最近没有熊出没。安顿好房车之后，大儿子就开始在我们的露营位周边探索，帮忙干活，很快他就认识了斜对面露营位的小男孩 RJ。

　　儿子六岁，RJ 八岁，两个人很快就成了无话不谈的好朋友，这一切太迅速了，我们都不知道他俩怎么关系就那么好的。他俩互相分享玩具，一起在营地探索、玩耍、奔跑，玩到天黑各自回去睡觉，第二天一早醒来啥都不做先去找对方玩……在我们离开营地前，两个人在一起度过了一段美好的时光。

奔跑向白桦林深处的儿子和他的朋友 RJ

他俩这短暂的友情，让我很感动，瞬间思绪万千。

什么是友情？我认为友情是纯洁的，是真正的惺惺相惜、情不自禁，是不需要任何外界条件去加持的。两个朋友或者几个朋友在一起相聚，就无拘无束、自在快乐。这之间但凡出现那么一点拘束或装模作样，就已不是纯正的友情了。

从这一点来看，纯正的友情和真正的爱情极为相似，都像血浓于水的亲情一样。爱一个人需要理由吗？喜欢和一个人做朋友需要理由吗？都不需要，一切的答案都在心里。

我也很庆幸自己一直拥有纯正的友谊。写到这里，曾经的那一个个童年玩伴、一个个同窗好友的脸庞浮现在我的眼前，那一张张纯真、快乐的笑脸，就像这白桦林露营地中的一株株白桦树和白杨树，静静地伫立在记忆深处。清风吹过，树叶沙沙作响，这响声就像那一串串难忘的笑声，又似那称呼我乳名的声音，从时光深处飘荡出来，回荡在林中。

在空间上，曾经的友情也许会有距离，被千山万水阻隔，但是我们的心却仿佛一直在同一片白桦林中，毫无山水相隔之感。

今天在这片白桦林中，我很想念我的旧时好友。

2023 年 8 月 12 日

露营白桦林，致友情

143

远离人群，做回自己

这白桦林中的露营地，真让人舍不得离开啊！

我舍不得那哗哗作响的白桦树，大儿子舍不得他刚刚结识的好朋友RJ，我们在营地待到晌午才出发。

RJ和他的妹妹是由姥姥带着来露营的。他们在这里订了一个月的营地，每周一到周五在这里露营，周末回圣约翰堡生活两天。

我们最后留下联系方式，让大儿子和RJ可以保持联系。两人玩得很开心，依依不舍。可是，人生就仿佛一辆一直前行的列车，纵有万般不舍，哪怕是最好的朋友、最亲近的人，也可能只是人生旅途中的过客，无法挽留，只能顺其自然。

有些人，走着走着就散了；

有些人，从最亲近的变成最陌生的；

有些人，在茫茫人海中和你擦肩而过；

有些人，会陪你到最后一站……

我们今天的目的地是368公里外的尼尔森堡（Fort Nelson）。

长途旅行时间已过半，现在开着房车一天跑个三四百公里，对我来说是小菜一碟，所以今天我们过了十一点才出发。

出发后还在想，今天实在不行的话，我就加把劲，直接提前赶到计划中的下一站——蒙乔湖省立公园（Muncho Lake Provincial Park）。因为人在路上，总有雄心壮志之时，总觉得世间无难事，多走个百八十公里对我现在的状态来说，简直像玩儿一样。后来才发现，幸亏是按照原计划行进，没有多走那百八十公里，因为从尼尔森堡到蒙乔湖这一段路，中间有几程山路极为难走，如果夜间行车哪怕傍晚视线不佳时行车，都极容易发生危险。

在加拿大旅行，如果提前定了计划，最好一切都按照原计划进行。

今天是整个旅程的第十九天，唯一没有预订露营地的一天。前面的日子要么订的是加拿大国家公园、省立公园的露营地，要么订的是酒店，每天行车的目的地总有着落，而今天却没有任何着落。

其实从圣约翰堡到尼尔森堡，根本就没有可以预订的国家公园和省立公园，这一路人少、车少，甚至都没有几个像样的村镇。在路上行驶，极目远眺，公路绵延到很远的地方。路上有几辆车似乎也是从圣约翰堡赶往尼尔森堡的，因为这一路上没有其他目的地可供选择。到了后半程，我索性跟在一辆速度适中的大房车后面，就这么排成一队，保持了

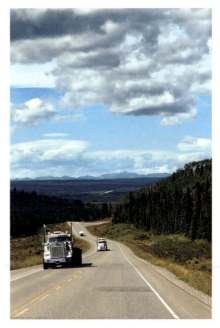

在卑诗省西北部开车，视野非常开阔，而且一路上看到的车屈指可数

远离人群，做回自己

145

近一百公里的队形，一直到尼尔森堡才解散。我的房车夹在中间，前后各有四五辆车保持他们各自的队形和位置，各种型号的车都有，现在回想起来这真是旅途中一段有趣又特别的小插曲。

到了尼尔森堡，天一直阴晴不定，似乎在这么一个偏远的地方，天气都不那么认真起来。

这里有超市可以补给食材，之后我们就去了今天的房车营地——三G藏身之处（Triple G Hideaway）。

这是一家私人房车营地，谷歌评分4.3分，还是挺高的，顾客的评价也不错。今天没有预订露营地，但我并不担心。一是这一路的确没有什么国家公园或者省立公园营地，方圆百公里内只有这个私人房车营地，确实没必要预订；二是越往北人越稀少，现存的营地应该都会有空位子；三是越来越有"山高皇帝远"的感觉，没必要一切都局限在条条框框里面。

事实确实如此。

三G藏身之处露营地虽然很受欢迎，但是在这夏季加拿大的旅游旺季依然有很多空位，办理入住的时候管理人员说可以随便挑自己喜欢的位置。这里给每一个露营位提供全面的服务，我们给房车接上水、电和排污管，就像在家里一样，随便用水，用电，用洗手间和淋浴室，极其方便。价格同一般的私人房车营地一样，每晚四十五加元，没有坐地起价。

这个营地的入住服务台设在他们的餐厅里，餐厅非常酷，里面有很多动物标本，如棕熊、鹿等，而且人们在网上对这个餐厅的评价很高。这里有很正宗的加拿大本地餐食，氛围也特别好。因为我们房车食材一应俱全，而且还有一个超级好用的户外炉灶，所以早已适应了自己做饭，舒适性和方便度比住酒店还高。毕竟，我们中国人离不开中餐。

在卑诗省西北部，举目远眺，全是郁郁葱葱的原始针叶林，很安静，很开阔

　　尼尔森堡是个常住人口只有三千多人的城市，前后左右两三百公里内没有像它那么大规模的城市了，但是这里整体给人的感觉还是地广人稀。

　　营地旁边是尼尔森堡博物馆，很小，显得很破败，也许这正是为了凸显其独特的风格。博物馆主要是展示这个城市近百年来的发展史，周边围着一圈破旧生锈的农用机械和老爷车，仿佛在默默诉说着过去的辉煌与生机，同时也透露出现在的无奈与沧桑。我们去的时候已经下午六点多了，博物馆闭馆了，我带着两个儿子在博物馆院子里逛了一圈，一个人影也没看到，我们仿佛是在里面探险一般。

　　博物馆旁边是一个儿童游乐场，非常大，还有一处我在加拿大见过的最好的玩水游乐园，有着各种各样的喷水设备，小孩子简直喜欢得不得了。同样，这儿空无一人，但是非常干净，设备也很新。虽然傍晚有点凉，但是这里还是很吸引俩儿子，他俩脱了衣服奔跑穿梭在各个喷水设备之间，也不用担心有人过来看到，玩得不亦乐乎。

　　到晚上十点左右，尼尔森堡的天还没有完全黑。露营地正对面，隔着阿拉斯加公路，有一块很大的空地，几个当地的年轻人在玩越野摩托车，他们玩得很刺激，摩托骑得飞快，还伴随着各种高难度的动作，这应该是周围几百公里内最热血的场面吧。随着摩托车的轰鸣声在寂静的夜里响起，然后消逝，夜显得更寂静了。

　　随着我们渐渐地远离人群，内心也愈发澄澈起来。

2023 年 8 月 13 日

如何保持人生的好运气

　　我这个人是非常热爱生活的，知足常乐，所以平时总是心怀感恩之心，觉得自己的人生很幸运：身体健康，家庭幸福，工作虽然一般但是自己喜欢，财富虽然不多但是一切够用，社会地位普普通通但是生活闲适，家人目前都安好，孩子也在茁壮成长，最重要的是，有一个各方面都契合的人生伴侣。

　　我不喜欢去和别人比较，所以虽然没有一百分的完美人生，但是，当发现自己人生的各个方面都可以达到及格甚至自己满意的八十分时，就已经非常满意了。

　　这次的长途旅行也是如此，我倍感幸运。

　　首先，一家人有适合的时间，可以一起长途旅行，这本身就是一切幸运的开始；其次，在班夫小城的时候，没赶上回露营地的公交车，意外得到观看直播的观众的帮助，顺利返回营地，简直就是幸运之星眷顾；再者，这次旅行途中屡次看到黑熊、棕熊等野生动物，基本上没有留下遗憾；还有，整个旅行非常顺利，可以按部就班地按照规划的路线和行程来推进……

离开尼尔森堡营地后看到的北美野牛，健壮、美丽、从容

例子不胜枚举，幸运比比皆是。

今天的目的地是距离尼尔森堡二百四十公里外的蒙奇湖省立公园。两百多公里对我来说不是问题，所以我并不着急赶路。

上午十一点从尼尔森堡营地离开之后，在当地的加油站加满油就出发了。今天要走的这一路不仅沿途没有加油站、修理厂，连手机信号都没有。

开车不久便有了今天的第一个好运气：偶遇十几头野生的北美野牛。这是我们第一次见到那么健壮、美丽的生物。大牛护着小牛犊，悠闲地在路边吃草，丝毫不惧怕我们。我们在路边停好车，静静地观赏了好久才离开。这期间路上一直都没有车辆和行人经过，真是富饶又安静的所在。

这一路沿途没有村庄，但是风光旖旎。特别是经过麦克唐纳河大桥时，我忍不住过了桥就停下来，带着大儿子下了河。这是我见过最清的一条河了，大概十多米宽，水深只有二三十厘米，河床全是鹅卵石铺就的，河水清澈透明，哗啦啦的流水声简直就是世界上最动听的音乐。

我忍不住走进河水中，河水冰冷刺骨。我俯身从河中摸起一块粉红色的石头，这块石头长年累月被冰冷的河水冲刷，光滑又细腻。天很晴，

碧空如洗，山就在不远处，可以清晰地看见山上冷杉树的树尖。于是我干脆脱了衣服，跃入冰冷清澈的河水中。躺在河里，眼睛望着湛蓝的天空，耳边是淙淙的流水声，身体被纯澈清凉的流水包裹着，仿佛梦境。

有人说，成年人的梦境是黑白的，但是我很清楚自己的梦是彩色的。昨晚我就做了一个绚丽多彩的梦，我也说不清是噩梦还是好梦。梦中，我们一家人在海边度假，划着船，海里有美丽的鲸鱼和我们嬉戏。正玩得开心，突然间远方涌起如山一般高的湛蓝色巨浪。我们连忙上岸，钻进联排度假小木屋中，躲在木床下面，手紧紧地握住床腿。惊涛骇浪随即摧枯拉朽般涌来，梦中我似乎可以感受到那种冲击。随着浪过去后，我们一家安然无恙。走出木屋，看到天空布满绚烂的五彩祥云，海滩上冲上来五彩斑斓的贝壳，一阵又一阵如海啸般的巨浪过去，却都有惊无险。

如此美丽又清晰的梦，值得被如实记录在此。

而现在躺在流水中的我，就像在做梦一般，直到儿子的笑声把我带回现实中。在河边穿好衣服，恋恋不舍离开这条纯净的河，重新开车上路。本来已昏昏欲睡，洗过冷水澡后重新变得清醒，车速也不由自主地快起来，有时房车行驶的速度能达到每小时一百甚至一百二十公里。

就在这时候，发生了本次旅程迄今为止最惊险的事情。正在快速行驶中的房车底盘突然传来一阵"咣啷咣啷"的响声，直觉告诉我，坏了！我立即减速，随后听到"呲呲"的漏气声。刚开始我还以为是车载丙烷罐漏了，于是马上在路边停好车，让全家人紧急下车，以防发生更大的危险。我围着房车仔细检查了一圈，发现并不是丙烷罐的问题，而是房车右后方双轮胎的里层轮胎漏气了。

发现问题后，全家人虽然谁都没有明说，但是心里都很慌，毕竟这里前不着村后不着店，一路开过来的百十公里不仅没有人烟，而且连信号都没有。况且我们也没有千斤顶和扳手。在确定是右后轮慢撒气后，我马上让全家人上车，因为车轮是后排双轮，我决定往前开，能开多远算多远，找一个宽阔点的地方自救或者等待救援。

我有一个优点，在非常紧急或者混乱的情况下，可以很迅速地调整好自己的状态，并靠直觉作出下一步的决定，而这一步往往可以迅速理出一个很完美的思路。就好比这一刻，我相信在原地等待是绝对不可以的，很危险，必须竭尽所能往前开，因为越往前，沉没成本越低（我甚至不知道为什么脑子里蹦出"沉没成本"这个词），获救的概率就会越大。

事实证明这是正确的。

我关掉房车正在播放的音乐，咬紧后槽牙，紧握方向盘，全神贯注地往前开，提醒自己大不了就废掉一条轮胎，起码现在还可以正常往前开，不要太在意漏气这件事。全家人坐在座位上，系好安全带安静地注视前方，这份安静背后，是沉默的惴惴不安。

我们家有一点很好，就是有什么不顺的事，没有一个人会抱怨，也没有一个脸色难看的，对于这一点，我一直心存感激。因为我相信，"不抱怨"是一切好运气的法宝。

美国社会心理学家费斯汀格有一个经典理论，被人们称为"费斯汀格法则"：生活中的 10% 是由发生在你身上的事情组成，而另外的 90% 则是由你对所发生的事情如何反应所决定。换言之，生活中有 10% 的事情是我们无法掌控的，而另外的 90% 却是我们能掌控的。

费斯汀格在书中举了这样一个例子：

一个人叫卡斯丁。他早上洗漱时，随手将自己的高档手表放在洗漱台边，妻子怕手表被水淋湿了，就随手拿过去放在餐桌上。儿子起床后到餐桌上拿面包时，不小心将手表碰到地上摔坏了。卡斯丁心疼手表，就把儿子揍了一顿。然后黑着脸骂了妻子一通。妻子不服气，说是怕水把手表打湿。卡斯丁说他的手表是防水的。于是二人激烈地争吵起来。一气之下卡斯丁早餐也没有吃，直接开车去了公司，快到公司时突然记起忘了拿公文包，又立刻返回家中。可是家中没人，妻子上班去了，儿子上学去了，卡斯丁的钥匙则留在公文包里，他进不了门，只好打电话向妻子要钥匙。妻子慌慌张张地往家赶时，撞翻了路边的水果摊，摊主拉住她不让她走，要她赔偿，她不得不赔了一笔钱才脱身。待拿到公文包后，卡斯丁上班已迟到了 15 分钟，挨了上司一顿严厉的批评，心情坏到了极点。下班前又因一件小事，跟同事吵了一架。妻子也因早退被扣除当月全勤奖。儿子呢，这天参加棒球赛，原本夺冠有望，却因心情不好发挥失常，第一局就被淘汰了。

在这个事例中，手表摔坏是其中的 10%，后面一系列事情就是另外的 90%。由于当事人没有很好地掌控那 90%，才导致这一天成为"闹心的一天"。

假如卡斯丁在那 10% 产生后，换一种反应，比如，他抚慰儿子："不要紧，手表摔坏了没事，我拿去修修就好了。"这样，儿子高兴，妻子也高兴，他本身心情也好，那么随后的一切就不会发生了。可见，你控制不了无法改变的那 10%，但完全可以通过你的心态与行为决定剩余的 90%。

在现实生活中，常听人抱怨：我怎么就这么不走运呢，每天总有一些倒霉的事缠着我，怎么就不让我消停一下呢，谁能帮帮我？其实能帮助你的不是别人，而是你自己。倘若了解并能熟练运用"费斯汀格法则"处事，一切问题就迎刃而解了。

岳父也经常在我们家中讲"费斯汀格法则"，这一法则慢慢成为我们家中的法则之一，经常用来互相提醒，处理生活中不愉快的小事。于是，很多事情都迎刃而解。

像这次在荒郊野外轮胎被扎，以不抱怨的心态处理之后，紧接着奇迹就出现了。今天这一路上开了两百公里都没看见一个人，而爆胎后刚开了不到两公里就发现了几户人家。手机依然没有信号，我决定再往前开一开。怀着忐忑的心情又开了大约两公里，一个服务区赫然出现在前面，不仅有商店、加油站、房车营地、小木屋，居然还有轮胎修理！要知道，这一路上经过的服务区没有一个能修轮胎的。

这里负责修轮胎的马修略微一看，说没问题，让我把车开到他的店门口。在那一刻，我们悬着的心放下来了。很快，随着一阵娴熟的操作，轮胎被卸了下来。看了他的操作才清楚，其实就算我有工具，把后轮内侧轮胎卸下来也不是一件容易的事。右后轮内侧轮胎上赫然扎着一根二十厘米长的细钢筋，于是马修把轮胎弄进店里修补。家人在服务区的快餐店吃了饭，而我在附近逛了一圈回来，他就完美地装好了轮胎。

我本来做好了可能需要支付几百加元的准备，结账时他告诉我：六十五加元。我都有点不敢相信自己的耳朵，居然没有坐地起价。要知道加拿大的蓝领收入是很高的，特别是汽车修理工这种技术工人，工时费很高，即使在城市里，修补轮胎的工时费也不会那么低。

于是最后我给他八十加元，剩下的就当他的小费了，他很开心。我更开心。化险为夷。

看到这里，我知道很多朋友心里会嘀咕，其实当时这种想法也在我心中一闪而过：会不会是这位修补轮胎的师傅自己撒的钉子？

我想了想，认为不会。

第一，在加拿大生活过的朋友都知道，加拿大社会整体诚信度非常高，普通老百姓生活比较富足，大家只要做好自己的本职工作，基本上日子都过得不错，人人互害的情况比较少；第二，从技术上讲，扎进轮胎的长钢筋有二十厘米，没有人会用那个东西去扎轮胎；第三，如果真是害人模式，一般也会坐地起价，但这个师傅并没有这么做；第四，跟帮我修补的师傅接触的时候，可以感受到，他是个朴实的人；第五，他穿着加拿大埃德蒙顿油工队的球服，加拿大人都知道，油工队的球迷一般人品都很好。

其实，至于是不是被"陷害"的，我并不在乎。不仅不会觉得自己倒霉，反而会庆幸这个事情发生在我身上，发生在现在这个时候。

我一直相信，人这一生是存在"定数"的，有时候，一些事情肯定会发生，是避免不了的。所以说，逃避的心态不可取，侥幸的心理也不可有，但是有些时候有的事情可以"破"。

就像这次我们的房车穿越加拿大之旅，往返近万公里，一路翻山越岭直到北极，沿途那么多的坎坷，特别是路的末尾是堪称死亡之路的丹普斯特公路。我明白，肯定会遇到不顺的，早已经做好了心理准备。所以，这次扎胎很正常，很及时，有可能这次扎过了，就把一路上的不顺给"破"掉了，后面就不会再次扎胎。现在扎胎，总比在更难走的丹普斯特公路上扎胎容易处理。

修补完轮胎后我们继续前行，虽然比预想的晚了一些，但总归是按照原计划到了今晚的目的地——蒙乔湖省立公园的麦克唐纳露营地。

蒙奇湖省立公园有两个露营地，一个是草莓瀑布露营地（Strawberry Falls Campground），另一个就是麦克唐纳露营地。草莓瀑布露营地我们这次没有机会去了。

我们订的是麦克唐纳露营地最尽头的 15 号位。这个露营地只有 15 个位置，但是极其珍贵，特别是 10 号到 15 号营地都紧邻湖边，有私家沙滩，如果你有船，是可以直接从露营位下到湖里的。所以，当我们到达营地时，所有人都是第一眼就喜欢上了这个营地。

湖畔露营，家人相伴，烧水煮茶，一切都很安静

把房车开到露营位，撑起房车遮阳棚，搬下户外炉灶，开始生火做饭。一切都安顿好之后，小儿子在房车里睡着了，明月陪着大儿子在湖边玩，岳父岳母坐在我们露营位的湖边沙滩上休息，我烧水泡茶。一口热茶下肚，沁润心田，内心极其平静，眼前一片碧绿的山和水，耳边则是湖水拍岸声、孩子的嬉闹声……

靠近湖边的水很浅，从湖边往里走五六米陡然变深，蓝绿色的湖水衬着对面的山，美丽中透着一丝神秘。

一到湖边，全家人的状态都松弛下来。经历了今天的意外扎胎，经历了尘土飞扬的一段长长的土石路，经历了几百公里的无人区，本以为接下来的旅程会充满艰辛，但是当来到这么一个世外桃源、隐秘之境时，惊喜替代了一切。孩子们尤其开心，大儿子一直在湖边练习打水漂，小儿子睡醒之后在水边嬉戏。我到湖里清清爽爽地游了一圈泳，整个人都通透了。

人生路上总有各种麻烦。其实很难定义什么是麻烦，我更愿意认为那是前进路上的一系列风景。或许需要我们跋山涉水、历尽艰辛，但正是这些挑战，才让我们最终抵达那些美不胜收的地方。

这个公园的管理员是一个当地的小伙子，讲起话来抑扬顿挫，跟唱歌一样。跟他简单沟通了一会儿，我从他手里买了两捆木柴，每捆十五加元，真贵！但是当生起篝火的那一刻，一切都是值得的。

熊熊燃烧的篝火在一切都是冷色调的冰川湖边，异常温暖。篝火燃烧发出的噼里啪啦声，衬着湖水拍打岸边的声音，让整个世界都安静下来、慢下来。湖对岸是无人踏足的连绵群山，偶尔传来几声缥缈的狼嚎，野性中透着一种深沉的安宁。一家人围坐在篝火边烤火，两个儿子一左一右坐在我的腿上，紧紧地搂着我，听我讲故事。

我忘记讲的是什么故事了，只记住了这一瞬间。

2023 年 8 月 14 日

流淌了千百年的野温泉

今天只开六十六公里，要去泡野温泉。所以，不着急出发，可以在世外桃源般的麦克唐纳露营地多待一会儿。

我们一家人都很喜欢这个营地，这个蒙奇湖目前成为明月此行最喜欢的湖，特别是我们入住的 15 号位，与湖零距离，让我们独享湖边沙滩，是人生难得之体验。

昨晚睡得很香，今天早上我们起得很早，我决定带大儿子去湖周边探索一下。这里有一种独特的地貌，仿佛是泥石流冲刷后的冲积河道，从山谷直通湖边，给人一种苍凉感。我俩沿着湖边走了十几分钟，居然走到了湖边清一色全是红色木屋的北落基山木屋度假村。这个度假村在谷歌上评分也挺高，4.2 分，旺季时木屋的价格大概是 300 加元，也是一个不错的选择。同时这个度假村的湖边还停着两架水上观光飞机，旅游项目还是挺丰富的。

我们穿过木屋度假村，走上旁边的公路。他们的主木屋是用粗大的原木建成的，看起来非常牢固美观，这里的客人不少，生意不错。

我和大儿子准备沿着公路回营地。刚离开木屋度假村，大雨点就噼里啪啦地打下来。落基山的天气简直比孩子的脸变得还快，雨说下就下，顷刻间就可以把人浇透。我穿的羽绒服，在维多利亚冬天雨季时天天直播，淋了小半年的雨也没有被雨水淋透过，在这里三分钟就全湿透了。

好在大儿子还算个小小男子汉，他很享受和我一起徒步探险的感觉。虽然全身湿透了，但是还兴致勃勃。我也感觉很畅快，毕竟，父子一起淋雨行路的时光，能有几回呢？

幸运的是，我们回到房车，孩子的妈妈和姥姥都没有责怪，她们迅速给孩子换好衣服，准备下一站的旅行。这就是我所喜欢的家庭氛围，无论什么事情不抱怨、不追究，这也是我努力奋斗的源泉，夫复何求！

离开 15 号露营位，我们又在蒙奇湖边的甲板上玩了好一会儿。甲板这儿湖水更美，近处的湖水呈浅蓝色，可以看见湖底，越往湖心颜色越深，明月说这里像仙本那的海水。我不知道仙本那是什么样子，但相信那儿也一定如我眼前看见的这般美好。

四周寂静无声，只有不远处的一对青年男女站在湖水中，湖水没过他俩半个身子。两个人手牵手、面对面站着，低声细语，笑容满面，像是在对彼此许下诺言，又像是在进行某种神圣的仪式，我看到竟非常感动，多么纯洁而静谧的一个画面啊！

依依不舍地离开蒙奇湖，下一站，是六十六公里外的利亚德河温泉（Liard River Hot Spring）。

明月一直以为，离开贾斯珀国家公园之后，往北我们踏上的是一条"苦旅"。她脑海中是一系列糟糕的景象：路况差、危险、寒冷、枯燥、蚊虫多……和很多人对于北极之路的刻板印象一样。但实际上，真正的旅程却给我们屡屡带来惊喜，每天都出人意料！比如说，昨天她心目中最美的蒙奇湖和直通湖边的私家沙滩露营位，再比如说今天的温泉露营地。

蒙奇湖边的露营地都很让人惊艳

利亚德河温泉，这流淌了千万年的温泉是加拿大卑诗省利亚德河省立公园的核心。附近的雨水渗入地下，经过地心的加热，从熔岩石的裂缝中被挤压而出，与地表的河水混合，形成温泉。

温泉是在 1835 年后被发现的。1942 年阿拉斯加公路修建期间，美国工兵修建了最初的泉池和通往泉池的第一条步道，随后，1957 年，加拿大卑诗省设立了这个省立公园，来保护这片区域。这是我到过的唯一在整个营地周边扯了电网的露营地，作用是防止危险动物进入，因此无论是露营还是泡温泉，都极为安全。

温泉对外收费每人五加元，但是对露营的人是免费的，这简直是给旅行者莫大的福利。

我们是中午入住的，安顿好一切，吃过午饭后，一家人就去泡温泉了。

穿过营地，到达电网布局的温泉入口，进去后是一条七百米长的木栈道，平整而又美观。木栈道两侧是没有围栏和扶手的，实际上也不需要，因为这里很安全。最初经过的是沼泽区，这里的水是温热的，而且很清澈，经常都是蒸气弥漫的。水里有许多小鱼，好像永远长不大的那种。有时也会有麋鹿光临此处。

再往前有一片松林区，植被非常茂盛，而更接近温泉的区域则长满了在温带才会出现的植被，很神奇，要知道这可是布满针叶林的亚寒带啊！在利亚德河温泉这个纬度，冬天都是大雪封山的，但是温泉这里却存不住雪。

当看到一排木建筑时，温泉就到了。这里没有其他大门或者检票口，直接就是休息区的木制大平台和温泉池，设计简洁、大方。

我第一次见自然和人工完美结合的温泉。泉池一侧是木制平台和台阶，另一侧则是绿草环绕的湖岸。地表凉水汩汩注入冒着蒸汽的泉池。在泉池最右侧的温泉出口，高温的、沸腾的温泉水裹携着百十种对人体有益的矿物质喷涌而出，微微散发着刺鼻的硫黄味，在池壁留下一圈圈泛黄的矿物质沉淀痕迹后，流入泉池。

这里有两个大泉池，水很清，泉池底部是砂粒，很整洁。温泉里的每个人似乎都能找到适合自己的位置，适合自己的泉域，每个人显得都很舒适。

我实在太喜欢这个温泉了。我带着大儿子下午来泡了一次，晚上又来了一次。温泉的门晚上十点半上锁，所以在这里露营独享温泉资源，但是，晚上却是人最多的。第二天早上七点开门，我又来泡了一次，真是浑身舒坦！在这里露营一天，我们一家六口每人泡了两三次，而最终花费只是那二十六加元的露营费。这真可以称得上是性价比最高的露营体验了！

利亚德河温泉靠近温泉出水口的泉池

泡完温泉的第二天，我感觉自己生龙活虎，仿佛年轻了十几岁。岳母的腿疼了多年，泡完温泉后的第二天早上居然没有发作，太神奇了。

记得在查理湖露营时，儿子新认识的朋友 RJ 的姥姥对我们说过，真搞不懂为什么那么多人去夏威夷，利亚德河温泉比夏威夷要好多了！所言甚是！

我可以提供一个商机，安排一个"温泉七日康复团"专线，为身体需要正宗温泉疗养的人提供利亚德河温泉区的房车露营服务。每日安排早、中、晚三次专业温泉疗养，肯定有回头客，肯定越做越好。回头做大了在这附近开一个小疗养院或民宿也说不准哪！

当晚泡完温泉，我睡得好香啊！

2023 年 8 月 15 日

从卑诗省到育空地区

今早起床后，我们收拾好装备离开露营位，把房车停在利亚德河温泉门口的停车场，全家人准备再去泡温泉。

旅行最有意思的就是，你永远不知道接下来会遇到什么事情。就像我们昨天早上和今天早上的遭遇，对我和儿子来说，就是冰火两重天。昨天早上经历了落基山突降暴雨，淋了个落汤鸡，冷冷的冰雨在脸上胡乱地拍；而今天早上，则躺在四十多度的温泉里泡得浑身舒坦。温泉在早上七点开门，泉池一早就聚集了许多人，大家静静地沉浸其中，享受着人生中的美好一刻。的确，仿佛整个人的身心都被洗涤干净了，太舒爽了。若能有幸在这里静养几日，每天去泡几次温泉，简直如同置身天堂秘境。

离开利亚德河温泉，去往我们今天的目的地——育空地区的华森湖。

可能是早上泡过温泉的缘故，我浑身充满了无穷的力量，精神十足。当然，早出发也让我倍感振奋。今天，我发自内心地渴望驰骋千里，浑身的力气仿佛呼之欲出，迫不及待地想助我一臂之力。可最终，我们并没有超出原定的行驶计划，因为从卑诗省到阿拉斯加公路这一段，实在惊喜太多了。我们没有一直赶路，而是走走停停，欣赏这一路上的风光。

刚从利亚德河温泉出来没多久，我们就在路边发现了一群北美野牛，粗略数了数大概一百多头，大的小的，公的母的，或坐或卧，那么一大群就分散在公路边悠闲地吃草、休息。

看到有人类或车辆停下并靠近时，公牛们马上警觉起来，它们将牛角朝外，把母牛和小牛袒护在内圈。有几头体型硕大的公牛，我们实在无法分辨哪一头是首领，因为它们看起来都那么壮硕。这是我们此行见到的第二群北美野牛了。加拿大育空地区的野牛记录只有一千一百多头，我们真是幸运，今天得以见到接近十分之一数量的野牛。

这一路路况很好，虽然有几处路段在修整，但是都有向导车引导通行。就这样，我们一路开到了加拿大育空地区。

在路上开车的时候，房车很高，再加上作为老司机的我眼观六路、耳听八方，视野非常开阔，一般有什么风吹草动我都能第一个发现。就在离开野牛群继续往前开的途中，老远我就发现路上有一个大黑点。这个黑点很大，我肯定不是乌鸦什么的，当即我就让坐在副驾驶的明月准备拍摄，因为我断定这要么是头熊，要么就是头麋鹿，无论是什么都值得被记录下来。

果不其然，这是一头大黑熊。我们在路边停好房车，透过窗户看它。这头黑熊真漂亮，一身乌黑发亮的毛皮，体形健美，用眉清目秀来形容它绝不为过。它不怕人、不怕车，不仅不躲闪，还往我们的车跟前凑。

其实我们和它只有一两米的距离，它的眉眼看得很是清楚，呼吸声也听得清晰。即使有房车的铁皮相隔，它那硕大的身躯还是让我们很紧张，生怕它站起来用前脚扒我们的窗户。估计以前总会有游客投喂它，所以它敢离人类那么近。

明月一直和这头黑熊轻声细语地交流，觉得它非常温顺、平和，甚至我们声音稍大都会吵到它一样。和它共处了十多分钟，我们一直没有投喂它。黑熊也识趣，跟我们要不到食物，最后一步三回头地走进丛林，消失在密林深处。

加拿大法律规定不可以投喂野生动物。其实真的没必要投喂，加拿大自然资源特别丰富，动物只要不被人类干扰，就不会饿肚子。只要动物被投

这是我们见过的最漂亮的一头黑熊了，它一点不怕人，好奇地伸着头往房车里张望

喂过，就会改变它们的生活习性，最后反而凶多吉少。就拿今天看到的这头熊来说吧。它已经习惯了被投喂，接下来肯定还是不怕人类、不怕车辆，会更频繁地靠近人类的生活区。那么，它很大程度上会遭遇下面三种结局：第一，频繁来公路上跟人类要吃的，被疾驰的汽车撞到；第二，意识不到人类的危险，防范意识差，离人类太近，被猎人猎杀；第三，频繁进入人类活动区域，对人类生活造成威胁，被警察击毙。结局非常沉重而悲观，但是，这就是在加拿大投喂野生动物所带来的残酷现实。愿它能自由自在地生活，远离人类的干扰。

房车继续前行，终于进入育空地区。育空，以前对我来说只是一个符号，如今，它就那么自然地进入我的世界，或者说是我走进它的世界。

首先提醒我已经进入育空的是一个地界路牌。这个木制大路牌有些

年头了，木板灰暗斑驳，但是上面却精彩纷呈，密密麻麻地贴满了来自全世界旅行者的粘贴。世界各地热爱旅行的人，在进入北极时的兴奋可以通过他们的粘贴画看出来。许多粘贴画都是精心设计的图标，上面展示了他们的路线、口号和照片，供过往的旅行者欣赏。连我也难掩激动的心情，在木牌子后面找了一个角落，刻上"加拿大游子高敬"几个不起眼的字。

育空地区的南大门是华森湖这个小城，说是城市，我觉得真不如我们山东老家的村子大，还破破烂烂的。这个小城的南面有个标注着"育空大门口"的路牌，非常显眼，很多人会在此留影。招牌对面有个幸运湖，湖边有公园和游乐场，环境不错，我们带着孩子在那里玩了好久。

再开十二公里进入城中，就会发现城市很小，伫立着几个不起眼的街边店铺，生意不景气的样子。但是，在城市的中心有一个一定要去的地方，那就是标牌森林（Sign Post Forest）。

起初，来自全世界的旅行者把他们的车牌钉在这里的木桩上，后来逐渐演变成可以钉一切值得纪念的东西：自制的牌子、CD、案板、铁锅、锅铲……形形色色，五彩缤纷，如今已形成一整片标牌的森林，尤为壮观。

这个世界著名的标牌森林，最初起源于八十年前美军工兵修建阿拉斯加公路时设立的一块指示牌。

1942年，一块普通的道路指示牌被推土机毁坏，这块指示牌原本是用来标注正在修建的阿拉斯加公路沿线各点之间的距离。士兵卡尔·K. 林德利（Carl K.Lindley）当时在美军第 341 工兵团服役。他受命修复这块标牌时，决定加一个指向其家乡伊利诺伊州丹维尔的标牌，并标注了距离。随后，其他几名士兵也纷纷效仿，添加了各自家乡的距离指示牌。

从那以后，这个想法就像滚雪球一样迅速扩大，由此开启了一段传奇。有意思的是，五十年后的1992年，当卡尔·K.林德利再次来到这里，看到已成规模的巨大标牌森林时，他无比震惊。事实上，这样的场景换成谁见了会不震惊呢？

看着一个个标牌，想象它们背后的故事，我们流连忘返。这里也有很多中文标牌，甚至出现了中国的蓝色车牌，比如"京Q""鲁S"，难道有人真的从中国一路驱车来到这里吗？光是想象这样的旅程就令人热血沸腾。

有意思的是，当我把拍摄的标牌森林的视频发布到我的频道时，"京Q"的车主"托斯卡纳a"居然看到了我的视频，并留言："谢谢高敬，我就是'京Q'的车主。2018年穿越美洲时路过这里留下了车牌。"你看，缘分真是奇妙，还能跨越时空在这里相遇。

离开标牌森林，我们开车来到离城区十分钟车程的华森湖露营地（Watson Lake Campground）。这是育空地区的省立露营地，今晚我们就住在这里。

加拿大育空地区的露营地不接受预订，先到先得。到达后，露营者需要在每个营地的信息公告栏处领取表格并填写相关资料，然后将装有现金的信封投入现金箱，整个过程全凭自觉。所以，来育空之前，提前了解哪里有露营地，露营位是否充足，就显得尤为重要。

育空地区有一份官方印制的《育空地区政府露营地和娱乐场所地图》，标注了公路网与沿途的露营地，并且详细备注了到达每一个露营地的公路里程、营位数量、设施（壁炉、小木屋、儿童游乐场、步道、下船地等），超级实用。这是我们在育空地区旅行时最重要的地图。我强烈建议计划前往育空的朋友参考这张地图。

育空地区露营地的木柴供应堪称一大亮点，也是我最喜欢的地方。

世界著名的标牌森林。几十年来，世界各地的游客留下了十多万个不同的标牌，其中不乏中国的车牌

每隔几十米设有一座迷你小木屋，里面放满了原木木柴，又粗又大，圆圆整整，供露营者免费自取，真是豪横。要知道，育空露营地的费用每晚仅需二十加元，如果在网上缴费才十八加元，这简直太慷慨了！因为原木较大，我强烈建议大家来时带上一把劈柴的斧头。

华森湖露营地需要从阿拉斯加公路拐入华森湖方向，继续行驶三四公里即可到达。它坐落于华森湖畔，非常僻静。这里分为上下两个营地。本来以为这里遵循先到先得的原则，营地可能会人满为患。事实上我们还是高估了育空地区的人流量。下午四点到达的时候，上营地的 36 个露营位没有一个人、一辆车在那里。而下营地 36—55 号露营位因为临湖，更受大家的欢迎，我们去的时候已经有几个人扎营，到了晚上就全部住满了。

从下营地走到华森湖边只需要几分钟。华森湖很大，很清澈，很安静，湖边还有个孩子玩的小游乐场，孩子很喜欢在这儿玩耍。

我们选的 55 号位是华森湖露营地下营地的最后一个，背靠森林，前面是很大一块空地，可以理解成这里的广场。我们的位子离水源和柴火都很近，视野非常开阔，孩子在空地上玩，会比在森林中更安全一些。

我的露营思路是，如果是人口密集的区域，或者人比较多的营地，整体相对安全，野生动物较少，那我们尽量选择隐私性比较好的露营位；如果是人少的地方，野生动物多，就尽量选择相对更安全、更开阔的露营位，靠近水源、木柴或小孩的游乐场，这样能降低意外遇到野兽的概率。

舟车劳顿，点火煮饭。

点燃篝火，坐在火边烤火，仿佛全身解冻一般舒坦和放松。明月将今天在华森湖小城买的鸡腿，用现有的食材和调味料，做了一份大盘鸡。岳母用我们带的加拿大面粉,擀了宽面条,下在大盘鸡里面,真好吃啊,我连吃三碗。有时,生活中一顿可口的饭菜,就会极大提升人的幸福感,为平淡的生活增姿添彩。在这里,一切都变得很简单,简单到一顿饭就可以让这一天的满足感升华。

育空的风掠过森林,拂过松树和杉树的树梢,仿佛所有的树都在翩翩起舞,松涛阵阵,宛如自然的伴奏。

育空的天黑得晚,树梢之上的蓝天仿佛一汪碧蓝的秋水,高空中的流云在其间泛起一圈圈涟漪。

饭后,我端着一杯啤酒坐在篝火旁,继续聆听风吹过树梢的声音,内心很平静。我与风、与火、与啤酒的对话,一直延续到夜幕降临。

手机在这里没有信号,我却格外享受这样的时刻。因为做自媒体,我每天都会收到很多信息,手机有信号的时候,即使有想要安静的时刻,也不得不时刻去查看并回复消息,没法做到像鸵鸟把头埋在沙子里一样视而不见。所以这种因为没有信号无法查看和回复信息的被动时刻,反而是我最珍视的。

"与其与人纠缠,不如亲近自然。"自然真的拥有疗愈的力量。

对了,这边的森林里长满了各种各样的蘑菇,可以说俯拾皆是,但是我分辨不清哪些是有毒的,哪些是没毒的,也就没有去碰它们。加拿大很多大学或学院都设有蘑菇辨认课程,以后真应该学习一下,否则真是浪费了这么好的天然资源。

育空,幸会!

2023 年 8 月 16 日

孕育空旷之地：加拿大育空地区

今天早上，我们不到八点就启程了。

本来原计划从华森湖开到 273 公里外的塔斯林湖。上路之后发现阿拉斯加公路这一段的路况实在太好了，柏油路又平又直，房车车速每小时 90 甚至 100 公里完全不是问题，所以，很快就到了塔斯林湖。之后，我就没有停歇，决定今天打破计划，开得更远一些，到著名的原住民小镇卡克罗斯（Carcross）玩一圈，然后争取晚上能到育空地区的省府白马市。

育空地区的省立露营地都不用预订，所以临时改变计划影响并不大。

这一路的风景几乎都一样，笔直的柏油路，两旁是广袤无垠的针叶林。目之所及可以延伸到很远的地方。然而旅途中也不乏惊喜，只要留意观察，便会看到很多野生动物。刚出发没多久，我们就在路边发现一只美丽的小狐狸，可以感受到它那一身柔滑、有光泽的皮毛在阳光下熠熠生辉。停下车，我们驻足观看良久，它也好奇地看着我们。没过多久，又在路边发现一头黑熊。这头黑熊明显比昨天看到的那头小一些，对我们不理不睬，只顾自己刨草根吃。不到三分钟，这家伙便扭着屁股，边吃边钻进丛林里了。

下午一点左右，我们到了育空地区著名的旅游小镇卡克罗斯。小镇可真小啊，叫小城都是对"城"这个词的不恰当称呼。不过，卡克罗斯专门为原住民修建的学习中心倒是很大，也非常漂亮。此外，这里著名的游客中心，有着六七座漂亮的木屋与图腾柱相映成趣，配上鲜艳的色彩，别具特色。

一拨又一拨的游客，其中以老年人居多。他们搭乘加拿大育空或美国阿拉斯加的旅游大巴来到这里，参观淘金时代的老火车站、旧房子、旧街道，感受原住民文化的魅力。

卡克罗斯的手机网络信号非常好，所以我们一家人选择在这里稍作停留。我还专门直播了两个小时，给我们的群友和粉丝们分享了不一样的加拿大风光。这边的儿童游乐场很有特色，是我见过的比较特别、比较有挑战性的公共游乐场，孩子很喜欢这里，在这里玩了好久。

从小镇出来之后，我们往育空地区的省府白马市方向开。刚出来没几分钟，发现卡克罗斯另一个著名的景点——卡克罗斯沙漠就在路边。这是我第一次见到真正的沙漠，没想到就见到了一个世界之最：世界上最小的沙漠。

虽然小，但这是一个非常古老的沙漠，它依然在缓慢运动，慢慢吞噬着它东边紧挨着的森林。但是它实在运动得太慢了，也许一棵小树苗，一生与沙漠紧挨着，直至它长成参天大树甚至生命消亡，还没有被这个沙漠完全吞噬。尽管如此，也不要把它想象成一个沙坑。即使是最小的沙漠，面积也大概有 2.6 平方公里。按照 11 人制足球场的标准尺寸是 68 米 ×105 米来算的话，一个足球场面积为 7,140 平方米，那么这个世界上最小的沙漠大概就相当于 365 个标准足球场的面积。

在世界上最小的沙漠——卡克罗斯沙漠，我带着儿子从沙丘顶部往下冲

　　孩子们很兴奋，在沙漠里跑、跳、躺、滚，玩得非常开心。岳父、岳母因腿脚疼，留在房车里休息，我们一家四口尽情在沙漠中玩耍。我们爬上了沙漠最高的沙丘，然后从上面冲下来。大自然就是那么神奇，只要全身心投入其中，就会有"心无限，天地宽"的豁达感，整个人也随之变得无比快乐。

　　从沙漠离开后，我们又开了四十分钟，于傍晚时分到达今晚原计划入住的露营地——狼溪露营地（Wolf Creek Campground）。可是到达营地才发现，全住满了。无法接受预订的营地就是这样，无法保证来了就有位子。

不过问题不大，到了城市就不用担心了。我查到整个白马市及周边有很多私人房车营地。我们从狼溪露营地往回开了 5 公里左右，找到一个驯鹿房车公园（Caribou RV Park），谷歌评分挺高，4.6 分。这个营地还有几个空位，虽然工作人员都下班了，但是我们可以自行用营地自动注册机注册，总算歇下了脚。

随后一个小时内，又来了几辆房车，营地最终也住满了。营地里设施齐全，有自助投币的售卖机、洗浴室、木柴、加水设备等。这里下班后没有一个工作人员，但是一切都运行得非常完美，所有入住的人都非常自觉。

开了一天车，终于脚踏实地，今天晚上我们包了水饺。我喝了几罐啤酒，吃了一大盘水饺，睡得很香。

这流水账般的一天，就是我们今天的旅行生活。生活似乎总是这样，无论起初多么热闹，无论经历多么绚丽，无论踏上多么伟大的旅程，随着时间的推移，某些时刻总会显得平淡无奇，犹如流水账一般乏味枯燥。也许，只有保持自己的好奇心，保持自己热爱生活的初心，才能让一切平凡、平常、平庸的每一刻，也充满非凡的意义。正如朋友在观看我们的旅行视频后留言所说："这是小孩子成长体验的最佳课堂。"

育空，晚安！

2023 年 8 月 17 日

育空首府白马市游记

　　加拿大育空地区的省府白马市，因为当地的育空河急流酷似白马的鬃毛而得名。不过在 1957 年，白马急流因水坝的建成而消失。

　　由于城市位于白马山谷中，气候比耶洛奈夫（Yellowknife）等其他接近北极圈的城市显得更加温和。城市位于北纬 60° 以北几十公里的位置，冬季白天很短，而夏季白天可以长达 19 个小时。

　　育空地区总人口约为 4 万，白马市的人口就占育空地区的 70% 左右，而且有意思的是，这里一半左右的人都在政府部门工作。

　　虽然人少，但是白马市周边的山林野地可谓是动物天堂，栖息着狐狸、黑熊、棕熊、野牛、麋鹿、马鹿等各种野生动物，可谓一座名副其实的"野性之城"。

　　我们住的驯鹿房车营地位于白马市城郊，营地设备非常完善，我们在营地里待得也很舒适，一觉睡到早上九点。我们在营地里洗完澡，吃过饭，整理好房车装备，排掉污水并加满清水，才出发去白马市区。

　　今天的计划是在白马市游玩，顺便采购接下来的行程所需的食物。

　　从驯鹿房车营地开车 20 多分钟，就到了今天的第一站：育空地区自然历史博物馆，其英文直译应该是"育空白令陆桥解说中心"（Yukon Beringia Interpretive Center），主要介绍加拿大育空地区的自然历史和原住民文化。

作为父母，我和明月除照顾好孩子之外，还特别注重为孩子提供丰富的教育资源，所以每到一个地方，参观当地的博物馆就成了我们的必选项。

两个孩子很喜欢这里，见到了很多从没见过甚至没听说过的动物标本和历史展品，我也很感兴趣。

到了这个博物馆后我才知道，12.5万年前，亚洲大陆、美洲大陆和北冰洋、太平洋北部都曾被冰川覆盖并相连在一起，直到一万多年前仍然有冰川相连。后来冰川融化，海平面上升，才逐渐导致亚洲大陆和美洲大陆分开，而曾经连接亚洲和美洲大陆的冰川区域，就是这个博物馆所展示的白令路桥。

所以，很多加拿大的动物以及原住民，都是从亚洲大陆通过白令路桥迁徙过来的。在温度那么低的地方生存下来，繁衍生息数万年，真不容易啊！

参观完博物馆，我们去了白马市中心。我们在这里要购买至少一周的食材，以及千斤顶和十字扳手等工具。这花了我们一整个中午的时间，但这是必须做的事。毕竟从这里出发走丹普斯特公路前往北极，必须做好充分的准备。

白马很小，小到甚至被称为"市"都有些牵强。这里的建筑低矮而简朴，即使在短暂的夏季繁忙时期，也遮挡不住这座城市原本的破败痕迹。但是，我觉得这已经足够了。能在这么一片苦寒的不毛之地开辟出那么大的地区，建设出一个人口集中、功能齐全的城市，架设起如此方便的公路网，已经很了不起了。

在白马市的采购补给清单中还有非常重要的一项：啤酒！尝尽加拿大各地的啤酒，已不仅仅是我的爱好，我更把之上升到另一个高度：一种探索和分享的责任。

育空酿酒公司就在我们采购食材不远的地方，是一座看起来毫不起眼的两层小楼。这是整个育空地区四家精酿啤酒厂中评分最高、销量最大的一家，甚至在我所居住的加拿大最西南角的城市维多利亚，也有他们的啤酒在售卖。

这家精酿啤酒厂里还隐藏着一家威士忌酒厂——两个酿酒师威士忌（Two Brewers Whisky）。他们自己酿造的单一麦芽威士忌获得过很多奖项。其实，很多加拿大的精酿啤酒厂都会涉足威士忌酿造，毕竟发酵酿造车间和原材料都是现成的，再加上酿酒师的情怀，以及社会对这种创新产品的接纳和支持，使得各类酒品层出不穷。

我在育空酿酒公司买了两桶 1.89 升的标准罐装啤酒、8 罐易拉罐装啤酒，包括他们的 Hazy IPA、Rye IPA、Belgian Triple，还有一款屡获殊荣的添加了云杉嫩芽尖尖的艾尔啤酒。最后，我们满载而归，总共花了69 加元。付款时，刷卡机没有加小费的选项，这种淳朴的民风让我有些感动。

加拿大民风普遍淳朴，特别是在一些偏远的地方，由于未受到太多商业化的影响，人们更安分守己。加拿大小费文化盛行，无论是外出就餐还是接受其他任何形式的服务，结账时都是需要额外支付小费的，通常至少为账单总额的 15%，给多给少主要就看服务得怎么样，全凭客人的个人意愿。提供人工服务时收取小费被视为理所当然。但是有些销售或外卖的场所，并没有提供额外的人工服务，结账时却有个小费选项，尽管客人可以选择跳过，但是给人感觉不舒服，商家的做法也着实不大地道。所以，对于这种自动不设置小费选项、只赚取应得利润的公司，我内心极其尊重！回程时一定再次前来采购。

随后我们去了育空野生动物保护区，这里可谓是探寻大型哺乳动物踪迹的最佳之地。

育空野生动物保护区距白马市区仅三十分钟车程，这里栖居着多种加拿大北部特有的动物，其中包括北美洲体型最大的哺乳动物——美洲森林野牛。在这里会看到麝牛、麋鹿、驯鹿、大角盘羊、驼鹿和高山绵羊，也会偶遇北极狐、加拿大猞猁等体型较小的哺乳动物。保护区的面积超过七百公顷，游客可以选择乘坐园区巴士，也可以徒步进行一段五公里的野生动物保护区环游之旅。野生动物都有围栏围起来，所以非常安全。

因为岳父、岳母和小儿子在房车休息，所以我和明月带着大儿子选择徒步游览园区。大儿子非常兴奋，他见到了心心念念的大角盘羊，我们也留下一段难忘的徒步经历。这个地方，非常适合亲子游。

从育空野生动物保护区离开之后，我们沿着加拿大育空地区的克朗代克公路一路北上，开车半小时左右，抵达拉贝格湖露营地（Lake Laberge Campground）。我们很幸运，抢到了这个营地的最后一个位子。

拉贝格湖是一个长而狭窄的湖泊，长五十公里，最宽处达五公里，育空河穿流而过，水温常年较低。拉贝格湖是由于末次冰期的冰川作用而形成的，盛产红点湖鲑鱼和白鲑鱼，是育空地区远近闻名的垂钓胜地，常年吸引着垂钓爱好者的到来。每当冬季，拉贝格湖就会被白雪覆盖，狗拉雪橇成为这里最受欢迎的活动。另外，拉贝格湖是白马市周边最佳的极光观测点。有时漂亮的极光会在不经意间出现，将整个湖泊染上梦幻的色彩并且舞动着优美的身姿。据说这两天就有人在湖边露营时看到了极光。

我们的露营地就坐落在拉贝格湖边不远处，每个露营位离湖都很

拉贝格湖露营地 13 号露营位

近，特别是 9 号、10 号、11 号、12 号、13 号露营位，可谓千金难求。如果谁要来育空旅游或者露营，看到这里一定记下来，能在这几个位子露营简直是太难得的人生体验了。

今晚，我觉得非常幸运，可以在湖边露营，和至亲至爱之人围坐篝火旁，对着夜晚的满天繁星，如若恰逢极光惊鸿一现，在湖水的衬托之下，那景象宛若人间仙境。这片地广人稀的土地，拥有如此丰富又纯净的自然资源，让我们一家得以在凡尘俗事中停下脚步仰望星空，享受大自然的馈赠与疗愈。

很多人都会探讨加拿大值不值得移民，将设想的在加拿大的生活和目前在国内的生活做对比，从而作出决定。比较之后作出权衡，这是没问题的。但是，就怕陷入一种"既要……又要……"的心态，对比得过于细致繁杂，反而迷失了自己，忘记了什么对自己才是最重要的。

移民或留学是一个重大决定，因此，想明白自己的"痛点"是什么，通过移民或者留学能否解决这个痛点，就显得尤为重要。对于我来说，因为喜欢大自然，喜欢户外，同时也希望自己的孩子能无障碍地尽量多接触大自然，所以，当来到加拿大见到那么丰富的自然资源时，我就觉得这个人生决定非常值得。

拉贝格湖露营地也有育空地区露营地那种公用的小木屋，里面有铸铁的壁炉，可以烧火取暖、做饭，同时营地有免费供应的取之不尽的松木木柴。晚上吃过晚饭，我来到营地小木屋里，扫掉壁炉和木头桌子上的灰尘，在壁炉里生起熊熊燃烧的柴火。我在炉子上烧了一壶开水，泡了一壶茶，点上户外灯，坐在壁炉前的桌子上，文思泉涌，写了一篇又一篇的文章。听着炉灶里噼里啪啦的柴火声，不知不觉已到深夜，湖心深处又传来幽幽的潜鸟的夜啼声，四周没有一点声响。松木熊熊燃烧，壁炉从温暖转到炙热，烤着我的后背，非常舒服，让我在午夜的加拿大育空湖边，每一个毛孔都流着汗水，从头到脚地舒爽。

很久以来，我一直有一个梦想，希望在一个人迹罕至的森林湖边，拥有一间带壁炉的小木屋，能够像《瓦尔登湖》中描述的那样，度过一段与自然共处的宁静岁月。虽然今晚在这里我只是一名过客，但也算是完完全全享受了木屋和壁炉的美好。这个人生梦想，我会不断去追逐。

午夜十二点入睡，没有看见极光，已不重要。

2023 年 8 月 18 日

道森城：淘金热和加拿大华人的历史往事

在拉贝格湖露营地，我很早就起床了，简单收拾好房车装备，七点整就出发了。今天的目的地是道森城（Dawson City），全程四百八十公里。我喜欢早起，早起可以让我高效地完成很多事情，孩子们还在熟睡，而我们已在晨光中不知不觉开出两百公里。

这一路经过很多湖，如双胞胎湖（Twins Lake）、狐狸湖（Fox Lake）等，都非常漂亮。特别是在晨光之中，停车湖边，看太阳升起，云蒸霞蔚，湖面蒸腾起一层薄薄的水雾，在清晨阳光的照射下显得五光十色。水很清，可以看到湖底青青的水草和小鱼。

这时四周没有一个人，没有一辆车，没有一点声音，安静到只能听到自己的呼吸，整个人突然空灵起来，觉得自己已经真真切切地融为天地间的一部分。虽没有刻意冥想，但比冥想中的状态更澄澈纯净。

这条克朗代克公路大部分是柏油铺装路面，只有那么两三段是未经铺装的石子路，会有路牌提示"极端粉尘状况"，尘土飞扬，特别是前面有车时，扬起一片灰尘，能见度很低。

从现在开始，路况就开始有不好的迹象了，特别是有的柏油路面会突然出现一个坑，坑不深，但是足以损伤轮胎或者影响正常驾驶，还是需要小心为上。

我们今天路程比较赶，所以车速一直很快，基本上保持在每小时九十公里。这一路同样没有任何手机信号，几乎看不见行人，偶尔见几辆车，公路两旁是连绵不绝的森林，一望无际。不由得发出感慨，加拿大真大啊，树真多，该有多少资源隐藏在这片无人到访的北方大陆啊！

下午三点半左右，我们到达了道森城外二十公里的克朗代克河露营地（Klondike River Campground）。这里开车去道森城很方便，营地的网络信号也很好。先到先得，我们选了一个很棒的 5 号露营位，很大很宽敞，靠近儿童游乐场和营地的小木屋。这里无限供应松木木柴，而且整个营地的环形路上铺满了白色的石子，非常整洁漂亮。

吃过晚饭，我们开车去了道森小城。道森市是一个与克朗代克淘金热有着深厚历史联系的城镇，面积约为 32.45 平方公里。根据 2021 年的人口统计数据，道森市人口为 1577 人，是育空地区人口数量排第二的城市，每年吸引约 6 万名游客前来参观。道森市自 1898 年起一直是育空地区的首府，直至 1952 年白马市取代其地位。

在淘金时代，道森市是西雅图以北、温尼伯以西最大的城市，鼎盛时期整个城市聚集了几万淘金客和常住人口。随着金矿开采殆尽，人口迅速流失。如今，道森的历史建筑群占据了市区的大部分面积，并被列为加拿大国家历史遗迹。从满是沙砾却富有魅力的淘金时代起，道森市便成为享受美好时光之地。虽然如今散落在地面上的金粉数量远不及从前，但是娱乐活动并没有停息，各种有趣的节日、文化盛事以及淘金比赛等独特的赛事，应有尽有。身穿淘金时代服饰的导游会带着游客徒步游览市区。此外，游客还可以乘坐设计优雅的轮船，欣赏育空河的壮丽景观。

如今的道森城区鸟瞰图。克朗代克河和育空河交汇于此

　　走过一条条古老的街，经过一栋栋百年老屋，隐匿在其中的酒吧里觥筹交错，欢声笑语不断，仿佛将人带回了那个充满激情与梦想的淘金时代。

　　道森市现在只是一个小小的旅游城市，虽然已经没有了一个世纪前的繁荣，但是骨子里的精神却未曾改变。就像一百多年前，这个城市里的人们，白天需要去淘金，辛苦劳作一天，夜幕降临后，在这孤寂的北方苦寒之地，总要寻找一些慰藉与欢乐。所以，这里的夜生活一直都很丰富。

　　这里有一个很古老的中餐厅——金村饭店，据说饭菜味道不错。我

们没有进去。我想留一个念想，留一点对这个加拿大北部寒冷小城华人生活痕迹的想象空间。

一百多年前，北美各地只要有淘金的地方，就有华人的身影。他们先是出现在淘金客大军之中，后来逐渐扩展到因淘金而衍生的各行各业。即使金矿枯竭，淘金客一哄而散，每个淘金的地方还是留下了最为坚韧的华人。他们在最艰苦的环境中忍辱偷生，百折不挠，像一颗颗小小的种子扎根北美大陆的各个角落，开枝散叶，繁衍生息，从一棵棵小树苗长成一片片茂密的丛林。

北美历史学家、策展人亚当斯曾研究过华人历史，并且很客观地指出："早期华裔劳工中，许多人生活很贫穷，他们来到加拿大，希望挣到钱寄回家里，或希望在这里建设更好的生活。但加拿大政府对他们非常不公平，人头税、排华法案等政策都是针对华裔的歧视。但华裔克服了一切困难，在逆境中展现出顽强的抵抗力和不屈精神，这是让我印象最深刻的。"

我展开联想，也许金村饭店就是百年前那个苦难时代中的一座小小的避风港，为华人淘金客遮风挡雨，成为他们交流集会的地方。经历了百年的风雨，如今那斑驳的外墙，似乎在诉说它的经历。但有一点是确定的，它就那么坚韧地传承下来，像一座华人的精神丰碑，屹立在这座百年小城的路边，注视着千千万万过往的旅行者。

我不禁进一步展开联想，都是什么人来过这里呢？是什么人在这个金村饭店里书写自己的人生呢？是那些漂洋过海来到这苦寒之地、怀揣发财梦的华人淘金客？是那些一脸单纯、渴望开始新生活的年轻人？还是在这里经历过刻骨铭心爱情的年轻情侣？

这么一个弹丸之地，因那泛着金光的梦想，曾见证过多少人的悲欢离合啊！就像我所居住的维多利亚，那里有着加拿大第一个唐人街。1858 年，人们在卑诗省菲莎河谷发现了金矿的消息，引发了移民潮，其中三分之一的移民是华人。

但淘金仅是华人移民北美的一个原因，清末的战乱、饥荒也迫使许多华人离开自己的家园并横跨太平洋，来到不列颠哥伦比亚省的维多利亚谋生。这些移民大多来自广东。不久之后，加拿大太平洋铁路的修建进一步吸引了中国的工人移民至此。

维多利亚比温哥华还要古老，在 1898 年之前，它一直是不列颠哥伦比亚省最大的城市。同时，也是一个重要的港口。当年，在淘金热的带动下，包括华裔在内的几万劳工涌入加拿大西海岸，先在维多利亚落脚，然后前往菲莎河谷和卡尔加里等地。而商人们会留下来，等货船到达，在维多利亚卸载货物，然后送往其他地方。这座港口城市，因此成为加拿大西海岸华人商业的重要发源地。

此外，到了冬天，菲莎河谷淘金地因天气太冷无法开工，很多人会重新回到温暖的维多利亚，这里就慢慢形成了一系列的娱乐场所，甚至还成立过舞蹈乐团和杂技团。即使百余年前，华人在此也曾经非常活跃。

不过，随着淘金热的消退，许多劳工转而前往内陆修筑太平洋铁路，维多利亚的唐人街迅速衰落了。20 世纪五六十年代时，维多利亚唐人街很多房子空置残破，街道上冷冷清清。直到 70 年代，年轻学生和艺术家发现了这个距离市中心很近的空间，开始陆续搬进来。到了80 年代，加拿大政府把维多利亚唐人街认定为历史文化遗产，唐人街逐渐发展并重新繁荣起来。不过有意思的是，维多利亚唐人街上，华裔的小商店越来越少，取而代之的是越来越多的白人或者其他族裔经营的咖啡馆、各种风味的餐厅、设计师家居店、礼品店、艺术工作室、酒吧等。如今的维多利亚唐人街，更像一个微型大都会，成为本地非常流行的社交场所。

维多利亚华裔议员周翠琪结合她自身经历分析道："以前，华裔家长最不希望的就是孩子们继续在唐人街开小店，不希望他们重复那种一年到头辛苦劳作却没有保障的日子。华裔家长非常努力地工作，把下一代送进大学，希望他们走出去，从事各种专业性的工作。从这个角度讲，华裔后代确实取得了很大的成功。"

一百多年来，加拿大华人移民的梦想渐渐明晰起来，他们的路开始越来越宽广，加拿大华人的世界也开始变得越来越丰富多彩。

在道森城区逛了一圈，最后我来到传奇的拓荒者酒吧（Sourdough

Saloon），准备在这里品尝闻名遐迩的酸脚趾鸡尾酒。这里的"脚趾"，是真正的人类的脚趾。

1973 年，一位叫作迪克·史蒂文森（Dick Stevenson）的船长无意中在一个罐子里面发现了一截断掉的人类的脚趾。他突发奇想，决定将这截断掉的脚趾投入威士忌中，并打赌看谁能有勇气喝下这杯酒。后来这截大脚趾被酒吧主人收藏，并渐渐演变成"酸脚趾鸡尾酒"。随着时间的推移，这项挑战活动越来越有名气，吸引了无数好奇的游客前来挑战。只要花一点钱，就可以挑战一杯"酸脚趾鸡尾酒"，当然前提是只有嘴唇碰到里面的"脚趾"，挑战才算成功。完成挑战后，你可以在"老船长"那里签署一份"酸脚趾酒挑战成功"的证书。目前，这家酒吧已经签署了超过十万份挑战成功证书。

这种事我肯定要尝试一下。过程其实很简单：在吧台告诉酒保说要参加"酸脚趾鸡尾酒"挑战，酒保会让你填一张表格，写下你的姓名和籍贯。挑战费用是十五加元，也可以加八加元买他们特制的酒杯。等到值班船长喊到你的名字，他会面对面给你讲解规则："你可以慢慢喝，你也可以快喝，只要嘴唇碰到脚趾即可。"

其实想想很有意思，只有在当年的淘金时代，才会诞生这么一种看似荒诞的活动，大家需要在枯燥的生活中找点乐子，也需要用特殊的方式来证明他们的胆量。这么一个低成本又新奇的活动，当然受大家欢迎。

更荒诞的是，这几十年以来，有五只脚趾被人吞掉了，三只被偷，一只丢失，六只用完"退休"了，目前正在"服役"的有两只。希望大家挑战的时候，不要把它吞到肚子里，毕竟没啥营养，可能还不如泡椒凤爪好吃，而且吞掉脚趾的人还需要支付一千九百加元罚金。当然，他们现在不担心丢失脚趾，因为有很多人正捐出他们的脚趾，希望自己的脚趾能在"酸脚趾鸡尾酒"中物尽其用。

　　我端详着这杯酒：在一杯威士忌中放着一根风干的已泡得皱巴巴而且发黑的脚趾。我凑近闻了闻，只有威士忌的酒香，接着让自己的嘴唇碰着这根脚趾，小口小口地品尝这杯"酸脚趾鸡尾酒"，你别说，还挺好喝的呢！只不过喝完这一杯有点上头，回到营地时还有点晕乎乎的。

2023 年 8 月 19 日

野性的呼唤：进入丹普斯特公路

　　道森城附近的克朗代克河露营地很舒适，松木木柴非常多，我们一早就生了篝火，整个早上都暖洋洋的。

　　营地里散发着松脂的香气，我们用红通通的松木炭火煮了一锅茶叶蛋，作为接下来几天的早餐。

　　从今天开始，就要踏入此次纵穿加拿大直至北极之旅最有挑战性的路段：丹普斯特公路（Dempster Highway）。考虑到丹普斯特公路的路况，我决定把此次北极之旅最后一段土路上用不着的装备，比如大户外帐篷、户外煤气灶、两个丙烷罐、丙烷烤火炉、两个儿子的自行车、小推车、户外座椅，还有其他一大堆锅碗瓢盆、衣服等，全存放在道森城，因为回程还会经过这里。一切从简，轻装上阵。

　　我们一周之前上网查道森城的储物公司，联系上一位名叫海伦的老太太，她有储物仓可以存放物品。她的儿子理查德帮我们开仓库的门。他是一个又高又壮的汉子，人非常友好。理查德跟我们讲了与这条路相关的很多注意事项，还聊了很多关于道森城的事情。他小时候随父母搬到这里，已经习惯了这里漫长的冬季，这几天正忙着准备冬天壁炉所用的木柴，迎接即将到来的长达八个月的严寒。

想想这也是一种挺好的生活。每天可以不用工作，在家里烧壁炉取暖，就像一头冬眠的熊，在温暖的窝里一待就是半年，休养生息，养精蓄锐，享受生活。这里的冬天白天日照时间很短，有时只有 4 个小时，气温最低达到零下 50 摄氏度，真是一个与世隔绝的地方。

想象一下，当其他地方的人忙忙碌碌的时候，当其他地方的时间像河水匆匆流逝时，这里的时间仿佛是静止的，钟表在白雪皑皑的世界里烤着壁炉，不愿意走针。

把物品存放在道森城，是我们这次北极之旅最明智的决定。理查德的仓库可以存放很多东西，有的车队甚至把哈雷摩托常年存放在这里，每年夏天来道森城的时候，骑摩托车到北冰洋或阿拉斯加。价格也很公道，不管是存一天还是一个月，都是一百加元。

存放好物品之后，我们又在道森城里逛了小半天，参观了道森市博物馆。里面存放着一百多年来道森的代表性历史文物，包括原住民文化、淘金时代的物品，还有来自中国和日本的器皿。漫步其中，仿佛置身于历史的长河中，静静品味那些被尘封的繁荣与喧嚣。

离开道森城的时候，我们在城里的加油站加满油和丙烷。在那里遇到一对开着大型卡车房车的德国夫妇。他俩近些年一直在环游世界，阶段性的每年去一个地方，已经去过了非洲、大洋洲、南美洲，今年则来到加拿大。他们从德国把房车托运到加拿大大西洋沿岸，然后一路向西横穿加拿大，北上至北冰洋，再南下一直到太平洋沿岸的温哥华岛，最后返回德国休整，准备下一个阶段的探险旅行。

旅途中，我们见过不少其他国家的环球旅行者，其中德国人是最多的，而且好多都开着这种曼恩卡车房车。这种房车看起来非常坚固，轮胎很大很厚，高度堪比一个成年人的身高。

　　他们刚从北冰洋回来，结束了丹普斯特公路的旅程。同为旅友，自有一番交流，主要是关于路况的。

　　"你们的车走丹普斯特公路肯定没问题吧？"我问。

　　"还可以。不过中途我们前轮胎被扎了一次，好在我们自己用车载工具修好了。"那位先生轻描淡写地说。

　　"不会吧，这种轮胎也会出问题？"我一听心里凉了半截。

　　"对啊，丹普斯特公路的路况是我走过的最糟糕的。"他很肯定地说。

　　"那我们这辆房车岂不是要难逃厄运了？"

　　没经历过的人总是想从已经经历过的人那里了解足够多的信息，就像小马过河故事中的小马一样。这时他说了一句非常经典的话，我觉得可以当作加拿大最难走的公路——丹普斯特公路的宣传语："这条路路况确实很糟，但不要担心，你对这条路好一些，她也会对你好的。"

　　这句话太经典了！出发！

　　从道森城往来时的方向开车四十公里，就到了丹普斯特公路入口，我们全家在这里郑重拍照、录视频，以示纪念。内心还是很激动的。

　　从加拿大最西南角的维多利亚出发，走了二十六天，在期盼和忐忑中，开启了房车穿越加拿大北极之旅的最后一段行程。

　　丹普斯特公路就在前方，太多关于它的传闻了，美好的、恐怖的、激动人心的、骇人听闻的，各种是是非非交织在一起。就像川藏公路318国道之于中国的西藏之旅，丹普斯特公路之于加拿大的北冰洋之旅同样经典。是是非非的传言，确实让素未见识过的我们心生敬畏。但是，当我们真正踏上丹普斯特公路时，所有凭空产生的幻想和情感都一一消失，只剩下我专心驾驶在这条号称世界最危险的道路上。

　　丹普斯特公路全都是没有铺装的石子路和土路，汽车飞驰而过就是

我们驾驶房车驶进丹普斯特公路

一片尘土，路上坑坑洼洼，冷不丁就是一段搓衣板路，不可掉以轻心。但是，不用逃避，勇往直前即可。

其实，刚开始的丹普斯特公路的路况整体上还不错，虽然是土路，但是并没有太多危险的地方。从丹普斯特公路入口到这条路上的第一个露营地，N1 墓碑山露营地（Tombstone Mountain Campground），这一段七十二公里的土路还是非常好走的，我们仅用一个小时就开到了。

房车时速九十公里。这种飞驰的感觉可以让身体分泌多巴胺，才会明白汽车拉力赛上的车，在那种荒野之路上，为什么会并得那么快。

从现在开始，地点和计量单位都是以丹普斯特公路多少公里处来标记的，每隔两公里就会有一个路程牌。因为沿途每个山、每块草原都很大，也没有几个像样的村落、城镇和建筑，加上只有这么一条道路，所以用公里数标记是最明智的选择。

假设你的车在路上抛了锚，假设你有卫星电话可以联系救援，那么告诉施救者你在丹普斯特公路多少公里路标附近，比告诉他们你在哪座山、哪个湖要有效得多。假设你有幸在路上遇到一个有缘人，一见钟情但却不得已要各奔东西，那么你可以告诉她/他，如果你也有情的话，以后的某年某月某日某时，在丹普斯特公路某公里处相见吧。那个地方一定是世界上独一无二的，没有人会打扰你们。

墓碑山露营地在丹普斯特公路七十二公里处，这个营地是丹普斯特公路露营地中比较大的，有五十一个露营位。

我们到的时候营地几乎满员了，好在还有空位，立马开车驶入。如果这里住不下的话，也可以选择120公里之外的N2工程师溪营地。天色已晚，而且那里只有十一个位子，实在不敢保证能有空位子。事实证明我们在这里住下是非常明智的，墓碑山露营地非常棒，它背靠墓碑山，北克朗代克河从营地穿过，营地旁有一条沿河的步道，能通往很远的山谷。

安营扎寨之后，岳父岳母留在营地劈柴煮饭，我和明月带着俩孩子准备探索一下营地周边。北克朗代克河河水很清，但是河流湍急，河水哗哗地唱着歌。我们就这样沿着河边的步道一直走，四周的地貌从针叶林慢慢过渡到低矮的灌木再到苔原，短短的一两公里路程，植被变化明显，风景从秀丽变得壮观。

不远处是广袤的、一望无际的山谷，远处巍峨耸立的墓碑山就像是竖立的参天的墓碑，不禁让人怀疑山后是否埋藏着远古的巨人。空气能见度非常高，墓碑山看起来虽然遥远，但是很清晰。山非常高，险峻的轮廓在青蓝色天空的映衬下，显得格外棱角分明。山谷中，风轻轻吹过，一缕缕的，真是自由自在啊！

在这旷野之中，我终于明白，为什么杰克·伦敦可以在这里写下

《野性的呼唤》（*The Call of the Wild*）了。1876 年，杰克·伦敦出生于旧金山一个破产的农民家庭，家境贫困的他，在童年时代几乎没有享受到家庭的温暖。少年时代，他当过牧童、报童、码头小工，学费都是自己打工赚取。辍学后，他当过四处掠夺养殖场牡蛎的"牡蛎海盗王子"，还曾因四处流浪而被短暂监禁。在这段漂泊的岁月里，他对书本产生了不可遏制的强烈渴望。他曾说，自己的文学写作热情最初源于维达的长篇小说《西格纳》的启发。这部小说讲述了一个没有上过学的意大利农民的小孩，通过努力最后成为著名的歌剧剧作家的故事。

到了 1896 年，克朗代克淘金潮开始了。当年，三位美国探矿者在加拿大育空地区克朗代克河的一个小支流处，发现了丰富的金矿。随后消息传到了西雅图和旧金山。当时美国经济正遭受空前的衰退，成千上万的人们冒着生命危险长途跋涉，前往靠近北极的金矿区，有的人甚至在路上就要花去一年时间。

随后 4 年，大约有 10 万人动身前往育空地区的克朗代克，一多半人不是中途折返就是死在路上，只有约 4% 的人淘到了金子。

热情、坚定而又急躁的杰克·伦敦，自然而然地受到克朗代克淘金潮的吸引。1897 年夏天，当得知掘金消息几周后，他就和三个伙伴一起乘船前往阿拉斯加小城迪亚，路费是通过抵押姐姐的房产筹集而来的。当年 10 月，杰克·伦敦乘坐一艘草草建造的小船抵达加拿大育空的道森市，当时的环境比我们现在看到的要严酷得多。那时的道森市只是一座混乱不堪的新兴小镇，各个喧闹的酒吧里挤满了三万名吃苦耐劳的淘金客，育空河和克朗代克河河边挤满了成千上万的小木筏。

严酷的生活环境并没有让时年二十一岁的杰克·伦敦望而却步。他虽寂寂无名，但是意气风发，幻想着一夜暴富，幻想着美好的生活，在这里从夏天一直坚持到度过寒冷的冬天。但是，他发现的金子却少得可

正在创作中的杰克·伦敦

怜，还感染了严重的坏血病。在第二年夏天，杰克·伦敦离开克朗代克时，他从淘金中赚到的钱还不足十美元。然而，他却在不经意间发现了另一座"金矿"——小说。

如今道森城里的杰克·伦敦博物馆，是道森市与杰克·伦敦相关的主要景点。这是一家小型博物馆，主要展品是一座顶上覆盖着茅草、长满青苔的小木屋。小木屋坐落在一个被白色篱笆环绕的小花园中，它给人的第一印象极其简朴。在淘金潮中，杰克·伦敦的这座小木屋曾位于不同淘金路线的一个非正式的交会点，其他淘金客经常路过此处，在这里分享自己的故事和冒险经历。

于是，杰克·伦敦将自己的经历和想象，加上这些淘金客的奇闻逸事，融汇成他日后创作生涯的基石，一部部以克朗代克为灵感的小说问世，其中令他声名鹊起的是 1903 年出版的畅销小说《野性的呼唤》。

克朗代克淘金潮于 1900 年落下帷幕。这场淘金潮尽管时间短暂，令成千上万倾其所有、梦想一夜暴富的人失望而归，但却成为美国民间传说和小说的核心内容之一，这很大程度上要归功于杰克·伦敦的文学作品。

今天，当我身处育空地区的茫茫荒野，眼前是那高耸险峻的墓碑山，耳边是克朗代克河奔腾不息的哗哗声响，旷野中自由的风迎面吹来。在这一刻，我听到了遥远的声音，感受到了这旷野中野性的呼唤！

我们太久地生活在文明中、城市中、钢筋水泥的丛林里，内心深处的野性似乎沉睡已久，俗世中嘈杂的万千声音，似乎也泯没了所有的野性。但是，一旦当我们全身心沉浸于纯净的荒野之中，野性的呼唤仿佛从遥远处传来，清晰而深沉。

它似乎隐藏在山峰上、森林里、草原中、湖泊边，甚至就藏在那一朵朵小花上，一颗颗露珠中，一缕缕缥缈的清风里……这野性的呼唤，似乎有万千的幻化，但是，就在那里！我们可能会分不出方位，但是可以感受到野性的呼唤。杰克·伦敦肯定早已感受到，我也可以感受到。我相信，身处加拿大育空地区墓碑山山谷中的任何人都能感受到——包括我的妻子和两个儿子。

当一个人在这里安静下来，不管身处何种境遇，不论时间早晚，都会有所感受。一旦这种感受产生，它就会深深刻在我们的记忆和基因中。当再次碰到触发点时，一个激灵，野性的呼唤就会响起！

当年，年轻而果敢的杰克·伦敦，就在育空地区那茫茫的荒野中，在狂舞的绚烂的北极光下，置身于室外零下 50 多度的严寒裹挟着的小木屋中。在寂静无比的夜里，听着克朗代克河奔流的声音，远处近处不绝的狼嚎，以及自己内心的心跳，任由那野性的呼唤浸润、席卷他的灵魂。在木屋微弱的灯光下，一个绝美的故事从笔尖跳跃而出。

《野性的呼唤》是有着万丈豪情的，因为字里行间沉淀着一百年前万千淘金客的喜怒哀乐，并在这一百多年来，悄然在亿万读者的内心深处，轻轻地呼唤着。

对我而言，这种呼唤尤为真切。为什么能在遥远的异乡安定下来？为什么能在大洋彼岸的加拿大定居？其中一个很重要的精神层面上的原因是，这里的城市被荒野包围着，我可以很轻松地走进深山，漫步海边，露宿森林，或静坐在自家后院里，享受属于自己的孤独，倾听自己内心的声音，感受那遥远的野性的呼唤。这能让我更好地做自己，更让我心安。

我们一家四口的墓碑山露营地野外徒步之旅，最开心的是两个儿子，他俩一直在探索，乐在其中。倒是明月和我时刻警惕着四周，生怕与熊不期而遇，要知道这里经常有危险的野生动物出没。如果不是担心有熊，还要回营地吃晚饭，相信我们会走得更远。

回到营地吃完晚饭，我又在营地里转了转。这个营地除了有直接开车进入的普通露营位，还有为摩托客、骑行者和徒步旅行者准备的露营位。这些露营位需要穿过一条狭窄的小路，每个露营位都被灌木丛包裹，四周围绕着原木搭建的框架，空间很紧凑，但是给人很安全、很温暖的感觉。除此之外，墓碑山露营地还有正常配备的公用小木屋，里面有铸铁壁炉和餐桌，当天有一伙年轻人在里面用餐，木屋门关闭着，我也不好进去打扰他们。木屋外面有一个简陋的木头搭建的小户外剧场，中心有一个点篝火的大铸铁火盆。还有一个白色帆布帐篷，叫艺术家帐篷，里面有一张书桌几把椅子，我和大儿子进去，他画画，我写今天的笔记，把帐篷门一关，不用担心有人打扰，也不用担心有蚊子。

我很享受这种旅途中的闲工夫，可以思考，可以总结今天的经历，可以规划明天的行程。

今天要早睡了，毕竟，明天还有很长一段路等着我们，未知的世界上最危险的路。明天计划至少要经过丹普斯特公路 192 公里处的 N2 工程师溪流露营地，经过 368 公里处的老鹰平原（Eagle Plains），争取在 446 公里处的 N3 石头河露营地（Rock River Campground）露营。

石头河露营地只有十七个露营位，先到先得，想必很难有空位，所以明早我们要早点出发。

丹普斯特公路，请对我们友好一点，谢谢。

2023 年 8 月 20 日

一鼓作气，驶入北极圈

计划不如变化快，早上起得没那么早。

本来计划七点起床，可是到了八点半才起。但是，睡了一个特别完美的觉，近十个小时的睡眠，一觉睡到自然醒。醒来后精神抖擞，仿佛全身充满了电。

我很庆幸，如今的自己时常能睡个非常完美的觉，不仅入睡非常容易，而且一般都是自然醒，不需要定闹钟。然而，睡到自然醒对于四五年前的我来说，很奢侈。刚刚来到一个完全陌生的新环境，以往在国内的所有优势都消失殆尽。重新学习语言，重新掌握技能，从基础工作做起，重新构建人际关系网络，重新融入一个新的社会……凡事都需自己摸索学习，时间就显得格外珍贵。

以前讲过，加拿大对于新移民有一个福利，就是新移民可以免费去公立教育机构学英语。所以，2018 年夏天我拿到枫叶卡之后，就申请了到维多利亚当地的卡莫森学院学习英语作为第二语言。完成英语课程后，又读了酒店管理专业，因此一直处于边上学边工作的状态，这种状态一直持续到 2020 年。

当时，我把上课时间基本安排在上午，工作时间就从下午开始一直到晚上。每周的大致安排是周一到周五的上午上学，周三到周日的下午和晚上上班。所以，那时对我来说，恨不得一天掰成两天用。我很庆幸自己从事的酒店行业可以选择工作时间，即使是别人不愿意上的晚班我也愿意接受。

最忙的时候是 2020 年春季学期，那个学期我修了六门课，同时还兼顾酒店的全职工作。周一到周五白天的课程和作业安排得满满当当，酒店的班则是周三到周日每天下午五点到深夜一点半，甚至有时从下午六点工作到凌晨两点半，回到家就已经凌晨三点了。酒店可以洗澡，我下班后尽量在酒店洗漱，一到家，什么都不干，马上上床睡觉。真的是不敢浪费一分一秒，因为第二天早上要七点起床，早上八点的课不能迟到，有时还需要先送大儿子去幼儿园。然后，中午或下午，我会利用一切可以利用的时间去补个午觉，尽量保证一天加起来能有六七个小时的睡眠时间。否则，学习效率肯定会降低，上课肯定会打瞌睡。我那时候的时间管理非常成功。成功的时间管理最重要的就是保证睡眠，这样醒着的时间才能高效地完成工作和学习。

想想当时的状态就像打仗一样，每天把自己的弦绷得紧紧的，不敢有一丝放松，没有看电视、玩手机、刷视频的时间，一个月玩手机的时长都没有现在一天多。听起来可能会觉得这样的生活很累，但我当时精力非常充沛，效率出奇地高，感受到前所未有的充实感和成就感。那个学期，不仅工作没耽误，六门课还全是 A。

如今的我，很怀念那时的自己！

看到这里的读者朋友，如果你正在读书或者工作，正在全力奔跑，请不要停下，不要松懈，一定要坚持跑到终点，实现你的目标。相信我，这不仅会让你快速成长，还会带给你很大的成就感和自信心。当你以后回忆起这段努力奔跑的时光时，你会感谢当时的自己，感谢那段充实的时光。

就像有人问我："你怀念那段时光吗？"

我的回答是："很怀念！"

"那你还能回到当时那个状态吗？"

"不能了！"

正如古人所言："一鼓作气，再而衰，三而竭。"

现在的我很庆幸那时可以静下心来学习和工作，没有想过走捷径，没有偷奸耍滑，也没有见异思迁，一直都是脚踏实地，非常务实、谦卑且坚定，认认真真地构建自己在加拿大稳定而坚实的生活根基。慢慢地，在辛苦了几年之后，一切都稳定下来，无论是工作还是生活都有了很大的起色，就无需再去做拼命三郎了。再后来，正常工作，简单生活。没有什么大的烦恼纠缠在心头，到点睡觉，睡到自然醒，睡醒之后开始新的一天的生活。

言归正传，早上在营地简单收拾了一下，我们一家人就开车上路了。今天的目标是邓普斯特公路 446 公里处的石头河露营地——北极之路上育空地区的 N3 露营地。

从现在的 N1 墓碑山露营地到 N3 的距离是 373 公里，追上了最初的路线规划。最开始计划的是昨天赶到 N2 工程师溪流露营地，然后今天开 250 公里到 N3。昨天没有到 N2，那么今天从 N1 开到 N3，也算是赶上了进度。

从墓碑山露营地出来，一路都是平坦辽阔的苔原。路两边是一望无际的金黄色，很是壮观。这时候太适合开着车听《燃情岁月》的背景原声音乐了，雄浑、壮阔又带有苍凉之感。身处这种环境中，内心也不由激荡起来，即使路况开始慢慢变坏，也不会太担心，反而会心生雄心壮志，一切坎坷不平的道路都不在话下。

风景真美啊！特别是刚出发不久，路右侧的山谷中是无边无际的大草原，有一条宽阔的河，十几匹马在浅浅的河中喝水吃草。这方圆百里的无人区，哪里来的马呢？是野马吗？还是谁放牧的呢？不管怎么样，这一幕深深印在我和孩子的脑海中，一群五颜六色的马，散落在碧水青草之间，真美！

大概上午十一点钟，我们到了丹普斯特公路上的 N2 工程师溪流露营地。这是一个很小的营地，只有十一个位子，想必每晚都会人满为患，毕竟方圆几百公里内只有这么一个营地。所以，如果有朋友想在这里住一晚歇脚，记得早来一会儿。

我们准备在这里歇息并吃午饭，所以直接占用了营地里日用的小木屋。在育空地区，每一个省立露营地的中心位置都有那么一座木屋。木屋里有一个铸铁壁炉，还有几张一体式的木头桌椅。你可以在壁炉里生火，这个壁炉不仅可以取暖，还可以烧水、煮饭、煮咖啡、煮茶，甚至擦干净后还能烤肉。而且，谁都可以使用。

我想，天冷的时候，这里一定很热闹吧！试想一下这样的画面：木屋里，壁炉中的木柴燃烧发出噼里啪啦声，来自世界各地的旅行者互相聊起有趣的故事……也说不准，毕竟在加拿大生活，很多人是很有边界感的。一般情况下，如果看到有人占用了小木屋，别人就会选择不进去。大家比较注重隐私。也有很多人来到加拿大后会成为"社交恐惧症患者"，相对于社交，他们更喜欢独处、安静，享受自己的空间。

我就有这样的变化。昨天在墓碑山露营地遇到一个来自卡尔加里的华人陈先生。他们刚从北极回来，今晚在此住宿，邀请我去他们的露营位聊天、喝威士忌。我没过去，一是有些累了想早点睡，二是现在真的有些"社交恐惧"了。

加拿大丹普斯特公路沿线：苔原、河流与马群

来到加拿大后，我越来越倾向于给自己的社交做减法，目前的重心大部分都在家庭上。当然，如果是性情相投的朋友，彼此惺惺相惜、情不自禁，肯定想一起把酒言欢。但是，如果是性情不投、脾性不一的人，一定会渐行渐远，甚至从此不再相见。生命太有限，不想浪费生命在虚假的、无意义的事情上。

工程师溪流露营地的木屋还是很宽敞的，房顶挑高，里面很干净，待着很舒服。营地里木柴充足，我们在木屋里生火做饭。很快，铸铁壁炉就燃起了熊熊大火，屋里也变得很暖和，烧水、做饭都很快。

明月给我们煮了方便面，哇，那方便面可真香啊！汤里泛着油花，飘着小葱，面条晶莹剔透，真是美味。这种在极冷、极艰苦的环境中煮出的热气腾腾的食物，是极其诱人的。再加上风尘仆仆的旅人那不安分的胃，一旦彼此相遇，就会产生干柴烈火般的满足感。

我一边吃面，一边环顾四周，小木屋里面真有不少故事呢。故事一：窗台上摆着一对真正的麋鹿角，角上甚至生了苔藓，静静地融入岁月的痕迹。故事二：木屋横梁上有人用英文写道："1996 年 8 月 23 日，骑自行车从阿拉斯加来到这里，然后南下去墨西哥。"署名是"Michael Schmierer"。故事三：木屋东北角的角落里整齐地堆着一堆东西，应该是某位旅行者去北极无法携带的装备。她／他把物资暂时寄存在这个小木屋里，没有锁，也没人动。不仅没人动，我最后还把劈好的、没烧完的木柴送给他／她一根，聊表心意。故事四：餐桌角落有一个密封的塑料袋，里面放着废弃的电池，五花八门、各式各样。即使这里是无人监管的地方，大家还是很自觉地把垃圾归类。

这个远离人群的小木屋，不仅提供了遮风避雨的温暖，而且承载着素不相识者之间纯粹的人情与温暖。

我们吃完饭，把小木屋打扫干净就上路了。

这是在丹普斯特公路上的第二天，下午，离开 N2 工程师溪流露营地后，路可就真的不好走了。特别是丹普斯特公路两百公里路标以后，很多路段都是水坑路、搓板路，车速必须控制在每小时 50 公里之内，不然车很容易被颠散架，而且有可能会突然被大坑弄坏轮胎。一直到鹰原，路况都是时好时坏。

我的驾驶窍门就是把速度控制住，不去过度担心，顶多就是听到车被颠簸得咔咔作响，安全方面并不受影响。我觉得唯一危险的反而是路况变好的路段，会让人丧失警惕，从而车速极容易突破官方限制的每小时 90 公里。如果遇到拐弯，路面上的碎石子路段极容易造成车辆打滑。所以，在丹普斯特公路上，路况好的路段也绝不可掉以轻心。

不过话说回来，即使在丹普斯特公路上发生了事故，据我当天观察，每隔十几分钟都会有车辆经过，甚至还有一些道路施工车和巡逻检查车，问题不大。就像道森城的理查德说的："人们会停下来提供帮助。"

我们一家人就曾经一起讨论过，并一致同意：假设路上遇到求助的人，能出力出力，能出人出人，力所能及地提供帮助。

在丹普斯特公路这种环境和条件下，我们很明白，如果一个人遇到困难而没人伸出援手的话，他会很难脱困。而如果一个人遇到别人寻求帮助而选择冷漠相拒，那么他也会一直生活在自责与悔恨之中。

我们在丹普斯特公路 369 公里处到达鹰原。整个鹰原仿佛一个被削平的山头，但是面积很大。这里其实是一个很棒的服务区，有加油站、修车店、餐厅、旅馆，还有房车营地。对于丹普斯特公路这样的路况，有这样一个可以休整的地方已经非常难得了。

从道森城加满油之后，开到这里共行驶了 369 公里。我在这里又把油箱加满，总共花了 200 加元。很多人建议走丹普斯特公路最好带着备用油桶，以防没有油的时候找不到加油站。但是我觉得一般的车加满油是没啥问题的，毕竟每隔两三百公里都会有小城镇和加油站。我们的房车油箱比较大，加满油可以跑 700 公里，而且我有到一个地方就把油箱加满的习惯，所以并不纠结有没有备用油桶。

给我们加油的小伙子也兼职修车，加油站和修理厂只有他一个人。陪伴他的是两条狗，一条黄狗是狗妈妈，一条小黑狗是宝宝。小黑狗看起来刚出生没多久，被小伙子一直抱在怀里亲昵抚摸，而狗妈妈则躺在加油站前的空地上晒太阳，看来非常信任这个帮她看孩子的人。小伙子沉醉在自己的世界里，一边加油一边只管逗弄小狗，非常松弛。

这里没有其他娱乐活动，整个鹰原据说只有九个工作人员，剩下的就是来自世界各地的旅行者，也会有少许要去北极圈城市的运输大货车或油罐车司机。可能会有人觉得生活在这里的人很孤独，或者说精神很贫瘠，但事实上，真正孤独和贫瘠的很可能是来来往往的过客。

这里刚刚经历过山火，好在整个鹰原是一个开阔的大平地，周边森林是低矮的北极寒带针叶林，所以并没有给鹰原上的生意带来影响，无论是餐厅、旅馆还是加油站，都一切如常。

任何事情都无法阻挡鹰原缓慢而安稳的生活。也许就算世界停止转动，这里还是会按照它自己的节奏，缓慢运行下去吧。

我们在鹰原短暂停留了一会儿，就继续出发了。过了鹰原大概十几公里，就到了一个颇为传奇的地标：北纬 66°33′，北极圈。

到这里，就正式进入北极圈了。这里有一个休息区，有着北极圈的牌子和介绍，还有一个观景台。在观景台上俯视周边，有壮美的苔原，每个人心情都极其激动，我们全家人在这里拍了很多照片。没有太多的停留，在丹普斯特公路上不可以掉以轻心，于是，继续上路。

从北极圈再开个五六十公里，就到了今天我们的目的地：丹普斯特

到达北纬66°33′，北极圈。气温骤降，我们一家
四口在这里留影

公路 446 公里处的 N3 石头河露营地。

　　一路颠簸的我们以迫不及待的心情进入营地，当时才下午四点半。石头河所在的地方是方圆几十公里唯一有高的松树的地方，营地建在这里非常合适，仿佛广袤无际苔原上的一个避风港。因为这个营地总共才有十八个露营位，我们担心没有空位，所以着急入驻。事实证明我们多虑了。我们到的时候只有两个露营位被占用。晚上十点我睡觉前在营地里逛了一圈，发现还有一半左右的空位，看来能顺利到达这里的人确实不多。

这个地方雨水比较多，一切都湿漉漉的，而且这里没有自来水，甚至我们到的时候发现连木柴都没有了。好在房车里有火有水，这倒是难不倒我们，唯一遗憾的是不能生篝火了。在这个地方如果能生火取暖，并在篝火上架一锅水泡脚，那该有多舒服。

到了晚上八点半左右，一辆车身糊满泥巴的皮卡车载着一车散发着松脂清香的松木，缓缓驶进营地，然后往营地里的每个小柴房卸木柴。通过跟司机交谈得知，这是他的工作——每周从道森城来这里一次，送木柴和卫生纸，晚上会住在这里，第二天再回去。

这个司机说，在育空，麋鹿都比人多。

就这样，晚上在寒冷潮湿的北极圈露营地，我们点燃篝火，吃着用柴火煮的火锅，味道棒极了！睡觉前，用营地旁边石头河的河水烧水泡脚，舒服极了！

下了一晚上的雨，晚上听着雨水敲打着房车入睡，我睡得很香。

2023 年 8 月 21 日

历尽坎坷，终于抵达北冰洋

一早从石头河露营地出发，今天我们想赶到加拿大北极圈最大的城市因纽维克（Inuvik），可能的话，甚至打算尝试一路到达北冰洋海边的渔村——图克托亚图克（Tuktoyaktuk）。

早上一直在下雨，丹普斯特公路这一段泥泞而又颠簸，但是路两边是一望无际的北极苔原，大片大片的金黄色，夹杂着红色、白色、绿色、青色，美丽而又壮阔。我想，如果多年以后我回想起来，这美丽的北极苔原，必定是我最怀念的景致吧。

正开着车，突然发现左前方远处有两只动物。停车仔细看，原来是两头长着大角的驯鹿。它们就像两个荒野大镖客，虽然距离很远，但仍可以感受到它们的强壮和美丽。这两头雄性驯鹿脖子处都有一圈白色的项圈似的皮毛，头顶着两架弯刀似的一米多长的大角，非常漂亮。

看了一会儿，我们刚准备走，对面缓缓开过来一辆皮卡，上面坐着两男一女，都是年轻的因纽特人。早上七点多，路上根本见不到任何车辆，因为他们开得很慢，我们也停着车，所以打开窗户互相打招呼。然后，开车的小伙儿下车对我说："我要去射杀那两头驯鹿了。"接着就从车后座拿起一杆猎枪！

在加拿大，普通人是需要持猎牌到固定的猎区打猎的，但是原住民不受这种约束，他们可以随时开展自古至今流传下来的渔猎生活。这我是知道的，但当事情发生在眼前时，我还是立马蒙住了。因为从我们互相轻松打招呼到他拿起枪，整个过程不到三秒钟。这就好比你遇到一个朋友，正准备寒暄两句，恰巧旁边走过一头牛，朋友说："你稍等一会儿，我先把这头牛逮住杀掉剥了皮咱俩再聊。"

还没等我反应过来，车上的三个人就迅速下车了。来不及多想，我马上问拿枪的小伙儿，我是否可以跟着去看一看他是怎么狩猎的。他说没问题，只要我能跟得上他。随后他右手提枪，就冲进了这广袤无垠的北极苔原，我紧随其后，另一个小伙儿也紧跟了上来。

这北极苔原看起来很平坦，一片美丽的金黄色，但是走进去才发现非常难走，松软的苔藓吸足了雨水，周围全都是星罗棋布的小水坑，第一脚踩进这苔原，鞋子就全湿透了。然后就是深一脚浅一脚，摸索着前进，速度根本快不起来，而且鞋子里全是冰冷的水，裤子也全湿了。我本来想追上提枪的小伙儿一起走的，却被他甩得越来越远。

北极圈内的天气非常善变，刚才停了一小会儿的雨顷刻间变成了瓢泼大雨。雨水浇透了全身，而且，四周没有任何遮挡物，天地间所有的一切都笼罩在这大雨之中。在千百条雨织的白线中，我看到提枪的小伙儿停下脚步，半蹲着身子，托枪瞄准百米开外的驯鹿，准备射击。他开了一枪，没打中，驯鹿也没动，好像并不怎么惧怕枪声。于是小伙儿又连开两枪，都没打中。这时候，两头驯鹿似乎感受到了危险，扬蹄奔跑到更远的地方然后停下来张望。小伙儿放弃了追击，停在原地。

另一个小伙儿追上了我，我俩边走边聊天。他叫马林（Marlin），长得又高又帅，笑起来眼睛会眯成一条线。我说："你们在苔原里走得好快啊，我根本追不上。"他笑着说，他们因纽特人身上流着一半驯鹿的血液，所以在苔原里健步如飞。

他俩会合之后，面对着驯鹿的方向商量了一会儿，估计是评估了一下，觉得没必要再追击了，才依依不舍地往回走。我也开始往回走。我们所在的位置其实离公路大概只有几百米远，但是感觉比几公里还难走，深一脚浅一脚，跌跌撞撞的，身体仿佛无比沉重，双脚老是陷进水坑里。有那么一分钟的工夫，我没有往前看，因为要一直盯着脚下，以便寻找好的落脚点，居然偏离了房车的方向很大一截路。

当时就想，在苔原上生活，真不是那么容易的！幸运的是，我并不是自己一个人在苔原上走路，也没有掉进藏在苔藓下的沼泽里，否则一旦陷进去，身边又没有其他人，可真就叫天天不应，叫地地不灵了。

跌跌撞撞走回车里，换了一身干爽的衣服，跟这两个小伙子告别之后，我们又重新上路了。

这次开了十几公里，就到了加拿大西北地区的地界。这时的丹普斯特公路好像悬浮在云层之间，风很大，雾也很大，能见度很低，路两边也分不清是苔原还是悬崖，看起来非常危险。这时的路况很差，到处都是坑坑洼洼，前路看起来也难以捉摸，但是很奇怪，我的内心充满了无限力量，感觉一切都可以跨越，一切都可以征服。

也许这就是旅行的另一种意义：走过看过，就不再有对未知事物的恐惧感，而是更加坚定，更加有力量。

到了这里，我们离下一个有人烟的地方——麦克弗森堡只有85公里，离启吉迭克142公里，离我们今天原定的目的地——因纽维克只有270公里。而距离我们的终点站，北冰洋边上的因纽特人渔村——图克托亚图克只有421公里了。

大概开了两个小时，快要到麦克弗森堡的时候，遇到一条河，这里

历尽坎坷，终于抵达北冰洋

211

丹普斯特公路两边是一望无际的北极苔原。此处已接近加拿大育空地区和西北地区的边界

没有桥，过河只能靠轮渡。包括到启吉迭克的时候，经过马更些河，也没有桥，同样需要靠轮渡过河。

这里的轮渡只在每年夏天开放，5月到9月之间每天运营，从早上九点一直到深夜十二点半。每年的4月份和10月份是没有轮渡的，也就是说这时候丹普斯特公路无法通往北冰洋，因为河水处于解冻期和结冰期，渡轮会停靠在河岸。这两个月，河北面的一些城市如因纽维克，食物及其他物资都挺贵，因为没有货车运输，全靠空运。而剩余的月份，从10月到来年的3月，河水全都结了厚厚的冰层，车可以直接在冰上行驶。很多当地的原住民，冬天不开车走丹普斯特公路，而是沿着结冰的马更些河河道，一路穿过马更些三角洲，进入冰封的北冰洋。因为河道会更宽阔，更平坦，也更安全。我想我以后会选择在冬天再来一次，

一定要尝试一下在冰封的河面上开车疾驰的感觉。

　　有一个当地人讲，他前几年就在启吉迭克轮渡码头沿河道往北冰洋方向五十公里左右的地方，亲手猎到一头重达一千多磅的北极熊。

　　最让我佩服的一点是，虽然这两处轮渡是丹普斯特公路的交通要塞，是加拿大到北冰洋的唯一通道，但是，当地并没有坐地起价，轮渡是完全免费的，哪怕这一趟渡轮只拉我们这一辆车。

　　我自己试想了一下，当历经千辛万苦，从加拿大育空地区进入西北地区，到达这必经之处时，这有人服务的轮渡，哪怕收费三百五百我也会给啊，不给的话就要原路返回了。可现实是，他们连十块二十块都不收。真是难能可贵！

　　第一条河不宽，很快就能过河。乘轮渡过了河，我们就到了麦克弗

历尽坎坷，终于抵达北冰洋

森堡。这里有网络信号、超市和加油站，所以我们决定在这里吃饭、休整、加油，补充一些食材，上网处理一些事情。

麦克弗森堡是我们到达加拿大西北地区的第一个小城。虽说叫城市，但只有一千多人口，而且全都是因纽特人，只有一条土路作为主路，规模甚至还不如我们山东老家的一个村子大。然而，这已经是北极地区为数不多的"大城市"了。尽管规模小，但我对这个小城市充满好感。

我们到达麦克弗森堡的时候，加完油、买完东西，把车停在了城市活动中心外面的一片空地上。晴空万里，阳光明媚，晒在身上非常舒服，让我想起十年前去西藏时，在大昭寺外坐在墙根晒太阳的感觉。而且，当地人特别友好，看到我们热情地打招呼问好，有几个人还专门驻足聊了一会儿，非常亲切，给人如沐春风之感。

有一个已经七十九岁的因纽特老爷子，身体挺硬朗。他年轻的时候是当地狗拉雪橇长途远行大赛的冠军。几十年前，他曾经去过我所在的城市维多利亚。临别，他还和我互留了联系方式，希望有时间再去一趟维多利亚，寻找曾经的记忆。

在麦克弗森堡度过了难忘而舒适的一个中午之后，我们继续上路了。真心觉得，路面虽然也是沙土砾石路，但丹普斯特公路在加拿大西北地区的路况要比育空地区好很多，更加平坦开阔。西北地区会经常维护路况，而育空地区的丹普斯特公路段似乎就无人过问了。和我们聊天的一个因纽特大哥也跟我们说，他以前修过丹普斯特公路，认为相对于他所在的西北地区，育空地区并不想花太多钱来修这条通往北极之路。

过了麦克弗森堡，又过了另一个轮渡口启吉迭克，我们继续一路北上。这一段路在蓝天白云之下，途经很多美景。天高云阔，路也平坦，我基本上以时速九十公里以上一路狂奔。

大片大片的白云悬在低空，阳光明媚，周边没有一辆车、一个人，仿佛在梦境中狂奔。因为是砂石路，如果跟在别的车后面会一直吃尘土，所以我基本上保持自己一辆车独行，开得快，也就没有心情停下来看风景。

就这样，当天下午五点的时候，我们到达了因纽维克这个加拿大西北地区第三大城市，也是最靠近北冰洋的城市。进城的时候居然有一段十几公里的平坦开阔的柏油高速公路，当颠簸近千公里的车开上这段柏油路时，一切都似乎变得不真实起来。

因纽维克城市配套设施齐全。我们在城里逛了一个小时左右。这时是下午六点，太阳还是很高，于是我们决定一鼓作气直达终点——图克托亚图克。

因纽维克到图克托亚图克距离一百四五十公里左右。北极的夏天，白昼极长，到半夜十二点天都不黑，所以，我相信赶到北冰洋海边是没有任何问题的。刚开始的五十公里，路况极好，虽然是土石路，但我的最高车速每小时接近一百公里，而且路上车辆稀少，一路上风驰电掣。这一路风光旖旎。远离人烟，纯净无瑕，空气能见度极高，碧蓝的天空下是无垠的绚烂的北极苔原，苔原中密布着数不清的蓝宝石一般的海子。

当我们停下车歇脚时，四周非常寂静，方圆几百里可能没有其他人，没有一点声音，只有从辽阔的苔原穿过的一缕缕风声。天地实在太广阔了，风都不愿在我们这儿多停留一秒钟。它横冲直撞，扶摇直上，又转瞬即逝。一缕缕风吹过之后，又重归那种仿佛可以吞噬一切的寂静。

这种寂静在许久之后，我依然会怀念它。它似乎会钻进人的心里，隔离开一切凡尘俗事，即使你努力去想，也想不起关于柴米油盐酱醋茶的任何一件事。心会平静下来，没有情绪，只有感叹，自己已然融入天地之间……北极傍晚的阳光依旧强烈，洒在身上暖洋洋的，整个人也变得懒洋洋的，世间的一切都变得非常遥远，已不再真实。

因纽维克直通图克托亚图克的公路两侧，散落着一些雪地摩托车，好像废弃了一样。其实这是本地人暂时停放在这里的。一到开始落雪的时候，厚厚的积雪覆盖大地，人们就会把这些沉睡了一整个夏天的雪地摩托车唤醒，重新驰骋在北极的茫茫雪原上。心挺大的，就这样把雪地摩托车扔在苔原上，也不怕别人偷走。不过也容易理解，路那么难走，生活那么松弛，谁会闲着没事去偷一辆夏季苔原上的雪地摩托车呢？

这一路其实有很多惊喜，其中之一就是遇到了很多北极狐，我们直接接触的就有三只。刚离开因纽维克不久，我就发现路边有一只北极狐。北极狐在夏天已经不是我们印象中的纯白色皮毛，而是换上了斑驳的黄黑色皮毛，恰到好处地隐藏在同样斑驳的苔原里。看到它之后，前后没有一辆车，我索性把车停下来。这只北极狐看到我们把车停下来，就趴在离我们很近的路边，一点也不怕我们，若无其事地看着我们，然后就低头趴在地上懒洋洋地晒起太阳来。它的体形就像一只刚刚长大的小狗，但只有一只眼睛，另一只眼睛处有一道很大的疤痕，虽然在假寐，但看起来还是有一丝邪恶。

我正在纳闷为什么它不怕我们的时候，突然从后视镜发现了另一只北极狐在我们房车周边转悠，试图咬车的什么部位。好家伙！这不正是我们小时候学到的那篇课文——蒲松龄《狼》里的经典桥段吗？狐与狼一样狡猾，前狐假寐，盖以诱敌，后狐偷袭。

这荒郊野岭的，要是群狐围攻我们可不妙啊。直觉告诉我，荒无人烟的地方，一旦意识到不对，不管有没有危险，不假思索立马起身走人。于是，我们马上发动车子走了。从后视镜中看到两只狐狸会合在一起，就像两个事先串通好的人商量事情一般。

开了一段路，又遇到一只北极狐，其行为更是匪夷所思。它并没有像其他动物一样在路边远远看着我们，而是主动攻击我们的车，而且是在车还行驶的情况下，主动截停我们！

我怕车子轧到它，赶忙停下车。在后视镜看到，这家伙居然在咬我们的房车。于是我立即下车查看。

这只北极狐个头不大，像只中型犬，所以我并不担心会有什么生命危险。靠近时发现，这只北极狐在咬我们房车的污水排水管盖，真是绝了，它想吃我们的排泄物，而且轻车熟路的，看来没少吃啊！

我立马上前驱赶，没想到小家伙反过头来攻击我，想咬我！幸亏我穿着一双皮靴，马上踹开它。这只北极狐似乎有着百折不挠的精神，马上对我进行了新一轮的攻击。看来还是三十六计，走为上计，不可恋战。

当时的画面是这样的：北极晴朗的天空下，万里无云，静谧无声，广袤无垠的苔原中，笔直而又空空荡荡的丹普斯特公路上，停着一辆白色房车。房车司机是近两百斤的山东大汉，在车旁一边呵斥"滚开"，一边做踢球状，同时迅速后撤到驾驶室的旁边。而他身边转悠着 只骁勇善战的黄褐色北极狐，试图咬他的鞋子和腿。就这样，僵持了一会儿，以司机上车关门，北极狐重新冲到房车左后方咬排水管告终。

我立马发动房车，驾车离去。而它没有放弃，居然追了上来。我加快速度，它眼看着追不上了，就要停下，我看到它停下来就放慢车速，它又追上来。真是一只穷追不舍、坚持不懈的北极狐啊！

见此情形，我决定还是扬长而去。这时，对面驶来一辆黑色的车，于是这只北极狐放弃我的车，转而去攻击对面的车辆。真的是攻击，即使当时这辆车开得很快。黑车确实受到了影响，很明显地急刹车了，然后看看没有危险，又赶紧离开。

一直对我们的房车穷追不舍的北极狐。丢失我们这个目标后，它马上又投身于与下一个目标的缠斗中

最后，我从后视镜里看到孤单的小北极狐在路中间站着，像一个倔强的小子，准备找下一个目标。我想，这只北极狐明显和人类接触过多次，肯定是有人投喂过它，它尝到了好处，于是学会了攻击过往车辆的"强盗手段"，有人施舍就受之无愧，没人施舍就拦路抢劫。但是，在刀刃上舔血，哪有那么容易！哪天一不留神，或者哪辆车刹不住车，它极容易就交代了性命！

果不其然，事情就是那么巧合。素未谋面的朋友尤尔根（Jurgen），那几日也去了北极，他比我们要早几天。当我们还在去北冰洋的路上时，他已经从北冰洋返回了。所以，我们两辆车同在丹普斯特公路上，对向擦肩而过。

后来他发微信问我，是不是去北冰洋了。他在丹普斯特公路发现擦肩而过的一辆房车的司机长得和我很像，还互相点头致意。我说那就是我啊，穿着一件橙色的卫衣。我翻看他的朋友圈发现，他后来也遇上了那只劫道的北极狐。所不同的是，这次北极狐劫道的时候，尤尔根没注意到，从它身上碾了过去。后来尤尔根下车查看，发现它已经断了气，尤尔根很难过，把它挪到路旁的草丛里。至此，这只拦路抢劫的北极狐

容易就交代了性命！

的生命就画上了句号，留给我和尤尔根无限的惆怅。

其实，对于这种结局，是可以预见的，只不过我没想到会那么快。

就这样，我们继续行驶在前往北冰洋目的地——图克托亚图克的路上。剩下的这不到一百公里的路，真难走啊！这是我迄今为止走过最难走的路，全都是搓板路。汽车在这种路上只剩下颠簸，全车上下都在颠，所有的部件都在响，我一度怀疑房车会被颠散架。而且，速度根本提不上来，遇到颠簸只能将时速控制在四五十公里，感觉车是慢慢地颠着、跳着走的。我不止一次地发出哀号，感觉自己像只鸡蛋，外表看着还好好的，其实内部早已被颠散黄了。可是一旦开上这搓板路，你毫无脾气，只能咬紧牙关，硬着头皮，绷紧全身的肌肉，握紧方向盘，控制住刹车和油门，慢慢往前挪。后退是肯定不行的，因为即使后退也都是搓板路。心里那个愁啊，啥时候颠到头啊？

在加拿大北极冻土地带，或者世界上任何一个高原寒冷地区、高纬度冻土地带，都会有这种搓板路，开车非常难。比如，搓板路在国内青藏高原就较为常见。青藏高原气候多变，土地经历热胀冷缩的过程，导致路面开裂，从而形成搓板路。而在北极冻土层则更复杂，在冻土层上修路是一个世界性难题。冻土对温度变化敏感，冬季冻土膨胀导致路面隆起，夏季冻土融化导致路面下沉，这种周期性的变化是搓板路形成的一个重要原因。

所以，当地人认为夏季去北极路更难走，只能硬着头皮面对搓板路，毫无办法。冬季大雪覆盖，路面反而更平坦。

终于，晚上八点半，我们走完了这世界上最难走的路，到达了加拿大北冰洋边的渔村——图克托亚图克。

图克托亚图克过去被曾称为布拉班特港，总面积十一平方公里左右，总人口一千出头，这里是北冰洋上唯一通过公路与加拿大其他地区相连的地方。图克托亚图克的英文"Tuktoyaktuk"在当地语言中意为"它看起来像一头驯鹿"。

我们到达的时候是傍晚九点左右，说是傍晚，其实太阳还很高。北极在夏天会有极昼，今天虽不是极昼，但估计黑夜只持续两三个小时，而且还不是全黑。

傍晚的图克托亚图克，路两边都是彩色的木头房子，直通北冰洋海边，还有几处看起来像公司或者军方的建筑。路上行驶着几辆汽车和全地形摩托，有几个人在慢悠悠地散步，还有一些房子前面或坐或站着几个当地的年轻人，正在嬉闹。

此情此景，对于这一路形单影只的我们来说，已经很"繁华"了。一驶入图克托亚图克，我就放慢了车速，打开车窗，手搭在车窗上欣赏路两旁的景色。太阳斜挂在半空，阳光依然很耀眼，但已温柔了不少，洒在我的肩头，车窗外的风吹拂在我的脸上，这一切都很舒服，舒服得不大真实。

经过很多彩色的房子，经过一块布满十字架的墓地，经过海边的停车场和露营地，一直到路的尽头，入眼是一片平静的广阔的大海，"北冰洋"的牌子赫然立在眼前。

原本以为，历经千辛万苦，行驶了近万里路，到达目的地的我们应该是兴高采烈、激动万分，会是一个很有仪式感的场景。

实际上，当我把房车停在北冰洋海边，熄火后，看着眼前一望无际的大洋时，内心极度平静。这种平静又不同于以往的平静，仿佛这是一种隐藏在内心深处的平静，只有在经历过极不平静之后，才能被激发出来。

这种平静，甚至让我心中没有一点点波澜，脸上没有一点点表情。这一刻，面对同样平静又浩瀚的大洋，我只想一个人，坐在海边，给自己倒上一杯珍藏了一路的冰凉的啤酒，慢慢地喝。

北极圈里定居的因纽特人，从孩子起就是身经百战的捕鱼能手

看着明月带着孩子在海边散步，看着眼前落日余晖下的大洋，内心安稳又平静，夫复何求啊！

人生的意义是什么？对我来说，人生的意义就是体验。就像这次房车穿越加拿大，旅行的意义是什么呢？到达终点并不是旅行的意义，而是这一路的体验，就像人生之路的体验一样。只有用心体验过，才是真正活过，才能有那么多鲜活的美好回忆。

在这一刻，我想起贾斯珀高山小镇的山雨欲来风满楼，想起阿尔伯塔草原绿洲夜晚的满天繁星，想起冰川湖边的温暖篝火，想起育空森林上空吹过的风，想起北极苔原的安静，想起行驶在搓板路时咬牙坚持的自己。我想好好品尝北冰洋海边这一杯冰爽的啤酒，终于可以好好享受努力拼搏过后的这份平静……

当我们在海边休息看落日时，几个当地的孩子沿着海边走过来。通过交谈得知，他们今年都是十二三岁，住在这个村子里。几个孩子特别友好、健谈。他们收获颇丰，已经钓了十几条鱼了，最大的一条白鲑鱼有一米长，估摸着得有十几斤重。我们花了二十加元，买了他们一条不大不小的白鲑鱼。

今晚的晚餐是炖白鲑鱼、炒土豆丝、凉拌花生米、米饭。一家人吃得很香。

北冰洋的夏夜，一直到了深夜十二点，天都没有黑。我们没有等天黑，在北冰洋海边的房车里，沉沉睡去。

我经常想，人这一辈子应该怎么活？这一辈子都是由过去、现在、将来组成的，过去的已经过去了，而将来会在某一刻变成现在，这两个都是虚幻的、抓不住的，唯一能抓住的就是现在，唯一能过好的就是现在。当我们回首往事，就算曾经那些让我们彻夜难眠的艰难困苦，也都会烟消云散，唯一留下的，能证明我们真正活过的，就是那一个个美好的回忆。而只有认真过好现在、活在当下、珍惜现有的，才能将现在的这每一瞬间，变成将来那一个个美好的回忆。这些美好的回忆，就像串起我们人生的一颗颗珍珠，当我们回首往事时，就会发现原来人生竟是那么光彩夺目。

2023 年 8 月 22 日

2024 年 12 月 30 日修改

在北冰洋，见证中国人单车环球骑行壮举

北冰洋的海边，刮了一夜的风。

我凌晨一点睡觉时，海面还波平如镜。虽然我睡得很沉，但半夜还是屡次被外面呼呼作响的海风惊扰。不知何时起，大风刮起，我们的房车仿佛变成一艘在海上随波逐流的小船，风雨飘摇。直到第二天早上醒来，狂风依然肆虐。和昨天的北冰洋完全不一样，今天很冷，风又大，海鸥在风中飞悬，就像一只只苦苦挣扎的风筝。我早上沿海边走了一小段路，被寒风吹得受不了，赶忙躲进房车中。附近原住民家都是静悄悄的，我们昨晚睡的时候他们还没睡，现在上午十点了他们还没有醒来。

在这里生活，时间似乎已经不重要了。

海边有一个很小的茅屋，因为非常小，在海风中反而显得沉稳而坚不可摧。它矮小的烟囱冒出的烟瞬间就被海风撕散了。我想，如果让我在这里生活，可能坚持不了很长时间吧。但，人是可以改变的。如果把自己的心境改变，没准可以在这里生活。夏日捕鱼打猎，冬日蛰伏休整，日出而作，日落而息，关注自己和家人，与世无争，简单生活，无欲无求地栖息在大地之上。但想真正达到海子的这首《面朝大海，春暖花开》的心境，谈何容易？

　　从明天起，做一个幸福的人
　　喂马、劈柴，周游世界
　　从明天起，关心粮食和蔬菜
　　我有一所房子，面朝大海，春暖花开

　　从明天起，和每一个亲人通信
　　告诉他们我的幸福
　　那幸福的闪电告诉我的
　　我将告诉每一个人

　　给每一条河每一座山取一个温暖的名字
　　陌生人，我也为你祝福
　　愿你有一个灿烂的前程
　　愿你有情人终成眷属
　　愿你在尘世获得幸福
　　我只愿面朝大海，春暖花开

　　年少时读这首诗，只为语句之浪漫，梦境之美好，那没有经历过苦难坎坷的少年还以为这种生活状态唾手可得。而今再读这首诗，感触良多。即使真正面朝大海，如果没有千锤百炼后的恬然心境，纵使身临春暖花开之境，也无法真正感受"那幸福的闪电"。

　　我一直认为人要适应环境，而不是让环境去适应人。顺势而为，在哪里生活，就要有相对应的心境和生活方式。就像在中国生活是一种心境和生活方式，来到加拿大之后，就要有在加拿大的心境和生活方式。没有所谓的孰好孰坏，只是适合不适合，适应不适应。否则，不但没有"那幸福的闪电"光临，还很有可能整日唏嘘嗟叹，怀疑自己生不逢时、怀才不遇。无论身在何处，都要努力地好好生活。

昨夜在北冰洋岸边露营的旅行者们陆续离开了，我们也收拾好房车，准备离开。有点依依不舍，毕竟历经艰难险阻才来到这个目的地。但是，旅行本没有终点，目的地也没有什么实质性的意义，享受旅行的过程才是旅行的意义。

正准备开车离开，就在这时，一个身影闯入我们的视野。

上午十点，狂风肆虐，在这北冰洋岸边唯一的公路上看不到其他人影，只有一个自行车骑行者正顶风前行。要知道，整个丹普斯特公路，我们也只是零星见到一两个骑行者，甚至整个纵穿加拿大的旅程我们都没见到多少骑行者。而这里，更是世界上最危险的公路的尽头，居然有一个全副武装的骑行者，还是满载着装备的自行车。

最令人震惊的是，车头挂着一面迎风飘扬的小小的五星红旗。人在海外，家国情怀、故土情结会越来越重，所以越来越感受到，越出国、越爱国，越希望能为自己的祖国做些什么。

我一直认为，真正爱国的人，不能随口把爱国挂在嘴边上，也不会乱用自己祖国的国旗。如果你代表自己的祖国参加比赛，你参与国际性的公益活动，或者环游世界，或者任何为祖国为同胞增光添彩的事情，可以用自己祖国的国旗。我们作为海外华人，这时候非常乐于见到迎风飘扬的五星红旗。

在北冰洋看到的这面小小的五星红旗，让我心潮澎湃。我赶忙跟这位骑车的同胞打招呼。在狂风中我们交谈起来。他叫钟思伟，江西宜春人。2013 年 6 月 16 日，他踏上单人单车环球之旅，从杭州出发，穿越亚洲，从约旦坐轮渡到达埃及，然后从埃及一路南下穿越非洲，骑到南非，在南非开普敦飞往南美洲的乌斯怀亚。2015年2月11日，从"世界尽头"阿根廷乌斯怀亚，历时八年半一路环游南美洲继而北上骑行穿越北美洲，昨天刚刚到北美洲丹普斯特公路的尽头——图克托亚图克。

至此，钟思伟的单车环球骑行已持续十年，行程十万公里，骑行穿越亚洲、非洲、美洲的三十八个国家。

无意中，我们见证了他从南美洲世界尽头，一直骑行到北美洲世界尽头，这是第一个骑行完成这条线路的中国人。

这里是世界尽头，前方不再有路和船只通行，他接下来需要从丹普斯特公路原路返回，从加拿大道森城骑行到美国的阿拉斯加，然后乘飞机途经夏威夷，前往澳大利亚，开始大洋洲的骑行生活。因为已经骑行过丹普斯特公路，所以他计划搭一辆顺风车返回道森城。在这里找一辆适合的车不容易，很多旅行者走丹普斯特公路，尚且自顾不暇，别说再加一个人和一辆满载的自行车了。我马上对他说，可以载他和他的车去道森城。他非常开心，我的家人也非常愿意与他同行。

我也喜欢骑行。上大学那会儿开始喜欢上骑自行车，毕业和两位朋友用一周时间骑车翻越秦岭，成为我一生中最美好的回忆之一。我一直认为，骑行是最棒的旅行方式。后来去济南工作时还买了一辆美利达自行车，每天骑行上下班，感受风吹过耳畔，感受轻松的青春年华。我也一直梦想着能骑行西藏，可惜一直未能实现，最后还是开车去了一趟西藏。所以，每当看到骑行西藏或者环游中国的人，内心总是会涌起深深的敬意。而现在，当面对着全中国屈指可数的环球骑行者，我控制不住内心的激动，好想听听他环游世界的故事。

于是，在北冰洋那个蓝色大牌子下面，我们留下了珍贵的合影，然后，我准备帮他拆卸自行车和行李，装入房车。钟思伟的碳纤维自行车很轻，但是他的七个驮包和行李加起来却很重，算上自行车的整体重量，差不多一百四十斤，等同于他的体重。毕竟，他十年的家当都载在这辆自行车上。他小心翼翼地卸下每一个驮包，用六角小扳手卸下前轮、后轮、货架，然后把自行车的每个部件——摆放并固定在房车货厢里，就像在照顾他的孩子一样。而想帮忙的我却只能傻站在原地，不知道如何下手。

收拾妥当，我们开始返程。内心还是很忐忑的，毕竟来的时候感受过这条世界上最难走的丹普斯特公路的颠簸。钟思伟也觉得这条公路难走。我俩话题很多，特别是聊到前面提过的那只北极狐，他更是感慨万千。我开着房车还好，关上车门踩油门一骑绝尘，狐狸就追不上了。但是当钟思伟一个人骑车时，小狐狸整整跟他缠斗了二十多分钟，直到有汽车经过才帮他脱困，如今他想想都后怕。

回程时感觉路平整了很多，特别好走，颠簸也减轻了不少。原来是当地工作人员开着铲路车和压路机在清除那些"搓板"，这让我们速度加快了不少，心情也非常愉悦。

从图克托亚图克开了三个小时到达因纽维克，没再遇到狐狸，倒是看到几头懒洋洋漫步苔原的驯鹿。在因纽维克，我们给车更换了机油、机滤和空气滤芯，吃了一顿肯德基，又去因纽维克机场看了那头著名的北极熊标本，就离开了。经过一个半小时到达启吉迭克轮渡，过了轮渡不到一个小时，就到了西北地区的那太莱伊领地公园露营地（Nataiinlaii Territorial Park Campground），今晚我们就决定露营于此。

我们随便找了一个露营位停下房车，生火做饭，很快篝火升起来，驱散了刚下过雨的湿气和我们身上的寒意。钟思伟选了一个干燥柔软的地面扎帐篷，他习惯住在自己的帐篷里。

我们的食材已经所剩无几，所以只能简单地把仅有的食材煮火锅，

在丹普斯特公路上有很多这种颇具松弛感的驯鹿，个个悠然自得

无非就是一些萝卜、豆腐泡、米粉、面条之类的，肉和鱼丸早就没了。
但是我们很满足，钟思伟更满足，他说好久没有吃火锅了。于是，在加
拿大西北地区寒冷潮湿的营地里，我们几个人围着篝火炉，也没有坐的
地方，干脆站着或者蹲着，一边听着松木噼里啪啦的燃烧声，一边大口
嗦着又热又香又辣的火锅米粉，再就上一口冰爽的啤酒，简直太惬意
了。

　　钟思伟的物欲很低，非常容易满足。很多人会关心，他靠什么来维
持环球长途骑行。他说这十年所有的旅费其实也就十七万人民币左右，
除了最开始他的一点工作积蓄，剩下的收入来源主要是公众号文章打赏
或者南美洲代购，但都不是很多。目前他也没有接受任何赞助。有很多
人建议他走一些自媒体人的路子，尝试直播带货或者采取商业化变现的

方式，他都没有接受。因为这些都非常耗费时间和精力，会将他的骑行计划打乱，让环球骑行变得不再纯粹。此外，他觉得有一个镜头在身边，会影响他的体验和别人的感受。

的确如此。我也深有体会。因为自己运营着自媒体，平时都会更新视频和直播，这些非常耗费时间和精力。光更新视频就很烦琐，除了前期的拍摄，有时还要刻意补拍。遇到网络不给力的地方，连视频制作和发布都是难题。而直播就更难以保证了。不光很多地方没有信号，即使有信号，在加拿大很多地方也非常弱，无法顺畅直播。

另外，有时如果直播带货的话，除了选品带货，还要处理很多发货和售后问题。这些事情平日里都需要很多时间来处理，一旦开始旅行，实在没法兼顾。而且，极有可能直播做不好，旅行也不尽兴，搞得两败俱伤。所以，这次房车纵穿加拿大，我很少直播，只是尽情享受旅行。

随着人生经历的逐渐增多，我也越来越相信，一个人的精力是有限的。有时候，能做好一件事就已经很棒了。

钟思伟的环球骑行很纯粹。用他的话说，大部分的精力都集中在体验当下。开销就那么几样，除了必需的签证费，必不可少的就是吃饭和景点门票的费用。大多数晚上都是搭帐篷露营过夜，省了住宿费。踩单车也不需要油费，省了陆地交通费。去掉出门在外的两大开销——交通费和住宿费，长途骑行算是很节省的旅行方式了。

又回归到那个话题上："人这辈子该怎么活？"不同的人会有不同的答案，同一个人在不同的时期也会有不同的答案。看到钟思伟，我也重新做了思考。

首先，应该能自由选择自己想要的生活。然而，这谈何容易！一个人只有通过寒窗苦读十几载，闯荡天下，游历四方，慢慢形成自己的世界观、人生观、价值观，继而抵抗住俗世洪流的干扰，甚至世俗的威逼利诱，才能让内心坚定不移，自由地选择自己想要的生活。要做到这一点，需要付出多少辛劳与汗水啊，需要有多么强大的内心与定力啊，需要经过多么深刻的思考与智慧沉淀啊。这是向外探寻。

其次，应该就是能好好过自己选择的生活。听起来非常简单，但是面对世俗不改初心，"富贵不能淫，贫贱不能移，威武不能屈"，又谈何容易？让心不再膨胀，坚守住内心，始终将兴趣专注于自己喜欢的事上，在平凡的生活中发现美好，珍惜拥有，知足常乐，才能好好地过自己选择的生活。要做到这一点，又需要作出怎样的牺牲和让步，需要怎样的自律，需要何等坚定的信仰啊。这是向内求索。

"路漫漫其修远兮，吾将上下而求索。"自从房车穿越加拿大以来，我一直在思考，这辈子活着到底为了什么？这辈子该怎么活？

我希望能像钟思伟一样，拥有一个足以实现人生价值的梦想，可以坚定地抵御俗世的干扰，勇敢地踏上征程，并以一种自由、随性、松弛的心态去慢慢实现自己的梦想。在这个过程中可以不被外界影响，不被欲望冲昏头脑，不被艰难险阻击败，能在日复一日地骑行中找到乐趣，不忘初心。每天醒来能迎接不一样的朝阳，感受不一样的征程，遇到不一样的人和事，并且认真地去体验人生的意义，去感受世界的美好，去好好生活。

我和他把酒夜话，即使在他滔滔不绝讲述旅途故事时，我还是可以感受到他那来自灵魂深处的安静、自在、无拘无束的气质。这让我想起一段很喜欢的影评："在这个金钱掌控一切的世界里，庆幸依然有这样一些人，纯粹无瑕地捍卫自己的梦想，不被利益侵蚀，不被金钱定价。这些人或许被嘲笑，又或者被排挤，但等我们真正成长过后，回头看看他们当初的坚持，也许你我才是那个被定义的小丑，才是那个被提线的木偶。有时你我可以躲在角落里沉默，但请不要诋毁和嘲笑比我们勇敢的人，因为他们争取到的光芒，也许有一天会照耀在你我身上。而那些此刻身处低谷的勇士，请不要气馁，要知道每一个优秀的人，都会有一段黯淡的时光，当你在被黑暗侵蚀时，恰好证明你正是光明的本身。山有顶峰，海有彼岸，如有停止，人生谷底；唯有继续，人生云霄。那些曾经看似不起眼的日复一日，终会在未来的某一天，突然让你看到坚持的意义。"

我点开手机里的地图，将其缩小再缩小，当地图成为一个蓝色星球时，我发现我们身处一个孤独的北极的某处，远离俗世洪流，安静、自在、无拘无束。

2023 年 8 月 23 日

两个骑行者北极相遇：惺惺相惜的友谊

　　早上我醒得早，起来查看周边环境。昨晚入住的几个人一早就清空营地出发了，四周空无一人，非常安静。我们的营地是一个标准的露营位，长和宽各八九米的样子，有一个野餐桌，一个铸铁篝火盆，周边是深不可测的森林灌木。我推测附近有一条河，因为夜深人静时可以听到哗哗的流水声。刚下过雨，气温有点低，但是空气非常清冽。虽是盛夏时节，但感觉酷似深秋雨后。

　　钟思伟也醒了，他在帐篷里煮咖啡，邀请我参观他的帐篷。说是"参观"，其实就是他坐在帐篷里面，我站在帐篷外面，他给我做介绍。因为这是一个很小的单人帐篷，人只能坐在里面，而且只能容纳一个人，但凡多一个人进去都会转不开身。帐篷虽然小，但是很牢固，而且是"一室一厅"的结构，看起来相当舒适。

　　拉开外层的帐篷门，钟思伟坐在"客厅"的折叠椅上，前面是他的小咖啡炉，右手边防水垫上是整齐摆放的几个行李包，左手边是内层帐篷门，拉开拉链是他的"卧室"，地上铺着防潮垫，上面整齐地铺着睡袋。我想，即使外面漫天风雪，人睡在里面也会很安心吧。

看到他收纳得整整齐齐的行李包，我很好奇他单人环球骑行都会带什么。钟思伟很乐于分享，给我看了他的装备。

首先，车前轮两侧有两个黄色防水驮包，一个不常打开的驮包里面装着电脑、充电器和冬天的衣服；另一个装着常用的手机充电器、充电宝、夏天和春天的衣服、防熊喷雾、驱蚊液、驱蚊气罐等杂七杂八的日用品，这些都是每天可能要打开急用的。然后，车后轮两侧有两个红色防水驮包，一个里面装着做饭的炊具、气罐、汽油炉、气罐炉，还有平日吃的干粮，所有带食物气味的物品都会放入这个驮包，晚上露营时会将其放在安全的地方，防止野生动物来偷袭；另一个里面放着徒步鞋、拖鞋、洗漱包、洗澡的水袋，以及一些备用的气罐之类的。除了四个防水驮包，还有一个绑在后座稍大点的防水包，会放置帐篷、防潮垫、睡袋、枕头等；相机三脚架、折叠椅这些稍长点的物件，也会绑在这个帐篷包上面；最重要的东西，比如相机、护照等，会放在他的相机包里。除此之外，他还带了一个热水瓶和一个大葫芦。大葫芦是 2018 年他的发小送的，我问他葫芦里装的什么药，他哈哈一笑，其实他用葫芦来装凉水，同时这也是保平安的"平安葫芦"。

十年间，他就是靠这几件行囊，骑行了几十个国家。

我最佩服钟思伟的一点就是，他的行李永远都码放得整整齐齐，他的骑行装备永远都整齐利落地穿在身上，他的状态似乎永远都是整装待发……但是，他又很随性，不着急，用他自己的话说："我骑自行车不是按天算的，是按年算的。"

在营地简单吃了早饭，我们又上路了，今天的目标是赶到五百公里外的墓碑山露营地。我们现在和原计划的行程基本上一致，回程时计划每天多走一点。

大概中午时分，到达鹰原。在这里，钟思伟有一个"约会"。环游世界、全球骑行，可能是很多人的梦想，可是真正能去做的，真的是屈指可数。我问钟思伟环球骑行的中国人大概有几个，据他所知，估计有十个。其中，就包括这次"约会"的对象——翟二喜。

在这次房车纵穿加拿大之前，我就知道二喜，因为曾经刷到他骑行阿拉斯加并在北极死马镇大战棕熊的视频。其实，也不能说是"大战"，真实情况是：他躲在房车背后，眼睁睁看着一头壮硕的阿拉斯加棕熊吃掉他所有的香肠，最后被警察鸣枪吓跑。当然，我顺便看了他很多视频，比如在阿拉斯加骑行，如何在几百只蚊子的攻击下做饭、吃饭，等等。

二喜的视频和记录太真实了。虽然你知道他在大自然、在荒野中是渺小的，有时候甚至面对破坏无计可施，但是，他那种面对任何事都轻描淡写、满不在乎的劲头，就让人打心底里佩服。

二喜的公众号叫"翟二喜慢游世界"。就像他的公众号名字一样，自2012年环球骑行以来，他的旅行节奏越来越慢。从最初匆匆忙忙用十多天骑行穿越一个国家，到如今更倾向于悠然自得地享受旅行，在一个国家待满签证期再出境，二喜的慢游世界可谓名副其实。

他会在智利的一家旅馆做两个月义工换宿，与来自世界各地的旅行者一起生活；他会在哥伦比亚入乡随俗，花一个月的时间学跳莎莎舞；他也会在骑向玻利维亚天空之境——乌尤尼盐湖的路上，沐浴在安第斯高原的艳阳下，自制十三香牛肉干……二喜的人生是自由自在、无拘无束的，你会感觉他是那个开悟的行者，俗世间的一切都不足以让他的内心泛起涟漪。

有媒体采访他："如果可以重来，你后悔自己当年的决定吗？"

二喜说："后悔啊，后悔没有早点出来。"

翟二喜和钟思伟这十年来在路上遇见过四五次，尤其是在南美洲的广袤大地上，他们的足迹曾多次交会。这次骑行加拿大，又不约而同地

中国为数不多的真正的两位环球骑行者：翟二喜和钟思伟，在加拿大北极圈附近的鹰原会面了

选择了沿着丹普斯特公路骑行到北冰洋。钟思伟比翟二喜快一些，提前到了北冰洋。而慢游的二喜，在骑到丹普斯特公路的鹰原之后，选择在这个只有九个人的北极定居点住一段时间，体验北极的生活。得知钟思伟到达北冰洋后，便邀请他来一见，同时有一些长途骑行可以用得着的物品要送给他。

就这样，两位中国骑行界响当当的人物，在加拿大北极圈附近的鹰原见面了。我有幸成为见证者。

短暂的见面时间没有太多客套，两个环球骑行者就像马上要分别的亲人一样，手持送给彼此的礼物，互相叮嘱接下来要注意的事情。特别是二喜，因为要在鹰原休整一段时间，他将自己用不到的一些便于携带的旅行洗漱用品、食物等，都"托付"给了钟思伟。其实这些都是平日里不值一提的小物件，比如酒店一次性的小瓶洗发水、小香皂，或几包榨菜等，但是此刻在这里，却千金难买，显得无比珍贵，每一件都饱含着惺惺相惜的情谊。

我赶忙退出来，去房车上等待，给他俩多一些私密空间。没过多久，钟思伟就回到房车上了。但是，二喜又追了过来，因为他已经骑行过阿拉斯加，特意又回来给即将踏上阿拉斯加土地的钟思伟交代了骑行的注意事项。

人生路上，得一二知己，抑或志同道合之好友，幸甚！

就这样，在依依不舍中，我们离开了鹰原，继续上路。

这条丹普斯特公路啊，真是奇怪，来的时候我们小心翼翼，谨慎有加，感觉漫长又崎岖不平。但是，返程时却放下心来，一路狂奔，很多时候都是以时速九十公里以上的车速驰骋在坑坑洼洼的砂石土路上。仿佛化身越野拉力赛赛车手，不惧任何困难，而来路上的自己变成了此刻自己的领航员，路况了然于胸，自信的神态流露在脸上。

大概过了鹰原没多久，正开着车，突然从右侧灌木丛中跳出一个大姐，五六十岁的样子，浑身湿透，背着一个徒步大背包，张开手臂向我们求助，被灌木丛遮挡的帐篷前面还站着一个五六十岁的男子。

我们马上靠边停下房车，打开车门，通过交流得知，他们是漂流旅行者。我也是第一次听说，旅行北极的方式除了陆地上的徒步、骑行、自驾游，还有一些人会通过水路，比如乘皮划艇或者独木舟沿着北极的大河漂流进北冰洋。而眼前的这位加拿大大姐，就是和她的爱人一路漂流了十几天，而后到达这附近。现在她想回到她最开始漂流的地方——丹普斯特公路220公里路标处，因为她的车停在那里。

在丹普斯特公路，你只要记住每两公里就会标记的公里数路标，就可以找到你想找的地方。这个大姐的车就停在220路标处，是一辆蓝色的旅行车。当然，在这里，根本不用担心车会被别人开走。

就这样，大姐上了我们的房车。如果有交警看到我们的载客情况，也许会给我开罚单吧。因为我的房车可以载客七人，而现在坐了八人——我们一家六口，加上钟思伟和刚刚上车的大姐。岳父后半程基本上都是坐在房车后面的大床上，累了就躺着睡觉，睡醒就坐在床上，用被子、枕头等将自己围住，这样刚刚能坐下八个人。真佩服岳父，这一路那么颠，居然都没有晕车。

这种情况我不怕被处罚，在加拿大，很多事情是比较人性化的，在丹普斯特公路能够帮到别人，远胜于因超载而被处罚。

遵守规则很重要，但是有时候，规则有必要为道德让步。当然，这种情况的前提是大家能自觉遵守规则。

开了一段时间，发现路上有一辆车爆胎了。于是我把房车停下来查看。两个十六七岁的小伙子正费力地撑开千斤顶，试图换轮胎，但是怎么也换不上，他们的妈妈一筹莫展地站在一旁。我问他们是否需要帮助，那位妈妈说需要，他们怎么都换不上轮胎。我仔细一看，原来是他们把千斤顶放错了位置。车是升起来一些，但是顶的位置发生凹陷，同时千斤顶放置的路面比较松软，这样车子高度不够，新轮胎怎么都放不进去。甚至因为倾斜角度的问题，车子随时有可能侧翻。

待我返回车上说明情况，所有人都非常支持我去帮他们，这时候钟思伟和我大儿子也下车了，帮我拿我们房车上的千斤顶和十字扳手。我们这一路太顺利了，以至于在育空白马市买的换胎装备还是崭新的，看来今天要给它"开刃"了。

这个小液压千斤顶很好用，很快车就被顶起来了，我很顺利地帮他们换上了新轮胎。这其实也是我第一次帮别人的车换轮胎，但是动作非常利落。在这一家三口一口一个"谢谢""太棒了"的赞叹声中，我们收起工具大踏步回到房车。

整个过程中，六岁的大儿子一直在旁边看着，等他和我一起回到

丹普斯特公路两边会有一些因事故而废弃的车。事实上，若真在这里出了事故，也只能把车遗弃在路边了。所以，永远不要在这条路上掉以轻心

房车的时候，他兴奋地对姥姥和姥爷说："是我爸爸帮他们修好车的！"我也非常高兴，通过言传身教，让孩子明白在别人需要帮助的情况下，一定要及时伸出援手！如果以后在他的人生中，遇到别人有困难时，他能记起今天这个场景，能记起老爸帮助别人时他心底燃起的骄傲，能义无反顾地去帮助别人，那我们这次旅行简直太值了！

赠人玫瑰，手留余香。就这样，我们一车人又嘻嘻哈哈地上路了。作为一个整体，大家都感受到了帮助别人的快乐，并且相互聊着彼此的旅行趣事。我们的车速很快，时间也过得很快。

傍晚时分，到了220公里路标处，搭车的大姐向我们道谢、告别，奔向路边她的蓝色小汽车。

又开了一个小时左右，我们到达了墓碑山，这时已经是加拿大育空地区下午七点半了。傍晚的墓碑山看起来高耸、肃穆，虽是傍晚，太阳依然斜挂在天空，阳光透过厚厚的云层投射在开阔的墓碑山山谷中，形成一束束金色的光柱，宛如佛光普照，神圣而庄严。山谷的风拖着长长的尾巴，从远方徐徐吹来，轻轻拂过我们的身体。这壮丽的景象蕴藏着无尽的惬意。

朋友们，如果你有机会踏上丹普斯特公路，即使无法抵达北冰洋的

海边，也一定要来一趟墓碑山。这里仿佛就是北极的南大门，到了这里，就能感受到独属于北境的壮美。我们来丹普斯特公路的第一站，就住在墓碑山露营地。在这里我无比地放松，似乎听到了内心"野性的呼唤"。本来今天也是计划露营在此的，但是看到离天黑尚早，索性加把劲继续向前，结束丹普斯特公路的旅程。因为熟知路况，丹普斯特公路剩下的72公里，我基本上是以时速接近100公里的车速来行驶的，只用了不到五十分钟。当房车走出丹普斯特公路，踏上通往道森城的柏油路的那一刻，我仿佛卸下了千斤重担。从此和颠簸、泥泞再见了。

其实，这条路并不像有些人说的那么难走，也不像一些人说的那么轻松。但是，不管你认为它好走还是难走，都要自己去体验，不能掉以轻心！

我摸着已经看不出底色的房车"大白"，更觉得，在这条路上，如果你对你的车好，你的车也不会让你失望的。"大白"在丹普斯特公路上，虽然颠断了房车水管，颠开过丙烷连接阀，颠掉了微波炉，但是平安往返1800公里，它没有把我们扔在路上。

此刻，"大白"仿佛是一匹和我征战沙场、出生入死的战马，虽然浑身是泥、伤痕累累，但是已成为我最可靠的战友、最忠心的伙伴和最坚强的后盾。

我们最终露营在之前住过的道森城外20公里的克朗代克河露营地，营地里还有几个空位，我们选了17号露营位，这里离自来水和木柴都很近，位置也很大，非常舒适。

我们停车扎营时已经是晚上九点半了，天色渐渐暗下来。我和岳父赶紧劈柴生火，明月和岳母烧水煮饭，钟思伟选了一个铺满苔藓的干燥的位置扎帐篷，孩子们坐在篝火旁烤棉花糖……每个人都做点"手边活"，反而是一种放松。

今晚上要做一顿"大餐"，来庆祝一下我们安全归来。这段时间，沿途一直都没有商店可以补给食材，食物已经非常少了，但是我们还是用存粮焖了一大锅米饭，做了辣椒炒肉（肉用白油肠代替）、辣椒炒包菜、豆豉炒青菜、西芹炒豆干、炒土豆丝，再加上一个鲮鱼罐头，凑了六个菜。

储备的啤酒全都喝光了，好在出发时温哥华的吴总送我的鹿血酒一直没开封，今晚派上了大用场。在这加拿大著名的淘金胜地——克朗代克河河边，我们喝着鹿血酒，吃着家乡菜，烤着篝火，不仅身子一会儿就暖和了，精神也随之放松。

松木在铸铁篝火盆里发出噼里啪啦的燃烧声，刚下过雨的森林，空气中有青草和松针的清新气味，混杂着松脂的香味。四周很安静，而这时候的我，就像骑行十年的钟思伟一样，物欲已经变得极低，非常容易满足。

我喜欢现在的状态。

2023 年 8 月 24 日

人间烟火气，最抚凡人心

下了一夜的小雨。一觉睡到自然醒，已是早上八九点钟，然后在雨打车窗的节奏中，又慵懒地躺了一阵子才起床。

很多人不喜欢雨天露营，但我对雨天露营却情有独钟。最好是晚上睡觉前不下雨，可以在篝火边围炉夜话，等到睡着后下起雨来，然后人在雨水敲打着房车或者帐篷的滴答声中醒来。不用赶时间，可以一直待在帐篷中裹着睡袋发呆，或跟孩子们嬉闹一阵子，这是最放松的生活状态。

相比房车，我更喜欢住帐篷。在帐篷里睡接地气，可以吸收大地的能量，同时呼吸从四面八方涌进帐篷的新鲜空气。赶上下雨天，雨水敲打帐篷的声音比起敲打房车更加悦耳动听。最重要的是，虽然隔着一层帐篷，但是会感觉和大自然是一个整体，在大自然的怀抱中获得疗愈，在世俗中耗费的精气神会被补足。

只不过，现在的年纪，很多时候都要考虑孩子，考虑他们的安全和舒适度，所以房车对于我们目前来说是最合适的。自从有了孩子，露营也好，度假也罢，甚至回国探亲，都要提前规划周全，不能想去哪儿就去哪儿。成年人的世界，多了很多幸福的无奈、甜蜜的束缚。所以，我有时候很羡慕钟思伟，很羡慕那些环游世界的朋友。可以在年轻的时候，追逐自己的理想，一人一车一行囊，奔赴山海，浪迹天涯。

我们离开营地之后又去了道森城，给房车加满油，清洗了房车，取了寄存的装备，就到了和钟思伟告别的时候了。在此处，他将往西北方向骑行，从加拿大育空地区进入美国阿拉斯加，而我们将开往东南，下一站去育空地区的省府白马市。我们相约等他结束环球骑行的旅程后，再来加拿大，来我所在的温哥华岛环岛骑行，到时我陪他一起。

最有意思的是，我俩聊起来才知道，早在十年前的8月，当我自驾前往拉萨行驶在317国道上的时候，钟思伟也在317国道骑行，我们俩是前后脚到的拉萨。因为那条线当时人很少，这么说我们当时一定是在某处擦肩而过甚至打过招呼的。只不过，当时的我们并不认识对方。没想到十年之后，在异国他乡我俩重逢了。送君千里，终须一别。互相握手、拥抱，道以祝福，嘱以期盼。我们又回到自己人生孤独的旅行中，好在我们都已明了："孤独本是常态，相逢不必言深。"

很多人都有想"走出去"的想法，有的想去远方旅行，有的想去异国他乡留学、移民，有的只是想出去闯一闯，但往往因为瞻前顾后，始终无法迈出那一步。这让我想起俞敏洪老师的一段话，或许是对那些瞻前顾后、想走却走不出去的朋友最好的启示：不是你有钱了才能去旅游。只要你愿意走出去，世界就会拥抱你。

过了中午，我们从道森市离开，沿着克朗代克公路返程，今天计划在白马市附近找一个湖边露营。

一提到加拿大北极三大地区——育空地区、西北地区、努纳武特地区，大家可能第一时间就会联想到寒冷的冰雪北境和贫瘠的不毛之地。其实，除了漫长的冬季确实比较寒冷，这里的土地并不贫瘠。三大地区覆盖了加拿大与北冰洋接壤的整个北部，面积接近四百万平方公里，冬天确实是白茫茫一片，零下几十度，但是一旦春暖花开，冰雪褪去，这里焕发着无限生机——无数的森林、数不尽的湖泊、广袤无垠的肥沃土地、比人口还要多的野生动物……这里可以说是加拿大一直珍藏的自然宝藏。

现在全球变暖，世界上很多地方其实已经热得不适合人类居住。我想，北极的大部分无人区，也许会在不久的将来，变成人类的宜居之地。就说我们今天要去的白马市周边的几个大淡水湖，是育空居民和游客喜欢的露营地，很多人甚至将船泊在营地湖边，去湖里钓鱼。这里的淡水湖有数不尽的湖鳟鱼、河鳟鱼、狗鱼等，资源简直太丰富了。在这里钓鱼需要淡水鱼证，限量捕捞，不过话说回来，能捕捞到鱼，哪怕限量也已经足够了。不信你看，一般情况下，整个育空地区所有的淡水湖规定，每证每天可以捕捞 2 条不短于 100 厘米的湖鳟鱼，4 条不短于 48 厘米的河鳟鱼，4 条不短于 105 厘米的狗鱼，小于上述标准的鱼都要放生。这么大个，哪怕一条都够我家吃两三天的了。

我们从道森市出来后，一路上风驰电掣。跑完丹普斯特公路之后，后面的行程对我来说就像过家家一样简单，再加上我们时间充裕，所以感觉非常轻松。返程的露营地都没有提前预订，本着一种随遇而安的心态，走到哪儿算哪儿。北极去过了，甚至在北冰洋的海边都露宿了一晚，现在让我去世界上任何一个地方，我都敢去。

一切都是最好的安排，一切都不是事儿。

大概晚上七点半，我们到达了狐狸湖露营地。狐狸湖在克朗代克公路 308 公里处，就在路边。湖很大，我们沿着湖边公路开了好久才到它的露营地。当我们在路上开车时，就看到伸进湖中的一个小小的半岛，那就是狐狸湖露营地。在碧蓝湖水的映衬下，半岛上那白色的沙土、高耸的云杉和湖边每个露营位上的房车都非常显眼，非常吸引人。

这个营地一共有四十三个位置，我们非常幸运，到的时候还有最后两个露营位，没有犹豫，马上入住。然后自取免费的松木木柴，去压水井汲水，开始生火做饭。

我们的位置就是一个普通的露营位，来得晚自然是别人挑剩下的，不过我已经非常满足了，长途跋涉能有一个安全舒适的地方过夜，有温柔的湖和温暖的篝火，有家人陪伴，本身就是一种幸福。

不过如果大家有机会一定要早点来这里，抢占紧挨着湖畔沙滩的露营位。在湖边安营扎寨，可以将脚趾伸进湖畔的细沙中，去温度适宜的湖中游泳，在岸上烤着篝火，喝着啤酒看那天上的繁星，累了枕着湖水拍岸声入眠……

这也许就是奔赴山海的意义，在山海间，找到一个自恰的地方去栖息灵魂，让灵魂在这自恰之地自由升华。

我们一家六口经过这三十多天的旅行，已经是一个非常成熟的露营小团队，分头行动，各司其职。今天的狐狸湖露营生活是这样开始的：岳父生火烧水，岳母煮饭，明月整理房车床铺，我就负责看孩子，带着两个儿子探索营地和湖边的小码头。两个小孩子，就负责尽情地玩耍。我喜欢看孩子们放飞自我，想玩水就玩水，想玩沙子就玩沙子，只要不是太出格，问题一般都不大。我的教育理念是：童年，还是以尽情玩耍为主，学习和进步不必强求，慢慢来吧，反正人生的路还长。

回到我们在狐狸湖的露营地，这里湖水非常清澈，湖边和浅滩处的水下是细沙，稍往里有绿色的水草，小码头有伸进湖中的两个甲板，我们趴在甲板上可以看到有鱼在水草里穿梭。真像《小石潭记》中所写的："潭中鱼可百许头，皆若空游无所依。"

儿子们捡了小树枝，趴在甲板上，把树枝一头垂到水里"钓鱼"。

狐狸湖露营地就是伸进狐狸湖中的一个小小的半岛，在克朗
代克公路上就可以看到

我的儿啊，没有鱼线、鱼钩，鱼怎么会钓上来呢？虽然心里嘀咕，口中
却不住地赞叹，你们这个钓鱼竿好啊，简直就是姜太公钓鱼——愿者上
钩啊！

对啊，子非鱼，安知鱼之乐?!

我非小儿，安知小儿之乐乎?!

我们爷儿仨就在这湖边，消磨着那本来就慢吞吞的时光。日影渐

儿子们趴在甲板上，把树枝一头垂到水里"钓鱼"

斜，对岸的山挡住了下沉的夕阳，山峦渐渐黯淡下去，湖水渐渐模糊开来，潜鸟开始悠长地对歌了，孩子们还在享受湖水带来的快乐。这时候，饭菜做好了，明月来小码头喊我们回去吃饭了……

夜，悄悄地来了。

狐狸湖营地并不大，露营位与露营位之间的间隔比较小，所以不像其他一些营地私密性那么强。但是，在这个野生动物比人多得多的加拿大育空地区，挨得近反而让人感觉非常温馨。有点像童年的夏夜，在村里的晒谷场上每家每户铺着凉席乘凉的那种感觉。

不同的是，当我们一家人在自己的露营桌上吃晚饭的时候，可以看到东边邻居房车上那一闪一闪的户外彩灯；听到西边邻居爽朗的说笑声；北边邻居有点远，但是他们营地懒洋洋的音乐能隐隐约约传过来；南边邻居怎么那么安静啊？哦，原来是一对恋人，坐在升腾着火星的篝火边欣赏湖景。夜空繁星点点。但是，今夜的狐狸湖湖畔，即使是天上再多的繁星，也比不过营地里璀璨而又热烈的人间烟火。

人间烟火气，最抚凡人心。

2023 年 8 月 25 日

满含人间烟火味，却无半分名利心

　　有人会问，既然那么喜欢人间烟火，为什么不回国生活呢？国内的人间烟火气是最足的。

　　确实是的，如果真的追求人间烟火，回国是最好的选择。即使不能回国，去温哥华也可以。众所周知，加拿大大温哥华地区的列治文市是最著名的华人区，那里有几十万华人，在那里生活也会感受到浓厚的人间烟火气。但是人到中年，要对自己有清晰的认知，对于我来说，目前生活的维多利亚更适合我。

　　出国那么多年，我变了。以前的我喜欢热闹，喜欢跟朋友喝酒聚会。现在的我，相比热闹，内心更喜欢独处。非必要不想参加需要客套的场合，非必要不想与人进行太深的交谈。所以，即使是好友相聚，也更倾向于"君子之交淡如水"，轻轻松松，不为名利，不尚虚华。

　　虽身处茫茫人海，心境犹如世外桃源。偶尔感受人间烟火气，自是最抚我这凡人心。苏东坡写就了"人间有味是清欢"，林清玄写了散文集《人生最美是清欢》，后来又有人组合为"人间至味是清欢，最美不过烟火气"。哎呀，人都是活这一次，我也想只做个"凡人"，能不做

"俗人"就不做"俗人"吧，为的是轻松自在的生活，为的就是做自己，为的就是追求这人间清欢：满含人间烟火味，却无半分名利心。

一通感慨下来，早上起来也已经日上三竿了。反正时间充裕，我们也没有任何需要赶时间的事情，一直到十一点才离开狐狸湖，前往育空省府白马市。

在白马市我们短暂停留，要去两个地方。

第一个地方就是育空精酿啤酒厂。房车冰箱里的啤酒在到达北冰洋之后就被我喝了，最近我一直处于断粮时期，所以当务之急是再去囤一些育空的啤酒，这对我而言就好比给房车加油一样重要。我买了近两百加元的啤酒，一是作为接下来行程的口粮，二是作为回维多利亚送朋友的礼物，另外，还买了一件他们酒厂的文化衫。今天只有老板自己坐在柜台后面，他身后是一排精酿啤酒的鲜啤水龙头，每一个水龙头对应着一种口味的精酿啤酒，仿佛一排哨兵。

老板给顾客足够大的空间，顾客可以随意挑选啤酒和文化周边产品。靠墙一排木板是简易的品酒桌，几个高脚凳上坐着几个喝酒的客人，他们或小声交谈，或看手机，或发呆，在这里时间仿佛静止了一般。

育空精酿啤酒厂的啤酒是非常棒的，前文有对他们啤酒的介绍，特别是有一款屡获殊荣的添加了云杉嫩芽尖尖的艾尔啤酒，风味十足，回味悠长。

第二个地方是一家宝藏店铺。说它是店铺，其实更像一个卖宝石的手工作坊。而且，这个地方一般人是不知道的。

出了白马市城区几公里，在一个非常不起眼、非常难找到的路边，隐藏着一家店铺——育空石头店（Yukon Rock Shop）。入口处没有大门和任何装饰，我把地址分享给大家：Box 10035 Whitehorse。

店铺主营矿物、标本、纪念品。他们的院子随地摆放着数不尽的各种大石头、矿石、宝石、玉石。院子里有一座 20 世纪 60 年代建的木屋，一层还是半地下的那种。房子的二层自住，一层就是他们的店铺加作坊。

当我们一家人走进那扇窄小的门，沿着楼梯向下走的时候，数不清的宝石、玉石、矿石映入眼帘。本就空间有限的一层，还被十名左右的客人挤满。每个人的眼睛都被这些宝藏吸引，根本无暇顾及擦肩而过的其他人，仿佛眼睛稍挪开一下，就会错过很多宝贝一样。一层几个房间里除了几个摆满了书的书架，其他空间被各种石头占据——它们大小不一，形态各异，材质多样，色彩斑斓。有原石，有粗加工的，也有精雕细琢的，在这里你找不出两块完全一样的石头。每一块石头都贴着手写的标签，上面是它的名字及价格。最重要的是，我们这次房车穿越加拿大，也逛过很多宝石店，但这里的价格是最便宜的。

店主是两位看起来七八十岁的老夫妇——保罗和丽兹。保罗戴着眼镜，是个看起来很博学的白人老头，丽兹看起来应该是原住民。感觉两位老人已经和这个充满宝石的店铺融为一体了，处处有着他俩的痕迹。老爷子熟悉屋子里的每一块石头，能叫出它们的名字和背后的故事，而老奶奶就静静地站在他旁边，负责给客人包装宝石和结账等事宜。房间里居然没有椅子，他俩一直站着。

我们挑选了很多的宝石，有的是自己喜欢的，有的是准备回去送朋友的，价格基本上都不超过十加元，有一些小的才三四加元，但是已经是非常好的宝石了。丽兹帮我们用纸包好，本来我们买好直接走就行了，但是保罗硬是主动给我们写了几张纸，列出每块石头的名字，如绿松石、玛瑙、缠丝玛瑙、碧玉等，方便我们去了解。

我们的购物体验非常好，石头基本上都是保罗在山间河谷寻觅并收集的，给人很原始的感觉，店铺更是朴实无华、童叟无欺。保罗和丽兹

加拿大 37 号公路，是一条景观大道

这老两口，着实让人羡慕：他们有自己的爱好，深入钻研，游走于山山水水，去探寻，去发现。他们居住于城外森林中，诗意地栖居于大地之上。慢慢地，他们将兴趣转化成自己的生意，不必费力去宣传，不需苦心经营，只需将自己的专业发挥到极致，客人怀着敬意而来，心满意足地离去。

离开白马市，我们踏上了回程的阿拉斯加公路，道路平坦畅通，我们开始了疾驰模式。今天要开回卑诗省，目标是五百公里外的博雅湖省立公园（Boya Lake Provincial Park）。所以从下午两点一直到六点，我们几乎是没有停歇地从白马市开到了靠近华森湖的卑诗省 37 号公路。

很多人可能感觉长途跋涉会非常累。诚然，如果要赶路或者有未解决的工作事务，也许会累；但是，如果没有什么赶路和工作的压力，轻

松自在地自驾旅行，便会感受到那种纯粹的驾驶乐趣，达到人车合一的境界。其实这次房车纵穿加拿大，我有很多次这种驾驶体验，即使开很长时间也不会感觉疲惫，我想应该是太松弛了，脑中分泌出多巴胺的缘故吧。反正是在休年假，没有工作的烦恼；反正老婆孩子都在身边，没有家庭琐事的困扰；反正是在回程的路上，时间充足，随心所欲；反正追求的正是这种松弛感……

　　就这样，我们用了四个小时，从加拿大育空地区开到卑诗省，到达了加拿大 37 号公路。到了 37 号公路起点路口发现，前方山火导致部分路段封闭。其实在离 37 号公路起点几十公里远的时候，我们就看到了这个方向的蓝蓝天空上升起的白烟，但是这白烟看起来和那种平地升起的一团一团的白云一模一样。家人都觉得是云，但是又觉得蘑菇云都是好几朵连起来生于地平线上，不可能只有一朵。只有我觉得是山火的烟，但是心里也在嘀咕，不可能有那么巨大的烟吧。当时手机没有信号，无法查看新闻和接收信息，所以无从考证。

一辆皮卡横在37号公路起点路口的中央，旁边牌子上写着"道路关闭"。工作人员告诉我们前方山火封路，尚不确定何时能够通行，现在只能在这里等待。反正我们也不赶时间，也没有预定营地，索性在这里等着，随遇而安，能安全前行最好，不能的话，大不了今晚就住在附近的华森湖露营地。

排队等待的车越来越多。大概等了一个多小时，一辆引路车开过来，它将带着我们这十几辆车穿越37号公路，通过山火区域。

加拿大37号公路，也叫史都华 – 凯瑟公路（Stewart Cassiar Highway），从加拿大卑诗省偏远的西北部，一直延伸到加拿大育空地区和美国阿拉斯加边境，全长800多公里，一路穿越高山、雨林、冰川、峡谷、湖泊、瀑布、火山岩地貌、原住民小镇等，串起加拿大许多人迹罕至但波澜壮阔的风景。除此之外，还有很多野生动物，在这条公路遇见熊的概率非常大。前几年加拿大有一条非常火的两头棕熊打架、远处野狼围观的视频，就是在这里拍到的。

但是今天我们没有心情去欣赏风景，没有机会去寻觅野生动物，只能排成一排跟在引路车后面前行。心里还是非常忐忑的，毕竟以前只是远观过森林大火，而如今却要从中穿过。

事实证明担心都是多余的，跟着引导车非常安全。真正开到过火区域大概用了四十分钟。其实火势也并不大，但是过火面积实在太大了，即使有消防队员以及民间组织的救火队奋力扑救，也无济于事。

加拿大每年夏天的山火实在是太多了，如果看新闻报道会觉得很吓人，比如后来发生在贾斯珀国家公园的山火，对贾斯珀小镇造成了不可估量的破坏。但如果朋友们来过加拿大，看到过加拿大广袤的森林和无人区，便会发现这些山火在如此辽阔的自然面前，并不足以引起过度的恐慌。

引导车在顺利带我们"穿越火线"之后，约莫着离起火点有十来公里远，就返回了，我们这些车开始自由行驶。我把车停在路边的一片森林旁边，走进森林深处，静静地感受这份宁静。森林里静悄悄的，只有脚下干枯的针叶碎裂的声音。这种寂静有点让人瘆得慌，我不得不四处观望，生怕一不留神从身后窜出一头熊来。森林里非常干燥，除了地上厚厚的干枯的针叶，还充斥着无数的小小的枯松枝，但凡一点火星都会将这里全都引燃。山火在这里，已经不是会或者不会的事情，而是早或者晚的事情。

要不是天色已晚，还要赶路到下一个露营地，我怎么也得在这个安静的森林里好好探索一番。

大概晚上八点半左右，我们到达今天的目的地：博雅湖省立公园。看到博雅湖的标识之后，还需要从 37 号公路往里再开两公里左右才能到湖边。到的时候营地已经没有露营位了，我们索性就在湖边找了一块空地停下房车，今晚就住在这里了。

傍晚，四周逐渐黯淡下来，气温不冷不热刚刚好，湖水倒映着对岸的森林和山，一切都很安静，唯有远处潜鸟悠长的鸣唱偶尔划破寂静。湖边摆放着几艘独木舟，还有一艘小小的帆船，一条大概十米长的小甲板，从湖边延伸至湖中，方便大家划船、跳水或者游泳。

一切也看起来很平常，又是一个隐藏在森林深处、人迹罕至的湖泊，非常美，但这一路见怪不怪了。直到我们走上那条小甲板，目光所及，湖水清澈见底，无数的鱼儿畅游在水中。博雅湖很大，由很多小湖泊组成，和千岛湖的景致颇为相似。我们所处的地方算是一个小浅湾，水并不深，所以鱼大都只有巴掌大小，最大的只有二十厘米左右，基本上都是淡水湖鳟鱼。

　　鱼的数量多得令人震撼！湖水清得简直不像话！我在手心里放了一小块面包，把双手浸到水里，鱼儿们肆无忌惮地来吃面包，我双手猛地一合，居然捧起五条十多厘米长的小鱼。小鱼儿们在我手中扭来扭去，它们线条流畅，身体光滑，真漂亮。把它们放回水中，它们瞬间四散而去，没承想一会儿又聚在我双手周围，真是一群单纯可爱的小精灵啊。

　　天渐渐黑了，吃过晚饭，家人陆续睡了，我独自在湖边坐了一会儿，周边很安静，此情此景，舍不得睡去。

2023 年 8 月 26 日

2024 年 8 月 29 日修改

鲜为人知的世外桃源：博雅湖

　　博雅湖绝对是我们此次房车纵穿加拿大最大的惊喜。它没有路易丝湖、梦莲湖那么大的知名度，所在的地方属于卑诗省西北部，人迹罕至，但无论是风光还是我们自己的体验都堪称顶级，远超预期。

　　今天是个大晴天，体感温度刚刚好。虽然是夏天，但因为纬度较高，有种秋高气爽的感觉。清晨，阳光明媚，天空湛蓝，博雅湖在蓝天的映衬下宛如巨大的蓝宝石。虽然是淡水湖，湖水却蓝如马尔代夫的海水。而我们所靠近的水湾的浅水，在湖底白色的淤泥衬托下，呈现出温润的绿色。湖水清澈见底，鱼群自由自在地游来游去，仿佛悬游在湖里。

　　我们决定今天在这里多待一些时间，玩个痛快。吃过早饭，我决定先带着大儿子在周边徒步探索一下。于是，带上防熊喷雾和一把刀子，我们爷儿俩出发了。虽然风景如画，但毕竟荒无人烟，需要防备野生动物，碰见棕熊或者黑熊可不是闹着玩的。

　　父子俩沿着湖边走了一会儿，徒步进入森林。这里的森林已经不全是针叶林，反而多了很多阔叶树种。映入眼帘最多的是有着美丽白色树干的白桦树、白杨树，在蓝天的映衬下显得格外赏心悦目。在白桦树林中徒步，心情也如这晴朗的天气般清爽。轻柔的风在树叶间穿过，留下沙沙的呢喃声。

我是个怀旧的人，时常会怀念我的童年。在我的故乡，一到初秋，田野里一派秋收景象。忙碌的人们周围是金黄或红艳艳的果实，交织成热烈欢腾的交响曲，处处洋溢着一种丰收的喜悦。就像陕西户县（今鄠邑区）的农民画，色彩朴实、热烈而又生动，画面感十足，令人回味无穷。

我很怀念那些秋高气爽、金光闪闪的日子。那时，我经常在河边、田野里闲逛，有时和小伙伴们一起，有时带着一条小狗，有时自己一个人，无忧无虑，自由自在。

而今天，当我和儿子一起在这博雅湖边白桦林中徒步时，童年美好的记忆又重现。有时我会想，人活一辈子能留下什么呢？有太多都是生不带来、死不带去的，唯有生命中那一个个甜美的记忆，宛若一幅幅美好的画卷，会深深印在脑海中，陪着我们直到终老。另一方面，我很珍视这短暂而珍贵的亲子时光。小儿子尚小，但是大儿子已经到了可以跟我对话、同行的年龄，总是有很多问题要问，总是有很多傻傻的话脱口而出。

在加拿大，放在家庭上的时间会很多，而且这种家庭时光可以很私密。尤其是带孩子野外露营或者徒步的时候，因为很多地方信号不好，索性不带手机，真的可以远离一切工作、人情、琐事，把烦恼抛诸脑后，单纯陪伴孩子。体验过才知道，这才是金光闪闪的时光啊！我特别享受这种时光。

就像今天和儿子徒步森林之中，我们有说不完的话题。一起探索未知的大自然：仰望蓝天，细数金黄的树叶；漫步湖边，勘探河狸的巢穴；湖边洗脚，捡拾河中的漂亮石头……父与子的对话虽然很多都是词不达意，但是血浓于水的亲情浸润着身边的一切。怎么形容呢？这个时刻，我的内心无比澄澈，我的思想无比单纯，我的情绪超级稳定，心境已经达到一种超脱的状态。这时候即使有熊出没，我也没有一点畏惧！因为有一束强烈的光已经驱散了人性里最角落处的阴霾，没有任何恐惧、不安、焦虑、局促，剩下的只有光明，只有美好，只有真正的正能量。这种能量之纯、之正、之刚强坚韧，是可以消散任何负面情绪的。等我的二儿子稍微长大一点，我会创造更多父子独处的时光。

等回到湖边，已是日上三竿。接下来我们要好好亲密接触这个湖了。我们准备去划船。

加拿大有太多这种可以划船的湖，都有绝美的风景，也非常安全，适合商业划船。像路易丝湖、梦莲湖、翡翠湖，都太出名了，游客太多了，划船俨然成了赚钱的生意，动辄一百多加元，贵是贵了些，但是在那种场景就会觉得钱花得挺值，愿意掏这个钱。多美啊！多难得的机会啊！

而今天的博雅湖，风景绝不输以上加拿大几大名湖，甚至我个人感觉有过之而无不及。但是位置偏远，游客稀少，当天除了我们，不超过五个人在湖里划船或钓鱼。

这里没有专人来运营，我们待了一天，除了我们一家人，没有一个人来过甲板这边。划船价格是二十加元每次，不限时间，而且纯靠自觉，把现金放在信封里投入他们的收款箱，不用署名。船也没有上锁，你想划哪艘就划哪艘。我们一家四口，挑了一只独木舟，两个大人两个小孩乘坐，显得非常宽敞。我们拿了两支船桨就出发了。在这里划船太随意了，没有什么仪式感，准备好了漂走就可以了。但是，体验是无比美好的。

在碧蓝的湖水中，我们一家人带着水、水果和零食，想划了就划上

我们一家人在博雅湖抢滩登陆的湖心小岛，已用我家大儿子的名字为其命名

两下，不想划就这么漂着。我们坐在船上野餐，随便闲聊，从一个湖划到另一个湖，从一个湖岸漂到另一个湖岸，甚是惬意。

湖水蓝中带绿，非常干净，虽然有的地方深不见底，但是并没有令人害怕的感觉。虽然没有工作人员，但船上都提供救生衣，也没什么可担心的。而且，划船得以让我们看到博雅湖省立公园露营地的全貌。大部分露营位都设在湖边，湖景一览无余，湖边到处是驻扎在这里的悠闲又热爱生活的旅行者。

博雅湖很有乐趣的是，有的地方很浅，我们甚至在某一个湖中心找到一个很浅的水域，中心有一处几平方米的陆地裸露在外，宛若偌大湖心的一处小岛。于是一家人模拟抢滩登陆，并且用大儿子的名字命名这个无名小岛，非常有意思。所以，朋友们，如果你有机会游玩博雅湖，荡舟湖心，发现一处弹丸小岛，请记住，这已不是无名之地，我们早已用我家大儿子的名字为其命名洛根岛。诸位谨记啊！

我尤其喜欢在这个湖中游泳。水不深且无比清澈，水温刚刚好，与这高纬度的夏日阳光尤为般配，正是下水游玩的好时机。最有趣的是，湖中有无数淡水小湖鳟鱼，近在咫尺，触手可及，根本就不怕人类。它们畅游在我身体周围，有意无意地跟我嬉戏，触碰着我的身体，我甚至徒手捉住一两只，再将其放走。两个儿子也跟我一起下水了，玩得不亦乐乎。这一刻，在博雅湖游泳戏水，让饱经旅途风尘的我们无比放松及快乐。我们无数次按下相机快门，记录下博雅湖的美丽和家人的快乐。博雅湖放松的一天，俨然成为我们本次穿越加拿大之旅的高光时刻。

上岸后，我躺在甲板上，两个儿子也在我身边躺下。博雅湖水面波光粼粼，阳光洒在我们身上，暖洋洋的。我们就这样躺着，四周很安静，时间仿佛静止了一般。片刻即永恒。

直到下午两点，我们一家人才依依不舍地离开博雅湖。而在离开的那一刻起，我们知道，不久的将来我们还会回来。

沿 37 号史都华凯瑟公路继续开，这一路车很少，根本见不到一个人，只有我们的房车在自由驰骋。不过路况很好，风景也很美。大约开了一个小时，我们到达一个叫作玉石城（Jade City）的地方。

玉石城不是村镇，充其量算是一个定居点，大概居住着不到三十个居民。但是地图上赫然标注着它的存在，而且在加拿大这是一个非常知名的地方。这里盛产卑诗玉石，作为家族产业，已经经营了四十多年。他们在加拿大玉石界享有很高的专业声誉，甚至这个家族在加拿大探索频道制作了一部获得奖项提名的电视节目《玉石热》（Jade Fever），该节目目前已经播到第七季了。

玉石城很大，外面就摆放着各种各样的原石、半成品及成品。但这里毕竟地处荒野，四周空无一人，外加西部仿古的店铺及店面招牌、老套的油漆涂装、散落摆放的石材，让人感觉仿佛置身于美国西部牛仔老电影的场景里。

有一个大爷正戴着护具全副武装地切割原石，看到我们停车靠近，热情地跟我们打招呼。他是这里的员工，每天的工作就是切割打磨这些玉石。他拿起一块切割好的玉石石片给我们看。这块看起来平白无奇、薄薄的卑诗玉石石片，透过阳光，宛若凡·高的那幅著名的油画《星空》。而那些随意摆放的玉石，在被他用水冲洗之后，每一块都焕发出水润的光泽。

我们走进店里，只有一个女店员，应该是这个家族的一员，她让我们随便看、随便选。店里琳琅满目，各种玉石雕刻成品，从几加元一个的玉石坯子，到几万加元的贵重宝石，应有尽有。如果没有育空白马市那家宝藏店铺的对比，我们肯定会惊讶于这里玉石的丰盛。但这里主要经营玉石，和育空那边的宝石相比，种类上自然是单调一些，价格也贵不少。但是我们还是买了一些玉石坯料，以及手串和项链，毕竟机会难得，相遇就是缘分。何况这毕竟是大名鼎鼎的加拿大卑诗玉，不会有假。

离开玉石城，我们就心无旁骛地赶路了。接下来近4个小时，行驶在37号公路上，景色单一，又没什么人烟，时间过得很快。这时我们全家的心情是很放松的，整个长途旅行已经接近尾声，行程安排得非常完美，时间充裕，没有什么着急的路要赶，也没有任何焦虑的事情要做，按照自己的节奏和喜好往前走就行了。

自驾房车穿越加拿大一路到北极，我们经历了艰难险阻，没有什么能阻挡我们前进的脚步，我们几乎不担心任何事情，心态非常平和。即使车坏在路上也无所谓，停下来想办法修就好了。找不到露营地也没啥大不了，找个空地，在房车上睡一晚就行了。

事实上越放松，一切越顺利。大概晚上七点钟，我们到达基纳斯坎湖省立公园（Kinaskan Lake Provincial Park），这时，37号公路我们正好走了一半。

基纳斯坎湖省立公园不仅有湖，附近还有瀑布，沿湖不仅有完善的徒步线路、划船线路，还有一个非常不错的露营地。来这里的旅行者并不多，所以我们挑了一

卑诗省基纳斯坎湖湖边，夜色温柔，湖面很平静，偶尔传来一两声潜鸟的长鸣，还有两兄弟之间稚嫩的对话

个非常美的、紧挨着湖的露营位。露营位就在十几株一人粗的雪松中间，是一处空地，靠边放着一张露营桌，我的房车就停在空地中心，打开遮阳篷正好罩住露营桌，露营桌上摆上炉灶，就开始准备晚饭。在距离较远的两株雪松间扯上晾衣绳，天气干燥，晾上全家人白天游泳穿的湿泳衣。突然间，这个湖边露营地，有了家的味道。

心安之处就是家。

夜幕降临，吃过晚饭，岳父岳母和明月在收拾房车，两个孩子在湖边尝试用刚买的鱼竿钓鱼，而我则坐在孩子旁边，搬了甲烷篝火盆烤起火来。

四周很安静，只有孩子之间稚嫩的对话；湖面很平静，只有偶尔丢到水里的鱼饵荡起的涟漪；远处低矮的山围着湖，倒映在水面上，一时

分不清哪里是山，哪里是湖；天空已经从流光溢彩的湛蓝变成幽深晦暗的黑蓝，太阳早已落山多时，此刻还残存着一抹淡黄色的微光；夜空中第一颗星星已经闪着淡淡的微光了，但是没有我们篝火盆中的火苗跳动得那么活泼。

慢慢地，家人带着孩子回房车睡觉去了；慢慢地，夜色更浓了；慢慢地，星星更多了；慢慢地，四周更静了；慢慢地，我盯着篝火盆中那几朵跳跃的火苗，开始出神；慢慢地，心里也愈发安宁，瞌睡要来了……

那就睡吧。

2023 年 8 月 27 日

美国阿拉斯加的鬼城：
熊和洄游鲑鱼的天堂

这一觉睡得真香。

早上醒来时，天气晴朗，万里无云，湛蓝的天空映衬着淡蓝色的基纳斯坎湖，湖面波平如镜，一切都透着平和安宁。大自然苏醒得很早。虽然这里很美，但是对于"见多识广"的我们来说，白天的风景吸引力不大。所以，吃过早饭，我们不到九点就出发了。

今天我们决定去一趟美国。从基纳斯坎湖省立公园出发，行驶两百公里到一个非常重要的交通枢纽——米奇亚丁三岔路口，这里有一个非常抢手的米奇亚丁湖省立公园（Meziadin Lake Provincial Park），可以露营、钓鱼，夏天一般都是住满的。而从米奇亚丁三岔路口往西行驶六十公里，会到卑诗省的小镇斯图尔特（Stewart），小镇紧挨着美国阿拉斯加小镇海德（Hyder）。

而海德，就是我们要去的地方，这里有一个棕熊捕捉鲑鱼的绝佳观赏地。

从基纳斯坎湖到米奇亚丁路口走的 37 号公路，风景一如既往，乏善

加拿大 37A 公路又被叫作冰川公路，即使是夏天，也可以看到很多冰川或雪山

可陈。我们一路风驰电掣，两百公里的路程开了两个半小时就到了。而当从米奇亚丁路口驶上 37A 公路前往斯图尔特时，风景就壮丽多了，因为路两边肉眼可见有很多冰川。怪不得 37A 公路又被叫作冰川公路。

虽是盛夏，很多山峰仍然覆盖着皑皑白雪，在青山的映衬下，显得尤为壮观。我们最开始只是想着去看著名的棕熊捕捉鲑鱼的景点，从没想到沿途会看到冰川，特别是当大熊冰川（Bear Glacier）赫然出现在我们眼前时，所有人无不惊呼，实在是一个惊喜。

在 37A 公路大熊冰川路段的路边停车，就可以看到冰川的全貌，它前面有一个冰川融水湖——史特隆湖，隔湖清晰可见淡蓝色的冰川，仿佛近在咫尺，却又无法触及。整个冰川看起来像从山上倾泻而下，蔚为壮观，静止中似乎蕴藏着强劲的势能。冰川融水河注入湖中，响声震天。

大概中午时分，我们到达斯图尔特小镇。小镇只有一条街，两边是看起来比较老旧的房子，这里有一座加油站、一两家餐馆和汽车旅馆。小镇尽头有一个游客服务中心，里面有三两个工作人员，其中一个是白发苍苍的老奶奶。她经常会来这里义务解答游客的问题，并推荐好玩的地方。我们在这里拿了一本地图，上面非常详尽地标出了周边所有的景点、公里数。虽然这里很冷清，只有为数不多的当地居民和游客，但是，小镇被群山环抱，一条狭长的峡湾作为美国阿拉斯加和加拿大卑诗省的分界线，弯弯曲曲从一百多公里外的太平洋蜿蜒到这里。而且小镇空气清新，阳光明媚，饱经旅途劳顿的旅行者，来到这里一下子就放松下来。

游客服务中心旁边是一个很大的公园，有草地、栈道、凉亭，还有洗手间、篝火盆和野餐桌，我们停好房车，在这里休息。坐在公园的长椅上，远眺周边群山，有的山顶还有积雪，温暖和煦的阳光洒在肩头，别提多舒服了，我甚至在这里小憩了一会儿。

从卑诗省斯图尔特小镇到阿拉斯加海德其实只有五公里的路程，但是中间需要跨越加美边境。这里有一个海德边境检查站，从这里入境加拿大需要检查，有加拿大边境检察官严格把关。但从这里入美国是没人检查的。所以，去玩的时候一定要带好齐全的护照、枫叶卡或者签证，别到时候出境容易入境难。

我们到海德的时候没有遇到任何检查，除了一条破旧掉色的横幅写着"欢迎来到阿拉斯加"，还有路边几个民居斜插着美国国旗之外，没有半点出了加拿大的感觉。路边荒草丛生，稀稀落落的民房看起来非常破旧，一个人都没有。海德的宣传标语是"阿拉斯加最友善的鬼城"，这真是名不虚传，整个小镇只有八十人左右，而到了冬季会降至不到五十人。行驶在这个小镇上，都让人怀疑这是一个被美国遗忘的地方。

其实远没有那么简单。沿着这条公路再往里深入，尽管前方都是未铺装的石子路，但是除了丰富的自然资源，还有隐藏在群山之中的一些矿产开采公司，不分日夜机器轰鸣，而这也只是阿拉斯加最角落的一小块土地。

我们很快就到达了此行的目的地——美国阿拉斯加州的鱼溪野生动

物观察站（Fish Creek Wildlife Observation Site）。鱼溪野生动物观察站设立在汤加斯国家森林内，是著名的鲑鱼洄游保护区。

　　每年从8月中旬开始，数以亿计的鲑鱼会从太平洋洄游到它们出生的地方，这些鲑鱼为很多动物提供了食物来源，特别是准备过冬的黑熊和棕熊。每到鲑鱼洄游的时候，这些幸运的熊，唯一的任务就是通过吃来努力储存脂肪以及过冬需要的能量，而富含脂肪和蛋白质的鲑鱼就是其主要的食物来源。

　　其实在加拿大卑诗省，就有盛大的鲑鱼洄游现象，而且举世闻名。每年会有大概五亿条成熟的鲑鱼从太平洋洄游到卑诗省各条流入大海的淡水河中。我生活的维多利亚地区，驱车几十分钟到金溪省立公园、苏克河等就可以看到鲑鱼洄游的场景。这里的鲑鱼洄游比阿拉斯加的时间晚一些，每年9月下旬开始，持续到11月上旬。

　　常见的加拿大太平洋鲑鱼有六种：帝王鲑、秋鲑、银鲑、粉红鲑、红鲑、虹鳟。这些鲑鱼在太平洋环游了几千公里之后，一般两到五年后，成熟后的它们会返回出生的河流。其实，在它们从大海中游进淡水河开始，就会一刻不停地逆流而上，不管水流多么湍急，不管有多少艰难险阻，不管面对多少捕食动物的围追堵截，都无法阻止它们游回出生地、产卵、交配、繁育下一代。每对鲑鱼可以产四千余枚卵，而最终长大并成功洄游的也只有两条，真可谓是九死一生！

　　更令人感动的是，太平洋鲑鱼在进入淡水河流的时候就自动停止进食，产完卵之后便自然结束生命。它们不和自己的后代争夺食物，并且让自己的躯体成为河水中微生物生长的基础，这一切只为一个目的：让下一代在出生后，能有足够的食物维持生命，最终游回大海。

　　我曾经拍摄过一条鲑鱼洄游的视频，虽然只有一分钟，但是配上解说和背景音乐后，竟然吸引了三百多万人观看，十几万人将其转发到朋友圈。很多人看过之后很感动，说像极了人类无私的父母。

鱼溪里的鲑鱼主要有三种：体型较大但是数量少的秋鲑鱼或银鲑鱼，体型较小但是数量多的粉红鲑。但是即使小一些的平均长度也在半米以上。鱼溪里的水本身很浅很清澈，所以，当这些平时在国内河流中难得一见的大鱼，在这里密密麻麻铺满整个河道，甚至在某些地方发生拥堵时，是相当壮观的。

鱼溪野生动物观察站架设有完善的高架木栈道和平台，鱼溪的各个角度一览无遗。光是看到那么多洄游的鲑鱼就已经很震撼人心了，所以当看到一头熊出现在眼前时，简直像中了彩票一般幸运。只不过每年这个时间段，"中彩票"的概率非常高，几乎每天都有一头或几头熊现身。

这个观察站其实本身就有科考、观察、保护的职责，对外是收门票的，门票不贵，十几美元。当游客买了门票进去观看时，工作人员就会告知今天有没有熊的出现，是什么样的熊，大概几点出现在什么地方。同时进去观看的时候要保持安静，避免打扰到鲑鱼、熊或者其他野生动物。当天我们进去的时候，长长的木栈道和平台上大概有一二十个游客，其中几位配备了"长枪短炮"的专业拍摄装备，但是大伙都非常安静，只有按快门的咔嚓声和工作人员对讲机里对熊行踪的报告声。

今天这里的"霸主"是一头壮硕的棕熊，有着高耸的肩部和油光锃亮的皮毛。它慢悠悠地走在溪流之中，一边走一边用熊爪压制它看上的肥美的鲑鱼，然后用嘴巴叼起来在浅水处或者岸边享用。它只在每条鱼的肚子上咬两三口，就抛弃掉咬死的鱼，再去抓另一条。甚至只是咬破或者按压鱼肚子挤出鱼子来舔食。我们离它最近时只有四五米，可以清晰地看到鲑鱼在它的按压下，橙红色的鲑鱼子喷射出来，散落在鲑鱼周围。到后来不知道是这头棕熊吃饱了还是厌倦了，居然只是在溪流中奔跑、驱赶受惊的鱼群，抓住几只，只咬不吃，简直就是暴殄天物。

在阿拉斯加鱼溪捕鱼的棕熊。仔细看，你会
看到从挣扎的鲑鱼肚中喷涌而出的鱼子

粗略估算了一下，我们在栈道观看的一个小时左右的时间里，这头熊咬过的鲑鱼在五十条以上。

离开鱼溪野生动物观察站，沿着公路再往北行驶近三十公里，会到鲑鱼冰川（Salmon Glacier）的最佳观测点。这条路官方名为"NFD 88 Road"，不仅尘土飞扬，而且基本上全是盘山而建。道路一侧是峭壁，一侧是深不见底的悬崖。有的地方甚至还有塌方，让我的心一直悬在嗓子眼。最终，我们看到了加拿大境内排名第五的鲑鱼冰川。虽然我们经由美国阿拉斯加的道路进入，但是鲑鱼冰川确实属于加拿大。我们只看到了鲑鱼冰川的尾部，再往前的道路有塌方，房车太宽无法通过，只得作罢。其实，一路沿着冰川往上开到最高点的观景台，可以看到冰川的全貌。

我看过一张钟思伟在鲑鱼冰川最佳观测点拍的照片，一整条来自远古的冰河出现在眼前，毫无保留，蜿蜒流动的痕迹清晰可见，看起来有千军万马般的气势，非常壮观。我们没有抵达鲑鱼冰川的最佳观测点，有点遗憾，但是一切都是最好的安排，这次我们已经相当知足了，正好留一个念想，成为以后再来的理由。

回到斯图尔特小镇，已是傍晚时分，我们今晚露营在当地一个私营房车营地——大熊河流房车营地（Bear River RV Park）。这个营地是一个全服务营地，水电排污设备齐全，还能洗热水澡，一晚是五十五加元。每一个露营位都很干净整洁，整个营地四周环山，非常安静。

我们吃完晚饭，将一切收拾妥当，在群山环抱之中，早早就睡了。

本来今天的行程都不在规划之内，只是临时起意，从主路拐弯探索了一天，没想到还出了境，去了趟美国阿拉斯加，看到了冰川、鲑鱼洄游和棕熊。真是充满惊喜的一天啊！

就像我一直坚持的理念，旅行不需要计划得太详尽，纵使可能会因此出现问题和意外，但是同样地，幸运和惊喜也可能会接踵而至。随心而行，反而有可能遇到更美的风景。人生不也是如此吗？

2023 年 8 月 28 日

一路向西：从海岸山脉到大熊雨林

清晨起来，营地四周的山云雾缭绕，仙气飘飘。

因为时间充足，剩下的行程都在掌握之中，所以我们睡到自然醒，一切都不紧不慢。吃完早饭，在营地要求的十一点之前，收拾好离开。

今天要从群山之间开到湖海之滨。

我们在斯图尔特小镇找了一家自助洗车房，好好地把房车清洗了一遍。这种自助洗车房一般都是高压水枪，按分钟投币，我们硬是投了十次两加元的硬币，才把仿佛从泥里打过滚的房车清洗干净。干干净净上路，感觉上都轻松许多。

从斯图尔特小镇开车出来，整个 37A 公路上，都是云蒸雾绕，宛若仙境。路两边时而有小瀑布飞流直下，时而有小冰川映入眼帘。我虽聚精会神开着房车，但总会被路边的美景吸引，思绪万千，真是无与伦比的自驾体验。

有一段路其实很惊险，一侧是陡峭的岩壁，一侧是随公路蜿蜒的山间溪流，水势还不小呢。这里让我的记忆有一些穿越：大概十五年前，我在陕西上大学，我们的学校西北农林科技大学的所在地是个慢悠悠的小城，我最喜欢的旅行活动就是和同学去爬秦岭太白山。那时太白山国家森林公园还没有摆渡车，需要几天时间在山间徒步，其中就有这种地貌。而其中一次，就是和明月一起爬太白山，那时她还不是我的女朋友，而如今，她是已经与我相伴十年的妻子。这就是自驾的快乐。在安全驾驶的基础上，思想开一点小差，别人无从察觉，只有你自己知道。

一个小时左右，我们到达 37 号公路和 37A 公路的交叉口——前文提到的著名的米奇亚丁三岔路口，这里有一个非常值得露营的米奇亚丁湖省立公园。米奇亚丁湖宛如一块翡翠，平静而又深邃，非常适合钓鱼。如果能在这里露营一晚，当然非常好，可我们这次房车穿越加拿大，已经见过太多的湖，今天的目标是大海！

我们从 37 号公路一路向南，开了 150 多公里到达卑诗省小城基特旺加（Kitwanga）之后，转到加拿大 16 号高速公路，再一路西行，沿 16 号公路开 240 公里左右到鲁珀特王子港（Prince Rupert）。

加拿大 16 号公路，又叫黄头高速公路（Yellowhead Highway），是连接加拿大曼尼托巴省首府温尼伯（Winnipeg）和卑诗省夏洛特皇后群岛（也就是海达瓜依）小城马塞（Masset）的公路，横穿加拿大西部四省，由西到东依次是卑诗省、阿尔伯塔省、萨斯喀彻温省和曼尼托巴省，全长 2960 公里。从太平洋沿岸出发沿途经过贾斯珀国家公园、埃德蒙顿（Edmonton）、萨斯卡通（Saskatoon），最后在温尼伯与加拿大 1 号公路交会。

而与 16 号公路并驾齐驱的，还有直通太平洋的斯基纳河（Skeena River），以及横穿加拿大、连接太平洋和大西洋的加拿大太平洋铁路。这一路，我们是伴着大河与铁路同行的。我很喜欢在 16 号公路上开车。因为逐渐靠近太平洋西海岸的缘故，雨水越来越多，植被和地貌也更加丰富。我们一路上经历的基本上都是阴雨连绵的天气，雨也不大，就是那么淅淅沥沥地下着，即使雨停了也是云蒸雾罩的天气，很凉爽，很湿润，很舒服。

16 号高速公路虽是加拿大横贯东西的重要公路，但是比加拿大 1 号公路上的车少多了。而且这条路两旁植被相当茂盛，我先后经过了大片的针叶林，像竹林一般茂密的灌木丛，针叶阔叶混交林以及阔叶林，基本上都是郁郁葱葱，伴着大河而生。

这一路自驾的时候，享受的成分远多于赶路，高速两边穿梭的丛林仿佛流淌的绿色溪流，一直在按摩我聚精会神观察路况的双眼。16 号公路两旁每隔一段距离都会有休息区，累的时候可以驻车休息。这些休息区通常配备野餐桌和洗手间，而且休息区基本上都在河边的森林中，风景秀丽，静下来欣赏一下风景，会很惬意。意识到我们这趟行程已接近尾声，还鉴于 16 号公路自驾的美好体验，我开始频繁停靠在不同的休息区休息。停靠的时候，家人会选择留在房车里休息，而我自己会在周边走走，看看大河，用冰凉的河水洗一把脸，或者在小森林里转一转，搜寻一下松针掩盖下有没有蘑菇。内心居然会有一些伤感，因为每走完一程，每离开一个休息区，景观都会发生变化。也就是说，开过去就过去了，加拿大 16 号公路不给你回头的机会。人生也是如此啊。最近越来越感觉到，人还是要向前走的，昂首挺胸、大步流星地向前走，即使留恋，到该走的时候，也要毅然决然地前行，连头也没有必要回。大不了等夜深人静的时候，再独自静静地回忆。毕竟，遗憾才是人生的常态。

就这样，我们一路前行。

在其中一个休息区休息时，有两个骑行者正在亭子里避雨。通过交谈得知，他俩是英国人，结伴从阿拉斯加一路骑行至此，准备一路南下骑到世界的尽头——南美洲阿根廷的乌斯怀亚。他们正好在走钟思伟走

斯基纳河蜿蜒于群山之中，通向大海。水面上倒映着连绵不断的山影，青山如黛，宛若一幅中国山水画

过的路，只不过钟思伟是从南到北，这两个英国小伙子从北向南走。更巧的是，他俩也认识钟思伟，在骑行路上曾经遇见过，还给我看手机里给钟思伟拍的照片，并且让我代为向他问好。

我挺羡慕这两个英国小伙子的，在二十出头的年纪，活泼开朗、朝气蓬勃，可以抛开生活中的那些羁绊，去环游世界。在加拿大这些年，我遇到过很多的年轻人，他们大学毕业后去国外旅行，没有太多担心的事情，过个一年半载再回到加拿大继续中断的学习、工作、生活。为什么羡慕呢？并不只是羡慕他们年轻就去旅行，而是因为这些年轻人可以去试错，去冒险，去尝试不一样的人生，而他们身后有一种无形的支持的力量，让他们可以自由地在现实和理想之间切换。人越年轻，越要敢于试错，去寻找自己真正想要的人生。

雨稍停一阵，我们继续开房车西行，他俩则继续骑自行车上路，丝毫不惧随时都会卷土重来的斜风细雨。越往西行，云层越厚，越有秋雨蒙蒙的感觉。路两旁的树梢有很多已经五彩斑斓，虽然是在加拿大，但是也有一种东方美，像我印象中秦岭的秋天，也像几年前在日本旅游时坐大巴车看到车窗外疾驰而过的秋天。路两旁是崇山峻岭，一山翻过还有一山，全都是云雾缭绕，宛若仙境。

转到 16 号公路之后，前半段斯基纳河在路的右边，当斯基纳河开始转到路左边时，风景又完全不一样了。这时的山脉已经完全由落基山脉的模样变成海岸山脉的气质，山上全是密密麻麻的森林，再也看不到一块裸露出来的岩石，更没有了冰川和皑皑白雪。斯基纳河变得水面辽阔，静水深流，让人分不清这是河还是湖。宽阔的河蜿蜒于群山之中，通向大海，水面上又倒映着连绵不断的山影，青山如黛，宛若一幅中国山水水墨画。

大概晚上七点多钟，我们到达今天的目的地——普拉德霍姆湖省立公园（Prudhomme Lake Provincial Park）。这里离鲁珀特王子港已经很近了，只有二十多公里。由于我们旅行时间很充足，今晚就决定住在这里了，明天再好好逛逛鲁珀特王子港。

至此，我们已经进入大熊雨林。位于加拿大卑诗省西北部的大熊雨林，是世界上面积最大、保存最完整的温带雨林，它南起发现群岛，北至加拿大卑诗省与美国阿拉斯加的边界，覆盖了长达 250 英里（1 英里约等于 1609 米）的海岸线和 640 万公顷的土地。

大熊雨林大概有一半以上都是原始森林，遍布着树龄超过一千年的雪松、云杉和铁杉。数不胜数的峡湾，逶迤穿过森林茂密的高耸的海岸山脉，孕育着丰富的海洋生物：鲑鱼、海獭、海豚、海豹、海狮常年栖息于此，而一群群虎鲸、座头鲸、灰鲸、小须鲸则沿着卑诗省海岸线往返于墨西哥与阿拉斯加之间。同时，大熊雨林也是野生动物保护最完好的地区之一，是美洲狮、狼、老鹰、棕熊、黑熊以及珍稀的白色科默德

大熊雨林中，一头白色科默德熊在河里觅食，它身后不远处是一头黑熊

熊（又称灵熊）的天然栖息地。

普拉德霍姆湖省立公园离鲁珀特王子港太近了，所以很多当地人都会来露营，我们到的时候营地已经住满了。但是公园管理员告诉我们先在营地里找地方停车等一等，因为1号露营位的人不会在营地过夜，他们离开后我们可以住下。运气真好。于是我们在房车上做晚饭、休息，耐心等待。1号露营位上是一群聚会开派对的当地人，看起来是原住民，他们喝酒聊天，看起来很快乐，人非常友好，没多久就拔营离去了，于是换我们安稳停下房车，住下。

对于旅行者来说，能有一个安全私密的环境过夜，能生火取暖，再有一杯啤酒抚慰心灵，是最幸福的事了，何况又是在那么一个潮湿多雨的大熊雨林地区。

2023 年 8 月 29 日

雾蒙蒙的海港：真相比小说还要离奇

下了一夜的雨，直到早上，小雨还是淅淅沥沥地下个不停。

普拉德霍姆湖省立公园是个很小的省立公园，营地不大，露营位不多。普拉德霍姆湖本身也是一个小湖，它的周边有很多设施更齐备、游玩方式更多的大湖。但这个省立公园营地很方便，一是离鲁珀特王子港很近，二是就在加拿大 16 号公路路边，和其他若干公园组成了黄头公园群，为自驾的游客提供了更多便利和乐趣。

早晨，我穿着雨衣，在蒙蒙细雨中走到湖边，本想雨中赏湖，结果刚到湖边雨就停了。湖上弥漫着一层白纱帐似的雾气，周围的山上也是云雾缭绕。湖面非常平静，只有一只河狸叼着树枝旁若无人地从我眼前游过去。

我们没有停留很长时间，吃过早饭逛了一会儿就出发了，今天要到鲁珀特王子港。

鲁珀特王子港有着非常重要的战略位置，它位于加拿大卑诗省西部沿海的开恩岛（Kaien Island）上，濒临赫卡特（Hecate）海峡的东北侧，与海达瓜依隔峡相望，是加拿大的煤炭、粮食出口港。这里交通运输发达，是横贯加拿大大陆桥西端的太平洋桥头堡，通过铁路公路网连接起东岸大西洋桥头堡哈利法克斯（Halifax）港。

我们从 16 号公路上一路开过来，觉得很震撼，公路、铁路、水路三路通行，见得最多的就是载满集装箱的火车，绵延数百甚至上千米，从鲁珀特王子港驶出，开往加拿大中部和东部地区。

鲁珀特王子港为北美最深的不冻港，这里的港务局为加拿大联邦政府指派的港口管理机构。鲁珀特王子港港区主要码头有 19 个，海岸线长 3015 米，最大水深为 23.5 米。装卸设备有可移式吊、浮吊、吸粮机、装载机、拖船及滚装设施等，其中浮吊的起重能力为 50 吨，可移式吊的最大起重能力为 60 吨。港区露天堆场面积为 18.5 万平方米，仓库容量达 20 万吨。煤码头最大可停泊 25 万载重吨的船舶，谷物码头可泊 6.5 万载重吨的船舶。可以说这里是加拿大连接亚洲与北美贸易的北部门户，是北美到亚洲最近、最方便的港口。如果航运目的地是上海的话，从洛杉矶出发最短需要 14 天，从西雅图需要 13 天，从温哥华需要 12 天，而从鲁珀特王子港只需要 11 天。

鲁珀特王子港城区不大，布局是依山面水，沿峡湾呈狭长状，人口也才一两万。这里的夏天非常凉爽，日平均温度低于 20℃。同时，鲁珀特王子港被称作"彩虹之城"，是加拿大降雨量最大的城市，年平均降雨量达 2500 毫米。

我们沿着 16 号公路一直开到市中心的海边，沿海有一个广场，铁路也穿过这个广场。这里离沃尔玛、西夫韦等大超市很近，也有不少餐厅，对我来说最重要的，还有一个本地评分很高的位于海边的舵手舱精酿啤酒厂（Wheelhouse Brewing Company）。这家酒厂出品的雾蒙蒙的港口啤酒（Foggy Harbour IPA）和"和津丸"号啤酒（Kazu Maru IPA）都不错，我照例打了两桶。

这两款酒的名字很有意思，一个是雾蒙蒙的港口，简直是鲁珀特王子港最贴切的描述。另一个"和津丸"号，背后有一个奇特的故事。1985 年 9 月，日本尾鹫市的退休公务员坂本和雄驾驶他的船"和津丸"号出海捕鱼。不幸的是，他和船从此再没有回家。一年半后的 1987 年 3 月，在加拿大海达瓜依岛的斯基德盖特海峡（Skidegate Channel），加拿大渔业海洋部的巡逻船"苏克邮报"号（Sooke Post）发现了布满藤壶和杂草的"和津丸"号。要知道，斯基德盖特海峡是分隔海达瓜依南北岛屿的峡湾，同时连通着太平洋和加拿大本土的海湾。很快，就确定了"和津丸"号是从大洋之隔的日本漂来的，而且在海上航行了相当长的时间。

然后，"和津丸"号被带到鲁珀特王子港，在这里它被修复，志愿者们建造了一个开放的木屋展出这艘长约八米的蓝白色相间的小船，并立了一块牌匾以纪念它的航行。木屋所在地有一个公园，是为了纪念所有在海上遇难的海员而建的。坂本和雄的遗孀称，"和津丸"号是坂本和雄"一生的挚爱"，并表示如果坂本和雄知道这艘小船是为纪念遇难海员而建的公园的一部分，他会很高兴的。

巧合的是，日本尾鹫市和鲁珀特王子港这两个城市早在 1968 年就结为姐妹城市，所以这艘坚忍的小船"和津丸"号似乎找到了穿越海洋的方式，从而抵达她的第二个母港——鲁珀特王子港。马克·吐温说过，"真相比小说还要离奇"。

听完这个故事，我有些莫名的感动，感动于这个"这世界我来过"的平凡人的故事，感动于人们轻声传颂的温情。而当我写下这本房车穿越加拿大的故事，这本同样来自大洋彼岸的中国人闯荡加拿大的书，不也正是"这世界我来过"最好的印证吗！

我坐在海边，静静地喝了一杯"和津丸"号，敬这世界上曾经来过

在鲁珀特王子港为纪念所有在海上遇难的海员而建的公园里，安放着这艘从大洋彼岸漂洋过海而来的蓝白色相间的小船——"和津丸"号

的平凡的人。

中午吃完饭，我们一家人在海边休息，可以看到对岸森林郁郁葱葱，山间云雾环绕；身后山上的云蒸腾而起，忙碌的渔船出海或归航，海鸟贴着海面低空飞行。我们坐在海边的长椅上，很安静，很悠闲，就差一缕暖洋洋的阳光洒在肩头。

虽然鲁珀特王子港四季多雨，缺少阳光，但我挺喜欢这个海港城市的，给人一种天涯海角的孤独感。海边开放着很多漂亮的旱莲，有着小小的温润的莲叶，和热烈的五颜六色的花朵，仿佛为这座云雾缭绕的小城带来一缕缕阳光，又像是那些曾经热烈地生活过的生命的象征。

在这个海港停留的这一个下午，让我难忘。

　　傍晚，我们来到鲁珀特王子港的轮渡码头，明天早上，我们将乘坐卑诗省渡轮，从鲁珀特王子港出发，乘渡轮一路穿越加拿大西海岸内湾航道，到温哥华岛的哈迪港（Port Hardy）。

　　其实早在几天前我们就预订了这班渡轮，因为这个时间点的渡轮两天一班，不预订的话房车很有可能没有位置。当然，费用也不便宜，我们一辆二十四英尺的房车和一家六口，这五百多公里航程的船票大概是一千五百加元，其实比开车从鲁珀特王子港绕一圈开到维多利亚的一千五百多公里还要贵。但是，我们无法拒绝这段旅程，因为，一是时间短，二是坐渡轮更轻松，三是沿途风景绝美！

　　卑诗省轮渡公司让我们前一天晚上就进入他们的停车场排队，可以在停车场睡一晚，第二天早上七点，直接开车上渡轮。

　　我们到轮渡码头停车场时，等候的车不多，基本上都是房车，而且都是在这里过夜的。我们也像在露营似的，停好车，然后在房车上煮饭、休息。随后我带着孩子好好探索了一下这个特殊的"露营地"。

　　轮渡码头本身没有太多景色，停车场紧挨着售票厅和休息室，只有一个工作人员值班，这里反倒成了我们这些停车过夜人的"客厅"，在这里自由休息、进进出出，还挺有意思的。

　　轮渡码头旁边是鲁珀特王子港渔人码头，这里停靠着大大小小许多渔船：有比较大的远洋捕捞渔船，也有个人的游艇。木质码头漂浮在海湾里，有一条主道，延伸出很多副道，如果从天上俯瞰，应该像一把大大的木梳吧。

　　天已经黑了，在渔人码头昏黄的路灯下，我带着两个孩子在甲板上散步，从一艘艘渔船旁边走过。这里的渔船大部分都饱经沧桑，在风平浪静的港湾里，沉默地躺在自己的船位上，连轻轻晃动都不曾有过。

夜色中鲁珀特王子港渔人码头静静泊着的渔船

这里除了我们，没有其他人，倒是有不少小鱼，从水底直升至黑黝黝的水面，翻一下它们银白色的肚皮再沉入水里。有一头海豹把头伸出水面，一直在盯着我们，我和孩子们大声吓唬它，都不曾让它挪动一点点。

这里太安静了，和隔壁的集装箱码头形成鲜明对比。

渔人码头再往前就是鲁珀特王子港集装箱码头，我们进不去，但是可以在渔人码头这边远远眺望。整个集装箱码头灯火通明，机器轰鸣，各种车辆穿梭，巨大的吊机把一个个集装箱吊到海里的货轮上，看起来非常忙碌。

世界各地的集装箱五颜六色，被整齐地码放成一堆堆的，其中不乏来自我们中国和亚洲其他国家的货运集装箱，虽是远观，但是这忙碌的场景看得人心潮澎湃。

我借机给儿子们讲："虽然我们现在在加拿大，在鲁珀特王子港，但是你们知道吗，它们正在装船的那个蓝色的大货轮，上面写着'Cosco Shipping'（中远海运），是中国的船，这里很多的集装箱都会乘不同的船跨过太平洋，运往中国。你们知道吗，我们的家乡山东就在太平洋对岸的中国……"

我很喜欢一首老歌——《军港之夜》，歌词很美，旋律婉约柔美，我很喜欢哼唱。今晚，在加拿大太平洋沿岸的海港里，我把歌词做了一些修改，轻轻哼唱起来：

　　海港的夜啊静悄悄

　　海浪把船儿轻轻地摇

　　年幼的孩子头枕着波涛

　　睡梦中露出甜美的微笑

海风你轻轻地吹

海浪你轻轻地摇

远航的游子多么辛劳

回到了祖国母亲的怀抱

让我们的游子好好睡觉

……

2023 年 8 月 30 日

雾蒙蒙的海港：真相比小说还要离奇

穿过无数岛屿与峡湾：海上航行的一天

凌晨五点我就醒了，是被吵醒的。

其实我半夜透过房车车窗往外面看过几次，虽说我们所在的轮渡码头这边很安静，但集装箱码头一直灯火通明，一片繁忙景象。而当早上醒来时，整个港口都忙碌起来了，集装箱码头那边已经将无数的集装箱装上了货轮，而轮渡码头这边也挤满了准备登船的车和人。

七点整，渡轮从码头启航。今天我们要在海上航行整整一天，穿越整个大熊雨林迷宫般的水道和峡湾，于晚上十一点五十分抵达温哥华岛的哈迪港。

其实大熊雨林不仅包括陆地上的森林、湖泊和山脉，还涵盖了加拿大卑诗省很大一片海域。卑诗省轮渡公司有两条航线穿梭于海上大熊雨林的岛屿与峡湾之间：一条是我们今天乘坐的从鲁珀特王子港到哈迪港的航线，另一条是从大熊雨林的中心门户小城贝拉·库拉（Bella Coola）到哈迪港的航线。

这两条航线都位于内湾航道上。内湾航道沿着加拿大卑诗省沿海延伸至美国阿拉斯加，这里从不缺壮观景色，包括高耸的海岸山脉、闪耀的冰川、深邃的峡湾、偏远的岛屿、茂密的森林和宁静的海滩。这里是许多旅行者必游的经典航线之一。阿拉斯加邮轮就把内湾航道作为其最大的卖点。

我们乘坐的这艘渡轮叫作"北方探险号"，虽然车辆满载，但乘客却很少，你完全可以把一两排座位占为己有，躺着睡觉。渡轮上有两个餐厅、一家电影院、一家礼品店，甚至还提供付费的带淋浴和洗手间的私人卧铺单间。我很喜欢这艘渡轮，这里设有很大的落地窗和专门朝向落地窗的真皮座椅，供乘客免费欣赏无遮挡的海天胜景。此外，顶层甲板的户外座椅也非常不错，可以沐浴阳光，又可以欣赏壮阔的海景。

渡轮一般都设有供小孩子玩耍的室内娱乐室。因为有孩子，我们每次坐渡轮都会选择靠近娱乐室的座位。一般的娱乐室都会有滑梯等设施供孩子们攀爬玩耍。这艘船的娱乐室还配备了电视，所以孩子们特别喜欢在这里玩，我们大人也省心不少。

渡轮从鲁珀特王子港码头驶出时，海湾里一片雾蒙蒙，两侧的山上缠着白色的云雾，像欢送我们离开的哈达。经过集装箱码头时，这里的一艘艘装满集装箱的货轮，都处于整装待发的状态。集装箱码头上巨大的吊臂犹如守卫这个港口城市的哨兵，在雾气中显得威严而肃穆。

上万个集装箱在这里等待装载，五颜六色，蔚为壮观。而码头的另一侧直通多条火车道，我们看到其中就有两趟长长的货运火车，装满了集装箱，很多都是两层集装箱摞在一起的，伸向雾蒙蒙的远方。火车实在太长了，我们在行进的渡轮上看不到它的尽头。

现在是早晨七点多，突然我们看到附近水面上跃起几头海豚，它们这么早就出来欢送我们了。

乘坐这艘渡轮能看到鲸鱼和海豚的概率近乎百分之百，因为这条航道正是鲸鱼和海豚巡游的区域。在这里，你会看到灰鲸、长须鲸、座头鲸、小须鲸等各种大鲸鱼，还有最受欢迎的虎鲸——更准确地说，应该是虎鲸群！此外，白腰鼠海豚、港湾鼠海豚、里氏海豚，甚至濒危的太平洋斑纹海豚也常在此出没。而斑海豹、北海狮更是这里的常客，有时经过一块露出海面的岩石，会看到一群群晒太阳的海豹和海狮。

如果遇到鲸鱼，渡轮会停下来，船长会在广播里播报鲸鱼的种类、数量和位置，提醒大家到甲板上观看。不光这一艘渡轮是这样，卑诗省轮渡公司的每一艘渡轮都是如此。我们就在维多利亚到温哥华的渡轮上屡次看到虎鲸群，非常震撼人心。

这次乘坐"北方探险号"，真是船如其名，它在加拿大卑诗省西北部的峡湾和岛屿间穿梭探险，与鲸鱼同游，和老鹰对望，披荆斩棘，乘风破浪。

一上午三四个小时的时间，我们先后看到过一群海豚伴船同游，五到六头座头鲸自在游水，以及十几头虎鲸结伴游弋。当这些庞然大物浮出水面换气时，我们在船上能清晰看到它们喷出的水雾，甚至能听见它们换气时发出的喷气声。

在温哥华岛，出海观鲸是最受欢迎的旅游项目之一。当地有很多专业的出海观鲸公司。游客花上 150 加元左右，出海三四个小时，就有至少 97.5% 的概率可以看到虎鲸甚至座头鲸，当然，海狮、海豹就更多了。

记得八年前第一次来加拿大时，5 月的一天，我和明月一起出海观鲸，很快就看到一群虎鲸，大概有七八头。船停下，慢慢靠近它们。当它们露出水面换气时，所有人都屏住呼吸，用心去感受这神奇的瞬间，用眼睛或镜头记录下这美妙的一刻。

那时候，我们也拍照记录下了第一次看到虎鲸群的瞬间，它们浮出海面换气时发出的喷气声，好像是在给年轻的我们加油打气！记得那天

在加拿大温哥华岛出海的话会有很多机会看到虎鲸

阳光明媚，海风拂面，我和明月依偎在一起，阳光洒在我们肩头，海风吹拂起我们的头发，空气中弥漫着青春的朝气和幸福的气息。一对年轻的小情侣，来到异国他乡，一切都是从头开始，虽然前路充满未知，但也充满无限希望。当我回看八年前的这张照片，从我俩的脸上看到的是年轻人独有的精气神，看不到半点迷茫。要开始新的人生了，有那么多事情要做，哪有时间去迷茫啊！

　　如今在这艘"北方探险号"上又看到的虎鲸群，有十几头，是一个健康强壮的大家族。对了，不知是不是我们八年前看到的那群虎鲸啊，当时才七八头，是不是这几年又添丁了呀？如果是的话，恭喜你们啊！你们也恭喜我们吧，我们也不是当年那两个年轻的小情侣了，也成长为一对坚强可靠的父母，有了两个可爱的男孩，此刻，他俩也在看着你们呢！我们都要加油啊，好好生活，过几年如果再见到的话，再互相打气吧。

虎鲸家庭成员间的关系非常亲密，其亲密程度不亚于人类。每一头虎鲸都非常珍视家庭中的其他成员，即使在食物匮乏的时候，它们也会与家人分享食物，哪怕因此对自己的健康造成损害。对于它们来说，只要一家人在一起，应该就没什么烦恼了吧。和家人在一起的时光，哪怕什么都不做，只是陪伴，也是最有意义的时光。

十几个小时的航程，听起来漫长，实则是一场难得的闲适之旅。渡轮上人很少，我们一家人独占很大一片区域，可以睡觉，吃东西，看书，写字，看窗外的风景，看孩子们嬉闹，没事还会去甲板上晒太阳。坐渡轮的时候，无论是哪一班渡轮，都会看到很多加拿大人非常享受在甲板上晒太阳，松弛得似乎全世界的忙碌都与他们无关。

我和明月带着两个儿子到了顶层甲板上，阳光明媚，海风拂面，我俩依偎在一起，阳光洒在我们肩头，海风吹拂起我们的头发，孩子们爬上爬下，嬉笑玩闹。如果有人帮我们再拍下一张照片，从我俩的脸上看到的依然是充满希望的神情，感受到为人父母的刚强，不会看到半点忧虑，是啊！今后还有那么多事要做，还有孩子要养大，哪有时间去忧虑啊。

时间过得很快，特别是过了中午，在不知不觉中，天色就慢慢黯淡下来，内湾航道我们已走过大半。

其实除了欣赏峡湾美景、观赏野生动物、享受阳光，这条内湾航道还有非常多的自然历史遗迹，官方推荐的就有多达十几处。从鲁珀特王子港出发，一路会经过律师岛灯塔（Lawyer Islands Lighthouse）、格伦维尔海峡（Grenville Channel）、布特达尔（Butedale）、斯旺森湾（Swanson Bay）、加拿大国家历史遗址船礁灯塔（Boat Bluff Lighthouse）、象牙岛

乘坐卑诗轮渡行驶在内湾航道，可以看到加拿大国家历史遗址——船礁灯塔

灯塔（Ivory Island Lighthouse）、树精岬灯塔（Dryad Point Lighthouse）、贝拉·贝拉（Bella Bella）、顶端岛灯塔（Pointer Island Lighthouse）、纳穆（Namu）、哈凯依·路巴依斯保护区（Hakai Lúxvbálís Conservancy）、艾登布鲁克灯塔（Addenbroke Lighthouse）、鸡蛋岛灯塔（Egg Island Lighthouse）、松树岛灯塔（Pine Island Lighthouse）、斯嘉丽岬灯塔（Scarlett Point Lighthouse）等，最后抵达哈迪港。这一百多年来，每一处都有其传奇的历史故事，都值得过往的游客去探寻一番。

就这样，一路南行，晚上十一点五十分，我们抵达了哈迪港。

2023 年 8 月 31 日

走遍加拿大千山万水，还是温哥华岛最美

　　昨晚抵达哈迪港后，夜已深，天已黑，我们便把房车停在哈迪港的停车场住了一晚。非常安静的一晚。

　　早上醒来时，哈迪港轮渡码头雾气弥漫，宛如仙境，不过气温也很低，必须得穿外套才行。海湾十分安静，海湾里的水在岸边绿色松林的映衬下，也被染成绿色，一只海鸥被我惊起，鸣叫着贴着海面飞向远方，仿佛一抹白光掠过。

　　哈迪港是以英国皇家海军中将托马斯·哈迪（Thomas Hardy）爵士的名字命名的，他在 1805 年英法战争中的特拉法加海战中担任英国"胜利"号战舰舰长。加拿大有很多地名、街道都是以人名命名，比如温哥华和温哥华岛就是以当时探索发现这里的乔治·温哥华（George Vancouver）船长命名的。我觉得这种命名方式很好，用英雄、勇士和探险家的名字来命名，激发人性中追求荣耀的心，便能激发起个人更多的自律，激发起社会中更多的美好去战胜丑恶。

　　这个位于温哥华岛最北端的海港小城风景优美，是进入陆上与海上南大熊雨林的门户之一，常住人口仅有四千余人。哈迪港的特色是观鲸、看三文鱼、海钓、观熊、徒步、探洞等，都是一些非常亲近大自然的活动，同时这里还有很多的图腾柱，是原住民居住比例很高的一个小城。

这个城市太小了，我们一家人在城市中心的海边驻车停留，闲逛了一会儿。这时是上午十点左右，退潮了，雾气弥漫，远处海中一艘帆船在出海，没几个人影，周边由远及近叠加着白头海雕、海鸥和乌鸦的叫声，此起彼伏，但并不热闹，反而衬托出这个海港小城的清冷孤寂。我们这一路房车穿越加拿大，见过了太多僻静之地，到此时，已不想再停留，于是立刻启程，一路向南，最终会到达温哥华岛最南端的维多利亚。

温哥华岛作为加拿大最西南的岛屿，面积和台湾岛差不多大，形状颇像一只踩着太平洋、鞋尖朝斜下方的鞋子。如果说哈迪港是鞋后跟的话，那么维多利亚就是鞋尖了。加拿大 19 号公路沿着鞋面往下，从哈迪港依次穿过麦克尼尔港（Port McNeill）、坎贝尔河（Campbell River）、考特尼（Courtenay）、帕克斯维尔（Parksville），在纳奈莫（Nanaimo）切到加拿大 1 号公路，再穿过两三个城市，就到了大维多利亚地区。全程大概五百公里。

因为时间仍然充足，我们今天计划开一半，中途找合适的露营地住一晚，这样会比较轻松。

温哥华岛的公路笔直且平整，要么穿林而过，要么依海而建，风景秀丽，在温哥华岛自驾是一件非常愉悦的事。再加上一路往南方开，晴天越来越多，阳光越来越和煦，天气越来越暖和，离家越来越近，心情也越来越好。而且，岛上旅游设施也非常完备，每个小城市之间相隔几十公里，有很多酒店、旅馆、民宿，以及数不清的各色美食餐厅，旅行个十天半月会是一件非常轻松惬意的事。如果你喜欢露营，岛上也有很

温哥华岛西海岸靠近冲浪小城托菲诺的沙滩

多露营地，体验非常好。每到夏天七八月份露营季，大小营地总是被预订一空，如果想来这边露营旅行，一定要做好规划，提前预订。

　　试想一下，当炎热的夏天，很多地方都是高温酷暑的时候，而在这个夏天平均气温不超过25℃的温哥华岛上，度过一个悠闲而松弛的夏日时光，该为人生留下多么美好的一段回忆啊！同时，温哥华岛又是各种户外运动的天堂，可以登山、滑雪、徒步、探洞、划船、冲浪、潜水、海钓、观鲸、露营、采蘑菇、钓螃蟹、挖蛤蜊、捡生蚝、泡野温泉、骑自行车、飞机观光等，每一项活动都可以找到很多可去玩的地方。

　　我们中午到达坎贝尔河，这是温哥华岛上的第三大城市，仅排在维多利亚和纳奈莫之后。坎贝尔河位于温哥华岛中央靠东岸，大概是这个鞋子岛屿的系鞋带的位置。这里有现代化的医院、博物馆、大型购物中心、高尔夫俱乐部、养老中心等各种设施，被称为温哥华岛北岛门户城市。

坎贝尔河人口不到四万，除了发达的林木业以及采矿业，几十公里长的海岸线以及迂回曲折的水道蕴藏着丰富的水产资源。坎贝尔河城北面的发现水道和连接的乔治亚海峡（Georgia Strait）、约翰斯敦海峡（Johnstone Strait）均被列入世界上最佳潜水去处之一。而且，每年 6 月至 11 月的鲑鱼洄游季，会有数千倍于当地人口的鲑鱼洄游至此。丰富的鲑鱼使得坎贝尔河本土文化得以繁荣发展，又为熊、鹰、海豹、海狮等其他动物提供了食物，所以坎贝尔河又被称为"世界鲑鱼之都"。

坎贝尔河给我的感觉就是松弛。我们前些年夏天环游温哥华岛的时候，就到过坎贝尔河。我记得有一个午后，我们在坎贝尔河小城的海边，一家人停车在海边野餐、晒太阳，停留了几个钟头，但那种松弛感却在我脑海中留下了无法磨灭的印象。后来我们去了坎贝尔河东北方向三十公里处的莫顿湖省立公园（Morton Lake Provincial Park）露营，从公路拐弯穿越很长的土路才能抵达，露营地就在莫顿湖边。那时还没有房车，我们面朝湖水搭帐篷，在帐篷里可以看到碧波荡漾的湖面，还能去湖中游泳。记得湖水好清澈啊，湖四周围着一圈森林，好安静啊，只听见自己游泳时双手的划水声，整个人被头顶的蓝天、洒在身上的阳光、浸润全身的湖水包裹着，融入纯净的大自然中。这次我们在坎贝尔河没有过多停留，反正就在岛上，以后还会常来。

虽然温哥华岛非常适合旅行，但我更觉得这是一个适合生活的地方。当你真正身处其中，你会感到温哥华岛本身就存在一种磁场：温润的海洋性气候、壮美的山川湖海、缓慢的生活节奏、舒适的人际关系，让居住在此的人慢慢放下很多没必要坚持的东西，削减掉很多虚妄的欲望，转而把时间和精力投入人生真正重要的人和事上。

从坎贝尔河吃完饭，沿着 19 号公路往南开二十公里左右，在这里有一个我每次路过都要来的景点——生蚝河壶穴（Oyster River Potholes）。壶穴，又称瓯穴，是河流上游常见的一种地貌。由于雨水使河水流量增加，带动上游的石块向下游流动，当石块遇到河床上的岩石凹处无法前行时，会被水流带动而打转，时间一长便将障碍磨穿，形成一些圆形孔洞，就被称为壶穴。

温哥华岛上有很多壶穴，比如离我们更近的著名的苏克壶穴省立公园（Sooke Potholes Provincial Park）。这是位于苏克河的一段河流壶穴，夏天成为维多利亚人最喜欢去的地方之一。人们带着孩子在这里玩耍戏水，休闲避暑。而到了秋天鲑鱼洄游的季节，这里又是观赏鲑鱼洄游的绝佳之地，非常值得一游。

生蚝河壶穴远没有苏克壶穴省立公园出名，它只是生蚝河的一小段河道，甚至连专门的停车场都没有。我们只能把车停在 19 号公路两边，从路边徒步走到河底。第一次来的话很容易不小心错过这里。一旦错过会非常可惜，因为这是一条非常美丽、非常清澈、非常适合全家游玩的壶穴河河道。岩石河床上遍布着成百上千个大大小小的壶穴坑洞，清澈的河水流经这些坑洞时，或成浅浅一洼浅绿的清水，或成深可没及成人的墨绿色深水池。天气晴朗的时候，这一个个圆圆的水中坑洞，仿佛一个个颜色深浅不一的碧玉，在阳光下熠熠生辉。你可以游泳、戏水、跳水、漂流、潜水，趣味十足，甚至单是坐在河边的峭壁上看风景，就已经非常赏心悦目了。

我们在这里玩了两三个小时，两个儿子玩得兴高采烈，离开时三步一回头，恋恋不舍。如果不是还要去找露营地入住，怎么也得在这里玩到晚上吧。如果大家想来这里玩的话，我推荐附近一个非常棒的露营地——奇迹海滩省立公园（Miracle Beach Provincial Park），很大而且设施齐全，森林和海滩、大海相互映衬，非常漂亮。记得一定要预订，这个营地太热门了，临时过来不一定有位置。

从生蚝河壶穴沿着19号公路往南开100多公里，就到了帕克斯维尔（Parksville）。帕克斯维尔坐落于温哥华岛东部乔治亚海峡沿岸，如果要评选出温哥华岛地理位置上的中心，帕克斯维尔绝对当之无愧。这里往北到岛上第三大城市坎贝尔河约120公里，往东到艾伯尼港（Port Alberni）约48公里，到太平洋海滨冲浪小城托菲诺约170公里，往南离温哥华岛第二大城市纳奈莫约37公里，离岛上第一大城市维多利亚大概150公里。无论你要去岛上哪个城市，都要在帕克斯维尔歇一歇，玩一玩。

帕克斯维尔人口只有一万多，是一个优美又便利的海滨小城，这里有和煦的阳光，有轻柔的微风，有又长又平坦的海滩，有悠闲惬意的生活。还记得我刚到加拿大那一年，朋友带着我和明月来这里的夸里可姆海滩（Qualicum Beach）玩，退潮后海滩往里延伸了数里远，到处都是蛤蜊、生蚝、象拔蚌。我们那次挖了很多蛤蜊和象拔蚌，让我感叹加拿大的物产丰富，以及这个小城生活的舒适。

帕克斯维尔无论是生活还是游玩都非常便利，甚至这里还有一个备受当地人和游客喜爱的精酿啤酒厂，它以岛上的阿罗史密斯山（Mount Arrowsmith）命名，叫阿罗史密斯精酿啤酒厂，这里的啤酒我都很推荐。

此外这里离周边很多有趣的小镇都很近，比如离帕克斯维尔不到十公里远的小镇库姆斯（Coombs）就有古老的乡村市场，这里以屋顶上的山羊而闻名。主人在屋顶上种草、养山羊，还盖有小木屋供山羊居住。市场从1973年建成至今，已经成为路过此地的人们必看的景点，这个

温哥华岛上的小镇库姆斯，以屋顶上的山羊而闻名。主人在屋顶上种草、养山羊，还盖有小木屋供山羊居住

市场也成为游客往来购物和歇脚的地方。

　　如果喜欢露营，周边更是"名"营地云集，光是省立公园就有：拉斯特雷弗海滩省立公园（Rathtrevor Beach Provincial Park）、英国人河瀑布省立公园（Englishman River Falls Provincial Park）、小夸里可姆瀑布省立公园（Little Qualicum Falls Provincial Park）。这些省立公园有的是森林海滩，有的是河流峡谷，还有的则是瀑布深潭，不同景观就在营地附近，带上家人或三五好友，花上一周甚至更长时间在此露营，绝对是人生超级美好的回忆。

　　大概傍晚六点多的时候，我们经过拉斯特雷弗海滩省立公园时，准备碰碰运气，看是否有空位，有的话就在此住一晚，结果不出所料，营地全满。岛上的这些营地虽然都很漂亮，但以前我们都住过，所以并没有什么遗憾，以后随时都可以来游玩。其实这时候，出行一个多月的我们，早已归心似箭，而这里离维多利亚也只有一百五十公里，两个小时左右的车程。那就回家吧！

这也让我想起十年前自驾西藏那一次，用时一个月，也是越到最后一段路程，越是归心似箭。人真是一种奇怪的动物，在一个地方生活久了，就想出去看看；出去久了，就想着回到熟悉的地方。我们还算幸运，有选择的能力和权利。

帕克斯维尔往南下一个城市就是温哥华岛的第二大城市纳奈莫。咱们华人戏称其为"奶奶庙"，纳奈莫这个名字来源于原住民的萨利希语，其中一个意思为"聚会之地"。因其为天然的深水良港，官方绰号为"海港之城"。1986 年，查尔斯王子和戴安娜王妃到访时，还签署过官方声明正式确立此绰号。

纳奈莫作为一座沿海城市，气候温和，冬暖夏凉（冬季平均气温6℃，夏季平均气温24℃），风景优美，交通便捷，和岛上第一大城市维多利亚在气候、地理、人文、环境等方面都比较相似，规模比维多利亚小一些，人口数量也少，大概十万。

加拿大温哥华岛大学就坐落在纳奈莫，它是一所公立基础类大学，虽然没有维多利亚大学那么有名气，但是它的授课质量在全卑诗省排名第一，酒店管理、旅游管理、教育学、商科、渔业及水产业、生物学、艺术设计等专业都非常受欢迎，在校学生接近两万人。我一直觉得这个学校对于那些并不一心追求名校的学生来说，是一个宝藏学校，得益于它优良的授课质量和接地气的专业，学生的实习和就业状况都非常好。我身边有不少朋友或同事，就是在温哥华岛的大学完成学业，而后顺利找到工作并移民成功的。

此外，纳奈莫到温哥华也很方便。因为温哥华岛四面环海，所以往返温哥华很多人都会选择轮渡。维多利亚只有一条从斯沃茨湾（Swartz Bay）到温哥华特瓦森的轮渡航线，纳奈莫有两个轮渡码头可供选择，杜克岬（Duke Point）到温哥华特瓦森，或启航湾（Departure Bay）到温哥华马蹄湾（Horseshoe Bay）。乘坐飞机的话，无论是普通飞机、水上飞机还是直升机，也都比维多利亚到温哥华要近一些。

这里的华人也不少，特别是近十年来，越来越多的华人来这里定居、学习、旅行。我想这得益于上面提到的几个方面：得天独厚的地理环境、气候和生活条件，较低的房价和生活成本，离华人更多的温哥华更近、更便利等。

在纳奈莫切到加拿大 1 号公路，一路高速又陆续经过温哥华岛上一些漂亮的小城镇，比如有着世界最美杜鹃树的史密斯小姐（Lady Smith），"壁画镇"彻梅纳斯（Chemainus），"图腾之城"邓肯（Duncan），"慢城"考伊琴湾（Cowichan Bay）等。我想，随着越来越多的人选择居家办公，会有越来越多的人选择去纳奈莫或者类似这种大城市周边的小城市去学习、工作、定居。像温哥华、多伦多等这些华人喜欢的大城市，移民的门槛无疑是很高的；但是相对偏远的小城，竞争压力小，工资水平高，移民门槛相对较低，同时也是真正体验加拿大生活的地方。

还有一个层面，买房子是很多人移民必不可少的环节。我刚来加拿大的时候，买房是没有限制的，哪怕你是外国人，持有旅游签证也能在加拿大买房或投资，但如今在加拿大买房有了诸多限制。比如，加拿大联邦政府出台全国范围的禁令，从 2023 年 1 月 1 日起，禁止外国公民在加拿大买房。这个禁令原本截止到 2025 年 1 月 1 日，目前又延续两年至 2027 年 1 月 1 日。后来，加拿大政府稍对海外买家放宽禁令：

工签持有者，若工签还有超过 183 天以上的有效期，首次在加拿大买房，可购买住宅；国际留学生也可以，但有两个条件：一是买房的前 5 年，每年都要在加拿大住满 244 天，二是所购买房产价值不能超过 50 万加元。

以上只是加拿大联邦政府的政策，若你在卑诗省，还需遵守卑诗省的相关规定：若你不是加拿大公民或永久居民，即使是符合条件的工签持有者或海外留学生，在卑诗省较热门的区域，如大温哥华地区、大维多利亚地区、纳奈莫地区、基隆拿地区买房，需额外支付房价的 20% 作为海外买家税。

而这时候，我上面提到的温哥华岛的史密斯小姐、彻梅纳斯、邓肯、考伊琴湾这些小城镇，甚至距离维多利亚最近的米尔湾（Mill Bay），因为属于考伊琴谷地区，所以没有 20% 的海外买家税。不过话说回来，这些地方真的不差，而且由于有一些顶级的贵族私立学校，深受注重教育者的青睐。比如建校于 1921 年的玛格丽特皇后学校（Queen Margaret's School）就位于邓肯，建校于 1916 年的桑列根湖学校（Shawnigan Lake School）位于桑列根湖，我身边有一些朋友就选择在此买房定居。

当然，加拿大的移民、房产、工作、留学等政策，每年都会发生变化，若实在跟不上变化的节奏，那就找专业人士，如持牌移民顾问、房产经纪等，专业的事交给专业的人，总不会错。

回到我们这次房车穿越加拿大的旅程，到晚上八点多的时候，1 号公路越来越宽，车辆越来越多，路灯越来越亮，维多利亚到了。准确地说，是大维多利亚地区到了。

曾几何时，我们戏称维多利亚是"维村"，笑称这座城市很小，人口很少。我们曾觉得这里房屋低矮，没有太多高楼大厦，然而当我们从加拿大北部人烟更加稀少的地方归来，才觉得维多利亚真是一个大都市，车多路宽楼高，真繁华，真热闹啊。

每次离开维多利亚一段时间，总是会很想念这座城市，想念在这里的生活，这座城市有一种魅力，让人念念不忘。

维多利亚是加拿大卑诗省的省会，位于温哥华岛的南端，是温哥华岛上最大的城市和海港。这里气候温和，冬暖夏凉，属海洋性气候。冬季是雨季，平均气温都在 0℃以上，霜冻期仅有 20 天左右；夏季很凉爽，气温一般不会超过 25℃，晚上睡觉都需要盖薄被。维多利亚市内秀美宁静，精致典雅，一年四季繁花似锦，绿草如茵，拥有众多美誉："花园城市""英伦风情城市""加拿大最浪漫的城市""世界最宜居小城市""最适合女性发展的城市""70% 加拿大人退休之后想来养老的城市"……

温哥华岛上总共有八十万左右的人口，其中大维多利亚地区就占一半，但华人其实并不是很多。早在 1858 年弗雷泽河谷发现金子之后，维多利亚就迅速成为淘金者的中途补给站，人口更是在数天内从三百人激增至五千人以上，首批华裔就是这时来的，更是建成迄今保存完好的加拿大首条唐人街。往后数十年维多利亚一直是加拿大华人最多的城市，当年更被当地华人称为"大埠"。随着加拿大太平洋铁路于 1886 年开通，西岸总站所在的温哥华开始取代维多利亚成为卑诗省的经济中心。温哥华的华裔居民逐渐增加，到了 20 世纪初就超过维多利亚。

诚然，温哥华城市更人、机会更多、交通更便利、经济更活跃、生活更丰富，有着更像中国的生活圈子和生活方式，在温哥华的列治文市，甚至不用讲英语，就可以工作和生活得很好。但是，我们还是喜欢生活在维多利亚。

这座城市不大，但作为卑诗省的省会，一应俱全，还屡次获得"世界最佳小城市"第一名的美誉。这里的工作机会没有温哥华多，但工资水平反而更高，同时作为卑诗省的省府和加拿大太平洋海军基地所在地，还能提供一些其他地方没有的工作机会。这里教育资源也非常丰富，无论是小学、初中还是高中，公立学校与私立学校的选择都非常广泛。高等教育机构如维多利亚大学、卡莫森学院、皇家大学等，不胜枚举。这里还有加拿大排名前十的皇家朱比利医院（Royal Jubilee Hospital）和排名前二十的维多利亚总医院（Victoria General Hospital），姑且不论每年排名如何变动，其权威性和专业性还是足以让普通民众受益……

其实，选择一个城市就像选择自己的配偶一样，人无完人，城市也没有完美的城市。这个世界是讲究缘分的，所以总是可以找到一个相对合适的人，然后慢慢去发现他 / 她的优点，然后一起携手进步，彼此磨合，变得更加适合和完美。同样，也总可以选择一个自己喜欢的城市来生活，然后慢慢熟悉、适应，爱上这里，让它从一个陌生的城市，变成属于你且你也属于它的家园。

如果让我用自己的话来总结维多利亚这个城市的特点，那就是，这里既可以脚踏实地，又可以奔赴山海。而这次房车穿越加拿大之旅，也是我们一家人奔赴山海归来，重新回到脚踏实地生活的起点。

晚上八点半，我们终于到家了。往返一万公里，从太平洋到北冰洋，平安归来。

2023 年 9 月 1 日

何处为家？心安之处就是家

　　我们的房子位于大维多利亚地区萨尼奇市（Saanich）一个安静的街区。萨尼奇虽叫"市"，其实就相当于我们国内某个城市的"区"。

　　从家里出发走路十分钟内有两所公立小学、两所中学、两所私立学校。此外，超市、餐厅、咖啡店、酒吧、银行等也都离得不远，周边还有四五个不同主题的公园。开车就更方便了，十分钟左右到维多利亚大学和卡莫森学院，十五分钟到维多利亚总医院和皇家朱比利医院，二十分钟到市中心我上班的费尔蒙帝后酒店。如果想亲近大自然，开车十多分钟能到若干个安静或壮美的森林或海滩……所以，我们居住的位置还是很便利的。

　　房子是一层的，不像其他人家有楼下可以出租的单位，不过这样倒也清净。房子本身没什么大的特点，只是一座普通的独立屋，够我们一家人住而已，优点是院子很大。前院靠路，有草坪和停车的车道，后院四五百平方米，有小木屋仓房、水泥地露台、非常大的草坪、若干花草果树和一个不怎么种菜的菜园。

　　房子坐北朝南，虽然院子最南端有几棵高耸的道格拉斯冷杉树，但

维多利亚一个美丽安静的街区

不妨碍我们享受四季的阳光。客厅连着后院，所以我们一家人每天有很多时间是待在后院的。

　　昨天晚上到家时天色已晚，就没怎么细看院子的景象。一个多月没在家里住，房子里面倒是一切如常，也没啥灰尘，非常干净清爽。我们一家人只是简单收拾了下房间，洗了热水澡，就早早睡下了。这一觉睡得真好，躺在自己家的床上，睡得比在任何地方都踏实、安心、香甜。

　　维多利亚的夏天虽然凉爽，但是属于旱季，整个夏天几乎没有降水，再加上强烈的阳光和紫外线，再好的园子如果不浇水，花草树木也会干枯。我们不好意思麻烦朋友或者邻居来帮忙浇水，于是在临出发前，咨询过本地的园艺公司，打算安装一套自动喷水系统，可他们报价太高了，要三千加元。聪明的明月在油管（YouTube）上搜索了一下自动喷水系统的原理和制作方法，然后我们自己去超市采购了一些水管和计时开关，制作出一套家用的自动浇灌系统，总共花费才一百多加元。

在加拿大，住在自己的房子里是一件很幸运的事，但随之而来的很多家务活都得自己动手，无论是修剪草坪、打理花园，还是维修屋顶、墙面，甚至水电维修、修车、装修都需要亲力亲为，不然一旦请专业人士来做，花销会非常大。所以，在加拿大时间长了，很多人都成了"多面手"，就像我们现在，能自己干就自己干，既节省开支，又能享受自己动手带来的充实感和成就感。

事实证明，我们自发研制的这个自动浇灌系统非常好用，出门旅行一个多月后归来，院子里依然郁郁葱葱、生机盎然。

一早醒来，院子里鸟鸣声一片。因为有那几棵高大的冷杉树的存在，再加上西梅树、无花果、葡萄树都结满了果子，小院里一早一晚总是有很多鸟雀来访，叫声此起彼伏，婉转悠扬，百鸟朝凤似乎都没这架势。

经过一个多月的肆意生长，草坪的草又厚又密，绿油油的，像厚地毯一样覆盖着后院大部分土地。石板路的缝隙里也钻出不少蒲公英和四叶草，趁着我们出门在外，这些小小的花草努力地生长着。儿子种的向日葵，有的长得比我还高，花盘里密密麻麻的瓜子，把其中几棵向日葵都压弯了腰。无花果树上的无花果已经没了踪影，不知道是被松鼠还是浣熊吃掉的，也许是鸟雀，或许都有份儿。西梅树上结满了果实，这个品种的西梅又大又甜，紫色的，我一连吃了好几颗。葡萄也结了不少，是小小的绿色葡萄，在阳光的透射下晶莹剔透，吃起来酸酸甜甜，用来打发闲暇时光还是不错的。

当时买这套房子的时候，一看到后院我就下定决心要抢下来。真的

出门远行一个多月后归来，后院一片郁郁葱葱

是抢下来的！2021 年的加拿大房地产市场处于历史最高点，妥妥的卖方市场，夸张到什么程度呢？在这个房子之前我们看了几十套房子，下了十几个报价，一直都没有结果。但是，我一直相信，一切都是最好的安排！所以看到这套房子的时候，我们一下子就下定了决心。尽管当时有几十个人来看房，房主也收到六七个报价，但我们依然决定全力以赴，最终在房主要价的基础上加了三十多万加元，成功抢下了这套房子。

很多人会问我，会不会后悔在房价最高点买房？我从来没有后悔过。作为普通人来说，房子如果是刚需，不存在赔不赔本的问题，一切都是最好的安排，而且当时我们也是在最高点卖出了第一套房子来买这一套。如果买不到，那么一家六口人就要陷入居无定所的境地，我是坚决不会让这种事情发生的，所以，我当时很庆幸能抢到这套房子。

另一方面，住在这里太适合我们了，特别是偌大的后院，让我们随时可以接受大自然的治愈。晴天时享受阳光洒在肩头，雨天里倾听小雨淅淅沥沥；清晨欣赏小鸟鸣唱，夜晚仰望满天繁星。无论大人还是小孩，每天都感到平安喜乐。

今天阳光明媚，我们把所有的被褥拿到后院晾晒，随后铺了一块干净的毯子，带两个儿子躺在上面晒太阳。耳边播放着田园风格的轻柔的吉他曲，一人拿一个苹果啃着，温暖和煦的阳光均匀地洒在我们身上。时光化作阳光在缓缓地流淌着，阳光又化作一股股暖流按摩着我们的每一寸肌肤，后背渐渐变得热乎乎的。天空碧蓝如洗，两架飞机像两个银色的点，相遇交叉又各自远去，留下两道白白的云，慢慢由细变粗，慢慢散开。此刻，周围很安静，青草似乎在跟我们低语，让我们去嗅它的清香。一只蝴蝶轻飘飘地飞来，又轻飘飘地飞走。

我的手机已经静音好久了，根本不在意有没有电话打进来；就这样躺在后院晒太阳，也不担心会有人闯进我家来打扰这份宁静；最重要的是，此时此刻，我的心非常安宁，没有任何事能够扰乱这颗心，只是和孩子们尽情享受阳光。

"莫将闲事挂心头，便是人间好时节。"

何处为家？心安之处就是家。

2023 年 9 月 2 日

何处为家？心安之处就是家

安身立命之处

　　我有一个特别的爱好。一般早上六点趁着家人还没醒的时候，去家附近的社区活动中心游泳，游完泳之后可以蒸桑拿。我喜欢在这个活动中心蒸桑拿，因为即使是早晨，小小的桑拿房里也不缺人，有话多的、话少的，幽默的、严肃的；有随队训练的青少年，有早起健身的上班族，也有习惯早起的老人。

　　进入桑拿房，有时会很安静，有时大家会互相聊天。一开口的时候，就很有意思了，有土生土长的加拿大人，有喜欢三两个人坐在一起的印度移民，有讲着东欧语言的壮汉，也有讲西班牙语的南美小伙子、小姑娘，我甚至跟几个讲粤语的华人老移民混得脸熟了……

　　很有意思，因为大家都只穿着泳衣，除了年龄、高矮、胖瘦，你不知道对方是什么来头，大家都很平等。为了打发时间并缓解同处一室的尴尬，大家会聊些家常，基本上不会有人打探隐私，毕竟都是趁着清晨时光健身、游泳，开启一天的美好时光，主打一个放松。我有时会觉得这种场景很神奇，彼此陌生的人们，聚在一起聊天，彼此都很包容，气氛也很融洽。

这其实也是加拿大的一个社会缩影。

在加拿大这几年，在潜移默化中，我的工作、社交和生活也发生变化。

首先，自信的身份认同。身边所有的同事和认识的人，都知道我来自中国，我的英文名就是中文拼音，社交媒体上的名字也是中文名字加拼音，平时从不避讳给身边其他国家的人介绍中国的文化，分享我个人的见解。

其次，社交做减法。"酒逢知己千杯少，话不投机半句多"，在加拿大人际关系非常简单。我现在身边有几个关系很好的朋友，平日里隔个十天半月喝喝酒、聊聊天，偶尔去露露营爬爬山，已经非常满足了。无论生活中还是工作中，做自己就好了，没必要为了迎合别人而伪装自己。

再者，做自己喜欢做的事。加拿大的收入差距并不是很大，不论你做什么工作，都是受尊重的。所以，你喜欢什么行业，擅长什么工作，就去做什么工作吧。只要喜欢，自己就会慢慢成为这个领域的专家，获得越来越多的收入和成就感。

最后，成为自己想成为的人。我也是经过这些年才渐渐明白了生命中什么是最重要的，慢慢知道自己想要什么，不再在意他人的眼光，开始做自己想做的事，过自己想过的生活，忠于自己的内心，坚定自己的选择。

如此，方能安身立命，才能实现自己的人生价值。

我是一个从农村走出来的普通青年，深知农村孩子走出来有多不容易，更明白能够安身立命、实现人生价值的难得和珍贵！

每年暑假，我的妹妹都会回老家教一个月的英语。每到这时候，她都会选一天和远在加拿大的我连线，让我给她的学生讲一讲加拿大的事

来加拿大几年后，越来越喜欢独处，喜欢坐在院子一角，安静地做回自己，享受独自一人的时光

情，以此来激励他们。

看着屏幕前家乡的孩子们，那一张张稚嫩的面孔，让我不禁诚惶诚恐。他们不就是三十年前的我和我的童年小伙伴吗？每次我都发自肺腑、苦口婆心地告诉他们：一定要好好学习！只有好好学习，才能走出农村，到更广阔的世界去施展才华！我真的希望这些孩子们能够做到。

如果要参照"马斯洛需求层次理论"的话，第一层是生理需要，第二层是安全需要，第三层是归属和爱的需要，第四层是尊重需要，第五层是自我实现的需要。来加拿大这几年，在维多利亚生活，前四层需求基本上已经满足，现在正朝着第五层不断努力。

而前文也说过，自我实现的需要是没有尽头的，会随着自身的改变而不断改变，这也是我们一直在努力践行的：继续学习，继续努力，跳出舒适圈，去成长，去探索，去实现自我的价值。

2023 年 9 月 3 日

后 记

又要过年了。

时间过得真快，不知不觉房车穿越加拿大回来已经半年，我们的生活又回归正轨。

明月回来后，又接到加拿大卑诗省教育部二十四级政策分析师的工作邀请，级别和薪资更高，而且可以居家办公。这个工作非常适合她，如今几个月过去，明月已经转正，并且在新的工作岗位上得心应手。

我也依然在酒店正常上班并打理自己的自媒体，不过，申请了减少班次，同时减少了投入在自媒体上的时间。这样陪伴孩子的时间多了，休闲的时间多了，可以好好沉淀一下，好好思考接下来的人生打算。

过去的一年好像是每三个月一个节点。上半年几乎都是在全职上班和直播中忙碌，然后逐渐慢下来，申请减班，买了房车，不知不觉到了年中的房车穿越加拿大之旅。回来后又过了三个月回了趟国，参加中国国际进口博览会，看望父母和妹妹一家，然后回加拿大，很快又迎来了新年。这一个个"节点"，在发生之前是"盼头"，发生之后成为美好的回忆。

现在感觉人生中一个又一个的"盼头"特别重要，特别让人期待，让人在平凡的日子里有所期盼，让人在最难过的时候也能心怀希望，这些"盼头"就像一串串珍珠，串联起人生美好的回忆。

而"盼头"有时候不是等来的，需要自己去创造，去争取，甚至全力以赴。

今天是大年三十。在国内过年的时候，大年三十总是最有年味的时候：贴春联，放鞭炮，祭祖，吃年夜饭，嗑瓜子看春晚……这些熟悉的场景总是萦绕在我心头。

加拿大的春节虽然也是一个重要的日子，但是认认真真过春节的仅限于小范围的华人家庭或家族，所以要比国内冷清得多。因为岳父岳母也回国了，所以，今年的大年三十只有我们一家四口自己过，这也是我们一家四口第一次单独过春节。今年虽没有老人在场，也要好好过年。我把家里里里外外收拾得干干净净，点亮院子里所有的灯笼和彩灯，播放着过年时听的小曲儿。明月烧了六个好菜，两个儿子穿上喜庆的红毛衣……过年了！已经许久没有喝酒的我，也开了一瓶好酒。

这个年是简单快乐的。这像极了我们家现在的状态——忙碌且充实，每天的生活简单而快乐。我和明月各有工作，家庭的分工也明确。她上班时我管孩子，我上班时则由她来带孩子，她工作更忙碌，所以我接送孩子的时间就更多一些。现在的我们，教育好孩子当然是重点，还好两个孩子都在一个学校，接送更方便一些。平时想方设法让孩子吃好饭，睡好觉，快快乐乐地玩耍，并在点滴中培养他们良好的生活习惯。然后，在工作和照顾孩子的间隙，我俩有时一起跑步、一起爬山，有时各忙各的。她喜欢追剧、美食、摆弄花园，我没事就去游泳跑步、读书喝茶。生活就像流水一样缓缓流淌，我俩都很喜欢现在的这种状态。

我在想，生命的意义究竟是什么？过一种快乐的、自洽的生活，构筑一个稳定、美好又洋溢着幸福的生活圈，并不断去稳固这个生活圈，让其坚如磐石，让其能扛住任何从外部和内部的冲击和破坏，自给自足。

也许这就是我生命的意义。这也是我每天于平凡中寻找不平凡的意义。

诚然，在加拿大的生活是简单的，有时真的是寂寞、孤独。破除这种孤独寂寞最好的方法，并不是通过做其他事来对抗它，而是正视它、面对它，让自己一心一意沉浸在这孤独寂寞中，去体会它、升华它。

既然觉得看孩子无聊，那么，就放下手机、放下手中的事情，用心陪孩子，用心去感受孩子的喜怒哀乐，和孩子一起成长。既然在家中独坐很寂寞，那么屏蔽干扰源，去思考吧。摆上纸和笔，记录下心流，记录下脑中、心中流淌的声音……

做什么就用心去做吧，慢慢地就会发现，这寂寞，这孤独，这无聊，于无声中雕琢了自己，雕出硬朗的曲线和棱角，琢出精彩的山峦沟壑。

如此这般，时间就会过得很快、很充实，自己也会感受到真实地活着，而在我看来，这是一种时间自由。

其实这样看的话，任何时候都是时间自由。用心做自己喜欢的事，用心做自己应该做的事，就是时间自由。如果能转换心态，让自己应该做的事成为自己喜欢的事，让履行责任变成内心最为笃定的喜欢和人生追求，那生活就更加简单而快乐，而生命就更充实和有意义了。

时间本就是无形的、虚无的，它只是我们凭空创造出来的计量单位。世间本无时间，一切都是存在的一种生命形态，一种人生体验，所有的一切都是自己心中意识的投射。自然而然地让自己融入时间这条长河中，随着流水飘荡，顺其自然；更可以让时间融入自己心中，和自己融为一体，随着自己的意识来控制，来呈现，听从自己的指挥。慢慢地，没有时间，只有状态，只有自己喜欢的生活状态。

正如《金刚经》中所说："过去心不可得，现在心不可得，未来心不可得。"

今天，大年三十，像以往的大年三十一样，家人睡着后，我把自己关在屋里，关掉所有手机和电子产品，开始思考每年都要思考的问题："我这辈子活着到底是为了什么？"

自己和自己对话，没有任何外界的打扰，记录下心里转瞬即逝的每一个想法，写下自己想成为什么样的人、每一个人生目标、每一件想做的事，思考自己活这辈子到底是为了什么，一条又一条想法付诸笔端，一连一两个小时，一百多条内心真诚的流露，就这么清晰地呈现在我眼前。

然后，将这一条条的人生目标和愿景，匹配到下个月、明年、未来几年甚至更遥远的几年，人生更明晰起来。

人生有太多要做的事，人生有太多的"盼头"。

其实，新的一年就有许多"盼头"啊：

下周，我家就约好了和老朋友 Kris 一家人吃火锅，他们广东人叫打边炉。好久没和 Kris 喝酒了，酒逢知己千杯少，我那天无论如何也得去酒厂打两桶新鲜的 IPA 精酿啤酒陪他喝。

下个月，维多利亚的樱花就开了，我要带全家人去看樱花，还得直播几场，给喜欢我频道的新老朋友们看看加拿大最美的樱花。

下个季度，妹妹一家要来加拿大探望我们，这太令人期待了。妹妹家也是两个儿子，我们两家这四个兄弟将胜利会师加拿大，还要一起生活一段时间，我可以带他们去钓螃蟹、露营，环温哥华岛旅行，还要去一趟托菲诺，想想就令人心潮澎湃。

下半年，我们一家计划用年假回国一趟。明月已经六年没回国了，今年终于等到了机会。到时候，去山东老家住一段时间，去东北明月家住一段时间。想到一大家人的阖家团圆，想想人间如此多值得期许的美好，我就觉得一切的等待和为之付出的努力都是值得的。

到年底，我的书《奔赴山海》应该就能写完了吧，应该很快会出版，因为这本书凝结了我们在加拿大八年生活的点滴和感悟，我相信会帮助很多人了解加拿大旅行、留学、移民和生活的种种，了解海外游子的赤子情怀、喜怒哀乐。

明年，后年……

三年之后，五年之后……

一个一个的人生目标，一个又一个的"盼头"……

当然，我明白人生不是一帆风顺的，总是充满坎坷挫折，既然担心忧虑解决不了任何问题，那就姑且收拾行囊，继续上路；如若那一天到来，那就兵来将挡，水来土掩，咬紧牙关，大步向前。

脚踏实地，仰望星空。

保持热爱，奔赴山海。

2024 年 2 月 9 日

后
记